ユウちゃんとデートだなんて、とってても嬉しいな〜!

やったぁ、嬉しいな〜。
でも、デートなんて言い方、恥ずかしいよう……

声優ラジオのウラオモテ

#08 夕陽とやすみは負けられない?

二月 公
ぞれ

なぜわたしたちがプライベートで
遊ぶと思っているの……？
夕陽とやすみのコーコーセーラジオ！
YUHI to YASUMI no KOUKOUSEI RADIO!
いや本当そうよ。
ユウちゃんやっちゃんのときならともかく

……は？

羽衣纏
歌種やすみ
桜並木乙女の宣戦布告!?
SCENE #02

次のライブは、こんなものじゃないから。
〝オリオン〟の子たちには絶対負けないからね！
桜並木乙女

——ねえ、佐藤。
わたしたち、一緒に暮らさない？
駅にて——突然の告白。
SCENE #0

暮陽
夕夕
高橋
結衣

夕陽とやすみのコーコーセーラジオ！

ティアラ☆スターズ☆レディオ！

「ねぇ、佐藤《さとう》」

「なによ渡辺《わたなべ》。改まって」

「わたしたち、いっしょに暮らさない？」

「……は？」

なぜ、こんなやりとりをすることになったのか。

その原因は、数週間前に遡《さかのぼ》る――。

NOW ON AIR!! 第64回

「夕陽と」

「やすみの—」

「コーコーセーラジオー」

「おはようございます、夕暮夕陽です」

「おはようございまーす、歌種やすみです」

「この番組は偶然にも同じ高校、同じクラスのわたしたちふたりが、皆さまに教室の空気をお届けするラジオ番組です」

「はい、早速なんだけどさ」

「なに？」

「先週の放送で、『ティアラ☆スターズライブ〝ミラク〟VS〝アルタイル〟』の感想メール読んだじゃん」

「あぁ。読んだわね。途中でやっちゃんユウちゃんが乱入してきたけれど」

「うん、あれはしょうがない。で、感想メール読んでると、『あ〜、ライブ終わったんだな〜』って実感してくるんだけど」

「してくるわね」

「もう次のライブのレッスンに入ってるから、余韻も何も吹っ飛ぶよねっていう」

「そうね……、前のライブが随分昔のことのように感じるわ。今はもう、新しい振り付けを覚えるのにいっぱいいっぱい」

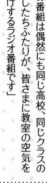

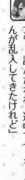

夕陽とやすみのコーコーセーラジオ！

「いやもう本当に。次のライブ、〝オリオン〟VS〝アルフェッカ〟が九月だから、そんなに時間ないんだよね。もうあたしら頑張ってまーす」

「救いがあるとすれば、わたしたちには夏休みがあることね……。もうちょっとしたら、一学期も終わるし」

「久々に学校っぽい話題出たな……。せっかくの夏休みだけど、休み中はレッスンと受験勉強ばっかになりそうかなぁ。遊びに行きたいところもいっぱいあったんだけど」

「あなたたち、夏になると異常に活発になるものね……。抑えられるくらいがちょうどいいんじゃない？　ひと夏を満喫するために、常に必死でけたたましいもの。ほとんどセミよ」

「は？　せっかくの夏休み、ずっと家に引きこもってるほうがどうかと思うけど？　モグラか何か？　そりゃ外の世界は眩しいでしょうねえ。涼しい土の中でじっとしてれば？」

「出た出た、お得意のマウントが出たわ。外の世界が眩しい、羨ましいでしょう、って考え方が傲慢の極みね。あなたはセミが羨ましいの？　そんなことないでしょう。そういうことよ」

「モグラだって別に羨ましくないけど？　セミかモグラか、外か土の中かって言ったらそりゃ外でしょ。夕陽ちゃん、ちょっと分が悪いたとえじゃないでちゅか～」

「出たわ。あなたのそういうところ、本当に嫌い。大体、あなたはいつも――」

to be continued……

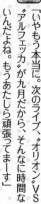

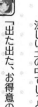

渡辺千佳《わたなべちか》は、モニターからそっと視線を外した。

隣《となり》の彼女を見上げる。

◆

「佐藤《さとう》」

「うん……」

そばに寄《よ》り添《そ》う佐藤由美子《さとうゆみこ》の名を呼ぶ。

彼女は強張《こわば》った表情でモニターを見つめていた。

今は、『ティアラ☆スターズライブ〝ミラク〟VS〝アルタイル〟』の真っ最中。

千佳《ちか》たちはアンコールの準備のため、一旦控《いったんひか》え室《しつ》に戻《もど》ってきていた。

千佳《ちか》の隣《となり》に立つのは、歌種《うたたね》やすみという芸名で声優活動をし、『夕陽《ゆうひ》とやすみのコーコーセーラジオ！』では千佳《ちか》とともにパーソナリティを務める、相方の少女。

普段《ふだん》はギャル全開な容姿だが、今は声優の姿だ。

真っ赤なステージ衣装《いしょう》がとても似合っている。

その隣《となり》で、千佳《ちか》も青色のステージ衣装《いしょう》に身を包んでいた。

先ほどまで、ふたりは控《ひか》え室《しつ》で激しい言い争いをしていた。

論争の内容は、『どちらのユニットがより盛り上がっていたか』というもの。

『ティアラ☆スターズ』のライブは作品に則《のっと》って、対決ライブという形式を取っている。

ふたつのユニットがぶつかり、どちらがより盛り上げられるかを競《きそ》うのだ。

その両ユニットのリーダーが、歌種《うたたね》やすみと夕暮夕陽《ゆうぐれゆうひ》だった。

もちろん、対決ライブはあくまで形式的なもの。実際に勝敗を決めるわけではない。

しかし、お互《たが》いに「負けたくない！」という思いが強すぎて、今回のライブでも張り合っていた。

けれどそんな言い争いは、目の前の強烈《きょうれつ》な映像に吹《ふ》き飛《と》ばされてしまう。

『みんな――――ッ！　ありがと――――ッ！　楽しかったよ――――ッ！』

モニターの中で手を振《ふ》っているのは、桜並木《さくらなみき》乙女《おとめ》だ。

トップクラスの人気を誇《ほこ》る、今をときめくアイドル声優である。

乙女《おとめ》が今回のライブに参加することは、告知されていなかった。

多忙《たぼう》である彼女はライブ終盤《しゅうばん》、アンコール前からの参加が精いっぱいだったからだ。

けれど、観客からすれば完全なサプライズ。

大人気声優が予告なしで登壇《とうだん》すれば、盛り上がるのは当然だ。

だけど、それにしたって。

「すごい盛り上がりね……」

思わず千佳《ちか》は、苦々しく呟《つぶや》く。

モニターの中はおそろしいほどの歓声《かんせい》と拍手《はくしゅ》、興奮に包まれていた。

〝ミラク〟や〝アルタイル〟とは比べ物にならないほど。

それに、どうしようもない不安を覚える。

別に千佳《ちか》は、「自分たちがこんなに頑張《がんば》ったのに、全部持っていくなんて！」と憤《いきどお》っているわけではない。

乙女《おとめ》の強大さに怯《ひる》んでいるだけだ。

先ほど、九月に行われる『ティアラ☆スターズライブ　〝オリオン〟VS〝アルフェッカ〟』の詳細《しょうさい》が発表された。

〝オリオン〟のメンバーは、歌種《うたたね》やすみ、夕暮夕陽《ゆうぐれゆうひ》、双葉《ふたば》ミント、御花飾莉《おはなかざり》、羽衣纏《はごろもまとい》の五人。

〝アルフェッカ〟は、高橋結衣《たかはしゆい》、柚日咲《ゆびさき》めくる、夜祭花火《よまつりはなび》。

そして、桜並木《さくらなみき》乙女《おとめ》。

形式上とはいえ、これは対決ライブだ。

千佳《ちか》たちは、あの桜並木《さくらなみき》乙女《おとめ》に挑《いど》まなければならない。

あれほど盛り上げた乙女《おとめ》を筆頭に、才能の塊《かたまり》である結衣《ゆい》や、トークで人気を集めるめくると花火《はなび》もいるユニットに。

不安にならないはずがない。

「渡辺《わたなべ》」

　モニターを見つめていると、由美子《ゆみこ》が肩《かた》をぽん、と叩《たた》いてきた。

「乙女《おとめ》姉さんも気になるけど、まずは自分らのステージを頑張《がんば》らないと。そろそろ時間だよ」

　由美子《ゆみこ》は笑いながら扉《とびら》を指差すが、その笑顔《えがお》は明らかにぎこちない。

　いつもの彼女なら、無邪気《むじゃき》に「姉さんすげー」と喜んでいるところなのに。

　強がっちゃって、まあ。

　その胸中を察しながらも、千佳《ちか》は「そうね」とだけ答えた。

　アンコールを歌い終え、最後の挨拶《あいさつ》もこなし、千佳《ちか》たちはステージ裏に引っ込んだ。

　これで、ライブは完全に終了《しゅうりょう》だ。

「くあー、つっかれた～！　解放感すごー！　いやあ、楽しかったー！」

　大きな拍手《はくしゅ》に見送られたあと、真っ先に口を開いたのは花火《はなび》だ。

　ダラダラ汗《あせ》をかきながらも、気の抜《ぬ》けた声で笑っている。

　冷房《れいぼう》が効いていても、今は七月。

　照明に照らされながら、歌って踊《おど》ってをしていたので全員汗《あせ》だくだ。

　ほかの人も「はい、お疲《つか》れ」「楽しかったですねー！　最高でした！」「お、お疲《つか》れ様《さま》でした

「……、ふ、ふふん、まぁヨユウシャクシャクですよわたしは……」「ミントちゃん、バテすぎ～」「盛り上がってたね～、わたしも最初から参加したかったなー」「お疲《つか》れ様《さま》でした……」と口々にほっとした声を上げている。

千佳《ちか》も同じ気持ちだ。何事もなく終わってよかった。

しかし、ライブの解放感はそれほど大きくはない。

先ほど乙女《おとめ》のステージを観《み》たせいで、既《すで》に意識は次のライブに向かっていた。

それはおそらく、由美子《ゆみこ》も同じ。

千佳《ちか》の隣《となり》で、黙《だま》って髪《かみゆ》を揺らしている。その目は次を見据《みす》えていた。

由美子《ゆみこ》のことは大嫌《だいきら》いだが、こういうところは素直《すなお》に頼《たよ》りになると感じる。

「……？　なによ」

「別に」

思わず、由美子《ゆみこ》の横顔をじっと見つめていた。

それを見咎《みとが》められたが、もちろん千佳《ちか》は理由を話さない。

「お疲《つか》れ様《さま》！　みんなよかったわー！　最高！　今日はゆっくり休んでくださいね！」

控《ひか》え室《しつ》に向かう最中、元気よく声を掛《か》けてくる女性がいた。

パリッとしたスーツを着込み、関係者を証明するステッカーを胸に付けている。

『ティアラ☆スターズ』のプロデューサー、榊《さかき》だ。

彼女はニコニコしながらキャストに労《ねぎら》いの声を掛《か》けていたが、千佳《ちか》たちを見つけるとちょいちょいと手招きをした。

「あ、歌種《うたたね》さんと夕暮《ゆうぐれ》さん。お疲《つか》れのところ悪いんだけど、ほんのすこーしだけお時間もらっていいですか」

……ふたりだけ？

ほかのメンバーが控《ひか》え室《しつ》に入っていく中、千佳《ちか》たちは顔を見合わせる。

「ええと、なんでしょう」

由美子《ゆみこ》が口を開くと、榊《さかき》は苦笑《くしょう》しながら「ごめんなさい、すぐ済むから」と再び詫《わ》びた。

腰《こし》に手を当てて、しみじみと言う。

「いやあ、本当にいいライブだったわ。最高の結果になったと思います。ふたりにリーダーをやってもらって大正解でした。ふたりの頑張《がんば》りのおかげです、ありがとう」

「あ、あー……、ありがとうございます」

まっすぐに賞賛の言葉を掛《か》けられ、由美子《ゆみこ》は照れくさそうに頬《ほお》を掻《か》いた。

その姿は、歳《とし》相応な女の子、といった感じで可愛《かわい》らしいけれど。

榊《さかき》が健闘《けんとう》を称《たた》えるためだけに、千佳《ちか》たちを呼び止めたとは思えない。

「それで、大成功を収めたおふたりに相談があるんですけどね？」

きた、と千佳《ちか》は思う。

予想に違《たが》わず、榊《さかき》は何か持ちかけるつもりだ。

彼女は軽《かろ》やかに言葉を並べていく。

「次のライブ、〝アルフェッカ〟のリーダーは桜並木《さくらなみき》さんにお願いしようと思うの」

特に驚《おどろ》くことでもない。ある意味、当然と言えば当然だ。

演じるキャラクター的にも実力的にも、乙女《おとめ》がやるのが一番収まりがいい。

きっと、めくるたちは何の異論もないはずだ。

しかし、千佳《ちか》たち〝オリオン〟はそうはいかない。

こちらはいったい、だれがリーダーになるのか――。

それを、榊《さかき》は口にした。

「〝オリオン〟のリーダーは……、歌種《うたたね》さんと夕暮《ゆうぐれ》さん、どちらかにお任せしたいの。ふたりで相談して、どちらがリーダーになるかを決めてもらえないかしら」

「わたしたちが決めるんですか？」

思わぬ言葉に、千佳《ちか》は驚《おどろ》きの声を上げる。

千佳《ちか》自身、リーダーをするならふたりのどちらかだろう、と予想はしていた。

最年長の羽衣纏《はごろもまとい》は一年目、一番芸歴の長いミントは小学生。

それならば、今回リーダーを経験した千佳《ちか》か由美子《ゆみこ》が務めるのが妥当《だとう》だ。

しかし、相談して決めろ、と言われるとは。

思わず、千佳《ちか》は由美子《ゆみこ》を見る。同じように彼女もこちらを見ていた。

由美子《ゆみこ》は小動物を思わせる目でじっと見てくる。

そんな目でこっちを見ないでほしい。

気まずい空気がふたりの間に流れる中、榊《さかき》は歌うように続けた。

「ふたりで決めた、より良いリーダーが〝オリオン〟を引っ張る。そうすれば、きっと次のライブも大成功だわ。だからふたりには、どちらがリーダーに相応《ふさわ》しいか、話し合ってほしいの。だって次は……」

榊《さかき》はそこまで言《い》い掛《か》けて、口をつぐんだ。

意地悪な人だ。

彼女もよくよく理解している。

次は、桜並木《さくらなみき》乙女《おとめ》が率いるユニットとぶつかり合う。

生半可な覚悟《かくご》では、こちらが完全に喰《く》われてしまう。

「と、いうわけで。次のユニット練習までに決めておいてくれますか？」

榊《さかき》はパッと表情を明るくさせて、とぼけるように言う。

〝オリオン〟と〝アルフェッカ〟に差がありすぎることは、口にしないつもりらしい。

今回のライブで千佳《ちか》と由美子《ゆみこ》をリーダーに据《す》えたように、何か思惑《おもわく》があるだろうに。

榊《さかき》はそれだけ伝えにきたらしく、ご機嫌《きげん》で立ち去っていった。

「…………」

その場に取り残され、千佳《ちか》は由美子《ゆみこ》を見上げる。

ステージの熱がまだ残っているのか、由美子《ゆみこ》の頬《ほお》には汗《あせ》が伝っていた。

綺麗《きれい》な髪《かみ》が汗《あせ》で顔に張り付き、泥臭《どろくさ》く、それでいて輝《かがや》く彼女。

そんな由美子《ゆみこ》と黙《だま》って見つめ合う。

どちらがリーダーに相応《ふさわ》しいか、話し合う。

……と、言われても。

何を言えばいいかわからず、お互《たが》いに見つめ合ったまま黙《だま》り込《こ》んでいると――。

「夕陽《ゆうひ》せんぱーい！　やすやすせんぱーい！」

「ぐえっ」

突然《とつぜん》、後ろから衝撃《しょうげき》を与《あた》えられ、呻《うめ》き声《ごえ》とともに千佳《ちか》はぐらつく。

勢いよく抱《だ》き着《つ》いてきたのは、千佳《ちか》と同じ衣装《いしょう》の小柄《こがら》な少女。

健康的な小麦色の肌《はだ》をしながら、ちらちら見えるお腹《なか》は白い。ショートボブなこともあって活発的な印象を与《あた》えた。あどけない顔立ちは、にっこり笑顔《えがお》に染まっている。

千佳《ちか》と同じブルークラウン所属の声優、高橋結衣《たかはしゆい》。

彼女は強烈《きょうれつ》なタックルをかましてきたくせに、何事もなかったように口を開く。

「ふたりとも、早く着替《きが》えないと！　撤収《てっしゅう》時間迫《せま》ってますよ？」

「時間を教えてくれたのはありがとう……、でも何度も言っているように抱《だ》き着《つ》くのはやめて頂戴《ちょうだい》……。ただでさえ暑苦しいのに……」

げんなりしながら言っても、結衣《ゆい》はむしろ嬉《うれ》しそうにしていた。

結衣《ゆい》の乱入によって、一旦《いったん》リーダーの話は持ち帰りになる。

撤収《てっしゅう》時間が迫《せま》っているのは確かなので、三人で足早に控《ひか》え室《しつ》に向かった。

「……ま。とにかくお疲《つか》れ、ユウちゃん」

微妙《びみょう》な空気で別れるのが嫌《いや》だったのか、由美子《ゆみこ》がこちらの頭をくしゃっとしてきた。

それが鬱陶《うっとう》しくて振《ふ》り払《はら》うと、彼女はくすぐったそうに笑う。

なんでこんなときばかり、良《い》い顔になるんだか。


「はーい、ブルークラウンはこっちの車ですよー」

ブルークラウンのマネージャー、成瀬《なるせ》珠里《しゅり》が手を振《ふ》っている。

駐車場《ちゅうしゃじょう》のワゴン車の前で、にこやかに呼びかけていた。

スーツに着られている感が強く、いつまで経《た》っても新入社員のような雰囲気《ふんいき》を持つ彼女。

しかし、これでもブルークラウンきっての敏腕《びんわん》マネージャーだ。

夕暮《ゆうぐれ》夕陽《ゆうひ》だけでなく、今は柚日咲《ゆびさき》めくる、夜祭《よまつり》花火《はなび》のマネージャーも担当している。

成瀬《なるせ》の隣《となり》には、結衣《ゆい》のマネージャーも立っていた。

ブルークラウンの声優は、成瀬《なるせ》の運転でこれから送迎《そうげい》してもらえる。

成瀬《なるせ》に呼びこまれ、千佳《ちか》たちはワゴン車の中に入っていった。

「ふい～、さすがに疲《つか》れたね～」

言葉とは裏腹に楽しそうな声で、花火《はなび》は最後列に着席する。隣《となり》にはめぐるが座った。

二列目には結衣《ゆい》と千佳《ちか》が座り、運転席には成瀬《なるせ》。助手席に結衣《ゆい》のマネージャーだ。

車がゆっくりと発進し、窓の外を夜の街が流れ始めた。

ライブの熱は、まだ身体《からだ》の内に残っている。

しかし、こうして着替《きが》えて、あとは送ってもらうだけ……、となると自然とスイッチも切れていくもの。

ぼうっと景色を眺《なが》めていると、終わったんだな、と実感して身体《からだ》が重くなっていく。

つかれた。

「夕陽先輩《ゆうひせんぱい》！　ステージの上の夕陽先輩《ゆうひせんぱい》、すっごく格好良かったです！」

隣《となり》の結衣《ゆい》が、キラキラした目を向けてきた。

疲《つか》れ知らずというか、彼女だけはまだまだ元気そうだ。

ぐいぐいとこちらに迫《せま》ってきて、あれがよかった、これがよかった、と嬉《うれ》しそうに報告してくる。

その姿は可愛《かわい》らしい後輩《こうはい》と言えなくもないが、距離《きょり》が近い。そしてうるさい。

自然と聞き流す姿勢を作ってしまう。

というか、歌やパフォーマンスを褒《ほ》められるだけならまだしも、どこどこの振《ふ》り付《つ》けが可愛《かわい》かった、今日のメイクのここが好き、といったところまで話が及《およ》ぶのは恥《は》ずかしい。

彼女はよく見ているから、余計。

どこぞの相方も人の顔が好きなようで、よくまじまじと見てくる。あれも結構照れくさい。

なので結衣《ゆい》の話もスルーしていたのだが、気になることを言われた。

「あと衣装《いしょう》！　夕陽先輩《ゆうひせんぱい》、衣装《いしょう》もすごくよかったです！　似合ってました！　高橋《たかはし》、前から思ってたんですが、夕陽先輩《ゆうひせんぱい》って腋《わき》を出す衣装《いしょう》が多いですよね！」

立て板に水、とばかりに話していた結衣《ゆい》だが、なぜかそこで言葉を区切る。

なんだ。人の腋《わき》に言及《げんきゅう》しておいて。

ちらりと結衣《ゆい》を見ると、彼女は顔をぽっと赤くして、頬《ほお》に手を当てていた。

「なんというか……、夕陽先輩《ゆうひせんぱい》の腋《わき》って……、えっちですよね……」

「き、気持ち悪っ……！」

「な、なんでですかぁ！」

結衣《ゆい》が泣きそうな顔で訴《うった》えてくるが、気持ち悪いものは気持ち悪い。

自分でも失言したと思ったのか、結衣《ゆい》は慌《あわ》てて別のことについて話し始める。

それを再び聞き流しながら、物思いに耽《ふけ》った。

今回のライブはきっと成功だ。

しかし、ライブの成功を喜ぶよりも次のライブの不安が先立った。

何せ、リーダーの件もある。

「……ねぇ、高橋《たかはし》さん。わたしは、リーダーをちゃんとやれていたかしら」

結衣《ゆい》の褒《ほ》め殺《ごろ》しを止めることも兼《か》ねて、ぽつりと呟《つぶや》く。

結衣《ゆい》は、きょとんとした顔でこちらを見ていた。

その表情がすぐに明るいものに変わる。

「それはもう！　すっごく立派にリーダーをやってくれてましたよ！　高橋《たかはし》、改めて夕陽《ゆうひ》先輩《せんぱい》を尊敬しました！」

訊《き》いておいてなんだが、結衣《ゆい》ならこう答えるに決まっていた。

さらに、どこがどうよかったかを具体的に説明し始める。

「まずですね！　高橋《たかはし》が素晴《すば》らしいと感じたのは、やっぱり最初の挨拶《あいさつ》ですよね！」

「いや、説明しなくていい……」

「あ！　それよりも先に、レッスンの話からすべきですね！　遡《さかのぼ》ること数ヶ月前、高橋《たかはし》は」

「遡《さかのぼ》らないで……、なに、長尺の回想編始まる……？　わかった、ありがとう、高橋《たかはし》さん。もういいから」

「夕陽《ゆうひ》先輩《せんぱい》がリーダーをすると聞いたとき、高橋《たかはし》の身体《からだ》には電流が走りました――」

「走らないで。聞いて」

ぜんぜん聞いてくれないんだけど、この子。

いくら待ったをかけても止まってくれない。身体《からだ》をくっつけながら結衣《ゆい》は熱く語る。

全力でブレーキを掛《か》けても、彼女の語りはむしろ熱が上がっていった。

近いのよ。

そして声がでかいのよ。

いくら相手が小柄《こがら》な女の子といえど、ゼロ距離《きょり》に近い状態で元気に声を上げられたら、どう言《い》い繕《つくろ》っても『邪魔《じゃま》』だ。

この子、人のことをぬいぐるみか何かと勘違《かんちが》いしてない？

ここまでくると、いくら尊敬していても普通《ふつう》に無礼では？

しかし、言葉を尽《つ》くしてくれる後輩《こうはい》を無下にはできない。

それくらいの良心は千佳《ちか》にもある。

物理的に止めるしかないと判断し、彼女の頭をやさしくぽんぽんと叩《たた》いた。

「ありがとう、高橋《たかはし》さん。伝わったから」

思惑《おもわく》どおり、結衣《ゆい》の口が止まる。

しかし、結衣《ゆい》の瞳《ひとみ》がとんでもない輝《かがや》きを見せた。

ぱあっと顔を明るくさせて、辛抱堪《しんぼうたま》りません！　といった感じで手を広げる。

「夕陽先輩《ゆうひせんぱい》――！　大好きですっ！」

「ぐえっ」

助走距離《きょり》がなくてもパワフルな抱《だ》き着《つ》きに、喉《のど》から呻《うめ》き声《ごえ》が出る。

抱《だ》き着《つ》くだけならまだしも……、いや抱《だ》き着《つ》かれるのも嫌《いや》なのだが……、なぜこの子は毎回ダメージを与《あた》えてくるのだろう……。

結衣《ゆい》に抱《だ》き締《し》められながらぐったりする姿は、本当にぬいぐるみか何かのようだった。

「なになに、夕暮《ゆうぐれ》ちゃん。何かおかしな心配してる？」

後ろの座席からにゅっと顔を出してきたのは、花火《はなび》だ。

夜祭花火《よまつりはなび》。

めくるや乙女《おとめ》と同期の声優で、今回、千佳《ちか》と同じユニットのメンバーだ。

背が高くてスタイルがよく、それでいて気さくに明るく笑う女性。

彼女はサイドで括《くく》った髪《かみ》を揺《ゆ》らしながら、ニッと笑顔《えがお》を見せた。

「夕暮《ゆうぐれ》ちゃんは立派にリーダーやってたよ。ユニットもちゃんとまとまってたでしょ？」

「それは……、そうですが……」

花火《はなび》の言うとおり、〝アルタイル〟は大きな失敗もなく、まとまっていたかもしれない。

しかしそれは、花火《はなび》がムードメーカーになってくれたおかげではないか。

夕暮夕陽《ゆうぐれゆうひ》を妄信《もうしん》してついてきてくれる、結衣《ゆい》の存在もある。

千佳《ちか》の功績とはとても思えなかった。

それに。

「ま、羽衣《はごろも》さんはちょっと難しい人だったけど。でも、トラブルがあったわけじゃないし」

花火《はなび》がそう付け足す。

花火《はなび》の言うとおり、彼女——、羽衣纏《はごろもまとい》はユニットに馴染《なじ》んでいたとは言《い》い難《がた》い。

自分たちを避《さ》ける彼女と、最後まで通じ合うことはなかった。

『羽衣《はごろも》さん。もしかして、アイドル声優の仕事が嫌《いや》なんですか』

『はい。やりたくありません』

千佳《ちか》は纏《まとい》と、そんなやりとりを交《か》わしていたのに。

千佳《ちか》なりにいろいろと手を尽《つ》くしてきたつもりだが、最終的にはこう感じる。

自分は、リーダーには向いていない。

〝オリオン〟のリーダーは、由美子《ゆみこ》に任せたほうがいいのではないか……。

「……柚日咲《ゆびさき》さん。そちらのユニットはどうだったんでしょうか。トラブルもあった、と聞きましたけど」

思うところがあって、後ろの席のめくるに問いかける。

彼女は小さな身体《からだ》をシートにうずめていた。

小柄《こがら》な体格に反した大きな胸、愛らしい顔立ち。庇護欲《ひごよく》を誘《さそ》う姿をしている彼女は、千佳《ちか》たちと同じくブルークラウン所属の声優、柚日咲《ゆびさき》めくる。

普段《ふだん》は刺々《とげとげ》しい態度の彼女だが、顔つきが普段《ふだん》よりやわらかい。

ライブの疲《つか》れが出て、眠《ねむ》いのかもしれない。

くあ、とあくびを噛《か》み殺《ころ》している。

「……そうね。確かに万事《ばんじ》上手《うま》くいったとは言えない。トラブルもあったわ。でも、うちは癖《くせ》の強いメンバーが揃《そろ》っていたから。歌種《うたたね》はよくまとめたほうじゃないの」

口調も話す内容も、普段《ふだん》よりやさしい。

ここに由美子《ゆみこ》がいたら、それこそ結衣《ゆい》のようにまとわりつきそうだ。

〝ミラク〟はミントや飾莉《かざり》のことで、いろいろとトラブルがあったらしい。

千佳《ちか》はお祭りや修学旅行で、その話を由美子《ゆみこ》から聞いた。

爽《さわ》やかなラムネの味が口の中に蘇《よみがえ》り、川のせせらぎを思い出す。

「まぁ歌種《うたたね》は、天性の人たらしでもあるから。危なっかしい奴《やつ》だけど、リーダーには向いてたんじゃないの」

めくるが小声でそんなことを呟《つぶや》く。隣《となり》で花火《はなび》が、さらに小さな声で「だれかさんも、たらしこまれたしねえ」と笑うのが聞こえた。

人たらし。

千佳《ちか》もそれに異論はない。

佐藤由美子《さとうゆみこ》を慕《した》う人は多い。千佳《ちか》の周りの人間は、みんな由美子《ゆみこ》に惹《ひ》かれている。

それこそが、リーダーの素質と言えるような気がする。

「リーダー……」

自分が持っていないものを、由美子《ゆみこ》は数多く持っている。人間関係に関するものは、特に。

由美子《ゆみこ》とは、週明けの学校ですぐに顔を合わせる。

一旦《いったん》、彼女とちゃんと話し合うべきだ。


週明け。月曜日。

ライブの疲《つか》れは残っているが、学校には行かなければならない。

ステージ上とは違《ちが》い、メイクをすることも髪《かみ》をまとめることもなく、きっちりと制服を着て千佳《ちか》は登校した。

騒《さわ》がしい教室に入って辺りを見回したが、由美子《ゆみこ》はまだ来ていないようだ。

自分の席に向かうと、途中《とちゅう》で「あ、渡辺《わたなべ》ちゃーん」と声を掛《か》けられた。

こんなふうに千佳《ちか》に話《はな》し掛《か》けてくる相手は、ひとりしかいない。

「渡辺《わたなべ》ちゃん、土日はライブの仕事だったんでしょ？　どうだった？」

机にだらーんと身体《からだ》を預け、こちらを見上げるのはクラスメイトの川岸若菜《かわぎしわかな》だ。

由美子《ゆみこ》と仲良しで、同じくギャルの彼女。

派手なメイクとゆるっとした毛先が特徴的《とくちょうてき》で、どこかおっとりした雰囲気《ふんいき》を持つ。

彼女は何かと、千佳《ちか》に話《はな》し掛《か》けてくる子だった。

「ライブは……、どうだったのかしらね」

上手《うま》くいったとは思うが、乙女《おとめ》にすべて持っていかれた感もある。

そのせいで、由美子《ゆみこ》との勝負も曖昧《あいまい》なまま終わってしまった。

手放しで成功した！　とは言いづらい状況《じょうきょう》だ。

ぼんやりとした返事にも関わらず、なぜか若菜《わかな》はやわらかく笑う。

「そうなんだ。なんか、渡辺《わたなべ》ちゃんは渡辺《わたなべ》ちゃんだなあって感じの答えだな～」

「…………」

そんなことを嬉《うれ》しそうに言われても、反応に困る。

彼女は由美子《ゆみこ》ととても仲がいいが、声優・歌種《うたたね》やすみをそこまで追いかけてはいないらしい。

夕暮夕陽《ゆうぐれゆうひ》のこともだ。

あくまでクラスメイトとして接してくる若菜《わかな》は、千佳《ちか》にとっても居心地《いごこち》がよかった。

たとえば、同じくクラスメイトの木村《きむら》は何か言いたげな視線を送ってくる。

そんな目で見られても……、という感じだ。

「おはよ、若菜《わかな》。渡辺《わたなべ》」

若菜《わかな》とぽつりぽつり会話していると、由美子《ゆみこ》が教室に入ってきた。

ステージ上とは違《ちが》う、ギャル姿の由美子《ゆみこ》だ。

ゆるやかに巻かれた髪《かみ》、着崩《きくず》した制服、短いスカートから見える白い脚《あし》。首元にはハートのネックレスが光っている。半袖《はんそで》のブラウスにキャラメル色のベストを重ね、それを豊かな膨らみがふっくらと押し上げていた。派手なネイルもキラキラしている。

メイクもばっちりで、いかにもギャルといった風貌《ふうぼう》だ。

千佳《ちか》はこういった人種が嫌《きら》いだし、由美子《ゆみこ》のことだって例外ではない。

だが今となっては、声優の姿よりもギャルのほうがしっくりくる。

落ち着く。

「今ねえ、由美子《ゆみこ》たちのライブの話をしてたんだよ」

「ええ？　何か変なこと言ってない？」

若菜《わかな》がニマニマとして言うので、由美子《ゆみこ》がしかめっ面《つら》になる。

千佳《ちか》がその場からそっと離《はな》れようとすると、由美子《ゆみこ》が声を掛《か》けてきた。

「あぁ、渡辺《わたなべ》。昼休み、時間いい？　次のライブのことで話をしたいんだけど」

「……別に構わないけれど」

リーダーの件だろう。その話をするのは構わない。

ただ、そばにいる若菜《わかな》を見やる。

普段《ふだん》、由美子《ゆみこ》と昼休みを過ごしているのは彼女だ。

若菜《わかな》は頬杖《ほおづえ》を突《つ》いて、ゆるやかに微笑《ほほえ》んだ。

「じゃあわたし、ほかの子と食べよっかな」

「別に若菜《わかな》がいっしょでもいいよ？」

「いやいや。仕事の話をするんでしょ？　ふたりで話したほうがいいっしょ」

悪いね、いやいや、と言葉を交《か》わすふたり。

どうやら、今日の昼休みは久しぶりに由美子《ゆみこ》と過ごすことになりそうだ。

騒《さわ》がしくないといいけれど。


真面目に授業を聞いているうちに、あっという間に昼休みになる。

コンビニで買っておいたパンを鞄《かばん》から取り出していると、由美子《ゆみこ》がふらりとやってきた。

「ん」

由美子《ゆみこ》が廊下《ろうか》を指差すので、千佳《ちか》はこくんと頷《うなず》く。

昼休みになったばかりで、廊下《ろうか》はひどく騒《さわ》がしかった。

生徒の話し声が重なる中、千佳《ちか》たちは静かに歩いていく。

「渡辺《わたなべ》、まだあそこで食べてんの？」

由美子《ゆみこ》が前を向いたまま尋《たず》ねてくる。

あそこというのは、二年生のときに昼食をいっしょにとった中庭のことだろう。

普段《ふだん》はそこで食べている。

しかし。

「今は外だと暑いでしょう。空き教室で食べているわ」

「あぁ、あっちか。七月だと外で食べるのはキツイかぁ」

由美子《ゆみこ》は小さく頷《うなず》く。

思えば、その空き教室にも由美子《ゆみこ》は乱入してきたことがあった。

彼女はちょくちょく、千佳《ちか》のテリトリーに足を突《つ》っ込《こ》んでくる。

空き教室に入って定位置の席に着くと、由美子《ゆみこ》も隣《となり》の席に腰《こし》を下ろした。

彼女が弁当箱を取り出したので、千佳《ちか》もサンドイッチの袋《ふくろ》を開ける。

もそもそと口にしていると、なぜか由美子《ゆみこ》にじっと見られた。

「なに」

「いや……。お姉ちゃん、お昼それだけ？」

それだけ、と言うのは千佳《ちか》の手の中にあるサンドイッチだ。

ごくごく普通《ふつう》のミックスサンドで、量だって特別多くはない。お腹《なか》いっぱい！　になるわけではないが、とりあえず満足する量だ。

何より、楽でいい。

ええ、と返事をすると、由美子《ゆみこ》が渋《しぶ》い顔をした。

千佳《ちか》と自分のお弁当を交互《こうご》に見たあと、サンドイッチを指差してくる。

「渡辺《わたなべ》、卵サンド開いて」

「………？」

言われたとおり、卵サンドのパンとパンを分ける。

そこにからあげがポン、と置かれた。

「渡辺《わたなべ》、もうちょっと食べたほうがいいって。そんな食生活してるから細いんだよ」

お節介《せっかい》だと自覚しているのか、目も合わせずに彼女は言う。

由美子《ゆみこ》にこういった一面があるのは知っているが、こちらとしても反応に困る。

一応、「ありがと……」と伝えると、「おう……」とそっぽを向いてしまった。

照れながらも、行動せずにはいられない。そこは彼女らしいが、むず痒《がゆ》い空気は残る。

まったく、意地っ張りなのはどっちなんだか。

せっかくもらったのだから、からあげ卵サンドになったソレを先に頬張《ほおば》った。

「……！」

……うんまぁ。

かぶりついた瞬間《しゅんかん》、冷えてもジューシーなからあげの味が一気に広がった。衣《ころも》はサクッ、中はやわらかな食感に、頬《ほお》が緩《ゆる》みそうだ。衣《ころも》で旨味《うまみ》を閉じ込めているのか、噛《か》めば噛《か》むほど幸福感が増していく。卵との相性《あいしょう》が抜群《ばつぐん》によく、濃厚《のうこう》で味わい深い一品になった。

おいしい。おいしい、おいしい……。

これコンビニで売ってほしい……。

夢中になって食べていると、由美子《ゆみこ》がふっと笑った。目をわずかに細める、穏《おだ》やかでやわらかな笑《え》み。

彼女はたまに、そんな顔をする。

そんなふうにやさしく笑われると、千佳《ちか》はいつも落ち着かなくなる。

ふたりでしばらく昼食を食べ進め、半分くらい食べ終えたところだった。

おもむろに由美子《ゆみこ》が口を開く。

「リーダーのことなんだけどさ」

本題だ。

からあげのあともちょくちょくおかずを分けてくれたので、由美子《ゆみこ》はご飯の割《わ》り振《ふ》りに困っている。白米だけを口にしつつ、弁当箱に視線を落としたまま続けた。

「榊《さかき》さんにはどっちがリーダーをやるか、話し合って決めろって言われたじゃん?」

頷《うなず》く。

どちらがリーダーに相応《ふさわ》しいのか、千佳《ちか》も考えていた。

その答えはもう出ている。由美子《ゆみこ》も同じ気持ちだと思った。

なんだかんだ言いつつも、付き合いも長いし、濃《こ》い。

互《たが》いの向き不向きもわかっているはずだ。

それだけに、次に由美子《ゆみこ》から出てきた言葉はとても意外なものだった。

「渡辺《わたなべ》。あんたが、リーダーをやってくれない？」

「…………」

由美子《ゆみこ》はこちらをまっすぐに見つめ、そう口にした。

真意が読めず、千佳《ちか》は由美子《ゆみこ》の目を見つめる。彼女もそうしていた。

生徒たちの騒《さわ》がしい声が、遠くから聞こえた。

「なぜ、わたしが？」

無言で見つめ合ったあと、当然の疑問をぶつける。

普段《ふだん》あれだけ煽《あお》っているだけに、千佳《ちか》がどれだけ人間関係の構築が不得意か、わかっているはずなのに。自身のコミュ力の高さも自覚しているだろうに。

由美子《ゆみこ》はそこで視線を外し、ぽりぽりと頭を掻《か》いた。

「あたしなりにいろいろ考えたんだよ。最初は、あたしがリーダーやったほうがいいのかなって思った。あんたは口下手だし、根暗だし、人の気持ちもわかんないし、口悪いし……」

「ちょっと。罵倒《ばとう》が多いのだけれど。バカにしてる？」

「バカにはしてる」

「あなたね……」

思わず呆《あき》れてしまうが、これは照《て》れ隠《かく》しだったようだ。

彼女は視線を外したまま、ぼそりと言う。

「渡辺《わたなべ》は嫌《きら》いだけど、夕暮夕陽《ゆうぐれゆうひ》のことは尊敬してるんだよ」

由美子《ゆみこ》は決して目を合わせず、熱い息を吐《は》いた。

……恥《は》ずかしくなるなら、言わなきゃいいのに。

彼女の耳が赤く染まる様を見ていると、こちらまで顔が赤くなってくる。

勢いで面と向かって言われるより、ある意味恥《は》ずかしい。

千佳《ちか》はため息をこぼしながら、疑問を口にした。

「だからって、わたしがリーダーに相応《ふさわ》しいとは思えないのだけれど」

由美子《ゆみこ》が尊敬しているからと言っても、それはリーダーの向き不向きには関係がない。

そこで由美子《ゆみこ》は視線を戻《もど》す。

今度は目を合わせながら、静かに口を開いた。

「〝アルフェッカ〟のリーダーは、乙女《おとめ》姉さんだって言ってたじゃん？　姉さんはリーダーにぴったりだ、って思うんだよ」

「まぁ……、それはそうね」

そこに異論はない。

桜並木《さくらなみき》乙女《おとめ》演じる、エレノア・パーカーは作中で〝究極のアイドル〟と称《しょう》されている。

それに加え、乙女《おとめ》自身の人気や実力を考えると、彼女以上にリーダーに相応《ふさわ》しい人物はいない。

由美子《ゆみこ》はプチトマトを口に放り込みながら、「でもさ」と話を続けた。

「たとえば、花火《はなび》さんなら上手《うま》く場の空気を取り持つだろうし、めくるちゃんなら常に周りに気を配れる。ふたりとも、リーダーを任されても問題なくこなすと思う。それでも、リーダーに一番相応《ふさわ》しいのは乙女《おとめ》姉さんなんだよ」

「………………」

由美子《ゆみこ》の言わんとしていることがわかった。

「あの人、カリスマ性があるものね」

出会った頃《ころ》は、そんなふうには思わなかった。

やわらかい雰囲気《ふんいき》の可愛《かわい》らしいお姉さんといった感じで、アイドル声優の鑑《かがみ》のような人。

しかし、今や風格や貫禄《かんろく》のようなものを身に付けている。

彼女がリーダーになれば、きっとユニットにいい効果をもたらす。

「あたしはね、渡辺《わたなべ》」

乙女《おとめ》の眩《まぶ》しい笑顔《えがお》を思い出していると、由美子《ゆみこ》が真剣《しんけん》な声色《こわいろ》で口にした。

お弁当箱に目を落としたまま、ゆっくりと告げる。

「いくら相手が乙女《おとめ》姉さんだからって、諦《あきら》めたくない。負けて元々、なんて考えたくない。全力でぶつかって、それで、それで勝ちたい。もしあたしひとりだったら、心のどっかで諦《あきら》めちゃうかもだけど……。でも、あたしの隣《となり》には、あんたがいる」

その言葉には、様々な強い想《おも》いが込《こ》められていた。

由美子《ゆみこ》がどれだけ乙女《おとめ》を尊敬しているか、千佳《ちか》は知っている。

それでも乙女《おとめ》に負けたくない。勝ちたい、と言ってくれる。

そこには、千佳《ちか》への信頼《しんらい》があった。

夕暮夕陽《ゆうぐれゆうひ》が隣《となり》にいるから。

その信頼《しんらい》を、彼女はさらに口にした。

「〝オリオン〟のメンバーなら……、いや、ライブの参加者全員を見ても。乙女《おとめ》姉さんと張り合えるのは、柚日咲《ゆびさき》めくるでも夜祭花火《よまつりはなび》でもなく、ましてや歌種《うたたね》やすみでもなく、夕暮夕陽《ゆうぐれゆうひ》だと思うんだ」

「…………」

「演技力や歌唱力の高さ、仕事に対する姿勢。覚悟《かくご》。カリスマ性って、そういうところから出るんだと思う。そういう意味では、あんたほどリーダーに相応《ふさわ》しい人はいない。渡辺《わたなべ》が前に立って、背中を見せてくれれば絶対に上手《うま》くいく。あんたには、それだけの力がある」

そこで、由美子《ゆみこ》は顔を上げた。

今度は照れることなく、しっかりとこちらの目を見据《みす》え、力強い口調で続ける。

「あたしがリーダーをやったほうが、人間関係はスムーズにいくと思う。でも、勝つつもりなら。乙女《おとめ》姉さんたちに本気で挑《いど》むなら。リーダー、夕暮夕陽《ゆうぐれゆうひ》の存在が必要なんだよ」

「………………」

千佳《ちか》は返事ができない。

表情を変えることなく、彼女の言葉を黙《だま》って聞いていた。

由美子《ゆみこ》の想《おも》いは、わかった。

リーダーを任せたい理由も理解できた。信頼《しんらい》も感じた。

ゆっくりと由美子《ゆみこ》の言葉を飲み込んでいき、何より思ったことがひとつ。

――この人、わたしのこと好きすぎじゃない？

面と向かって、尊敬していることをここまで真剣《しんけん》に伝えることある？

しかも、普段《ふだん》嫌《きら》いだなんだと言っている相手に対して。

同級生で、同じ声優で、ラジオの相方相手に。

ひしひしと尊敬の念を感じるというか、こちらを見る瞳《ひとみ》には憧《あこが》れや情熱といったものがしっかりと映っている。

そんな目で見ないでほしい……。

本気であることを伝えるためか、茶化すこともごまかすこともない、まっすぐな、本当にまっすぐな想《おも》いに当てられる。

ぶつけられるほうの身にもなってほしい。

基本的に、感情表現がストレートなのよね、この子……。

「……あなたがわたしのことをどれだけ尊敬しているかは、伝わったわ」

ぼそりと言葉を返すと、凜々《りり》しかった由美子《ゆみこ》の顔が見る見るうちに赤く染まる。

焦《あせ》った様子で、裏返った声を上げた。

「は、はぁ？　別に、尊敬とか、今、関係ない、でしょ。そんな話してなくない？」

してるでしょうに。

なんでこのタイミングで照れるんだ。

あれだけ熱烈《ねつれつ》な告白をしておいて。

呆《あき》れていると、由美子《ゆみこ》はわざとらしい咳払《せきばら》いをした。

「と、とにかく。人間関係に関しては、あたしがフォローする。あんたの裏方に回ることを約束する。だから、渡辺《わたなべ》には前に立ってほしいの」

苦手なことは受け持つから、リーダーとして前に出てほしいと彼女は言う。

千佳《ちか》の裏方に回るなんて、業腹《ごうはら》だろうに。

どれだけ言葉を尽《つ》くしても、由美子《ゆみこ》の、歌種《うたたね》やすみの根底にある熱は変わらない。
夕暮夕陽《ゆうぐれゆうひ》には、負けたくない。
その想《おも》いは、そばにいる千佳《ちか》が一番感じている。
千佳《ちか》だって、歌種《うたたね》やすみにだけは負けたくない。
だからこそ、前回のライブでもリーダー同士で張り合っていたのだ。
その想《おも》いを殺してでも、千佳《ちか》にリーダーをやってほしいと由美子《ゆみこ》は言う。
すべては、桜並木《さくらなみき》乙女《おとめ》たちに勝つために。
「……あなたのそういうところ、本当に嫌《きら》い」
悪態をつくものの、声に力がないのは自分でもわかっている。
それは明らかな「ＯＫ」のサインだった。
由美子《ゆみこ》にあそこまで言わせて、どうして断れようか。
だって。
相方を尊敬しているのは、何も由美子《ゆみこ》だけじゃないのだから。
ただ、それを素直《すなお》に口にするのは嫌《いや》だ。仕方なく請《う》け負《お》った態度を貫《つらぬ》く。
由美子《ゆみこ》はほっとした表情になると、まるで賄賂《わいろ》のように卵焼きを差し出してきた。
おかずはほとんど残ってないくせに。
それでも、ぱくん、と食いついてやった。

BLUE CROWN

夜祭花火

【よまつり　はなび】
Hanabi Yomatsuri

生年月日：20××年5月28日

趣味：らーめん屋めぐり・旅行

担当コメント

「落ち着いた声色から子供や動物の声まで、幅広い演技を得意とする、若手屈指の実力派声優です。また、イベントやラジオなどの現場では卓越したトーク力を発揮し、確実な盛り上がりを提供します。全体を把握する視野の広さに加え、度胸のある立ち振る舞いは安定感抜群！喋りも演技もできる声優として、大貢献をお約束します。」

【TVアニメ】
『アニマルプラネッツ』サブキャラクター（トラ）
『エターナルパークへようこそ』メインキャラクター（マリア）
『あくまのしもべ!』サブヒロイン（ラミア）
『不可能シンギュラリティ』サブキャラクター（鈴城佳奈）
『グッバイ・ヘヴン』サブキャラクター（メイ・ウィンチェスター）
『静かな湖畔の虹の弓』サブキャラクター（東海道導）
『アンダー・ザ・イエロークラウド』メインキャラクター（轟花子）

【ゲーム】
『二次元三角錐フォーリン』麻生はる
『ティアラ☆スターズ』北国雪音

【ラジオ】
『夜祭花火の今夜はなに打ち上げる?』
『めくると花火の私たち同期ですけど?』
『ティアラ☆スターズ☆レディオ』

SNS ID：×hanabi-yomatsuri

連絡先
株式会社ブルークラウン
TEL:00-0000-0000　MAIL:support001@bluecrown.voices

BLUE CROWN Talent Profile

BLUE CROWN Talent Profile

BLUE CROWN

高橋結衣

【たかはし　ゆい】
Yui Takahashi

生年月日：20××年8月2日

趣味：水泳・スノボー

担当コメント

「老若男女問わず演じられる七色の声を持った期待のルーキーです。新人ながら起用経験も豊富で、アニメでは主役にも抜擢されました。声の柔軟性は弊社所属声優の中でも他の追随を許さず、どんな役でも対応できる器用さがあります。高い身体能力と表現力で、歌って踊れるアイドル声優としても、最高のパフォーマンスをお約束します！」

【TVアニメ】
『魔女見習いのマショナさん』メインキャラクター（マショナ）
『札幌高校女子スノボ部』サブキャラクター（高美鳶）
『悪役令嬢に転生したら憎まれるのが難しくて困っています』サブキャラクター（レベッカ）
『炎の魔導士ユッケ』メインキャラクター（ルルー・アクアリウム）
『HUMAN』サブキャラクター（長谷部トモヤ）
『追放されたパーティに正直戻りたい』サブキャラクター（プリン・トット）
『異世界転生したら最初からレベルマックスでやることがない』メインキャラクター（獣王メギド）

【ゲーム】
『ティアラ☆スターズ』小夏風鈴
『クリスタルファンタジー』ネル・ブラッド

【ラジオ】
『ティアラ☆スターズ☆レディオ』

SNS ID：×yui-takahashi_0802

連絡先

株式会社ブルークラウン

TEL:00-0000-0000　MAIL:support001@bluecrown.voices

「みなさん、ティアラーっす。今回パーソナリティを務める、和泉小鞠役の夕暮夕陽です」

「みなさん、ティアラーっす～。同じくパーソナリティ、大河内亜衣役、御花飾莉です～」

「ティアラーっす！ 同じくパーソナリティ、滝沢みみ役の双葉ミントです！ よろしくお願いします！」

「はい。という感じで、第15回が始まったけれど。この三人でやるのは初めてですね」

「そうですね！ ミント、お姉さんふたりとラジオやるの、すごく心強いです！」

「ミントちゃんからすれば、大体みんなお姉さんお兄さんになりそうだけどね～」

「せっかくなので、この三人だからこそできる話をしたいですが。収録の話でもしましょうか」

「ん～。そうですね～。あ、それこそあの話とかあるじゃないですか。決起集会？ みたいなのを〝オリオン〟のみんなでやったやつ」

「ケッキシュウカイ？」

「あぁ。ほら、アニメの収録のあとで集まったでしょう。みんなで」

「あ、あれですか！ 楽しかったですね！ ミント、あぁいったお店に行ったことないので、すごく新鮮でした！ ドキドキです！」

「そうなんだ～？ ん～、でもあたしも今はあんまり行かないかも？ 地元にいたときは友達と結構通ってたけど、ご飯食べようとすると割高だしな～」

「お店によりませんか。安いところは安いような」

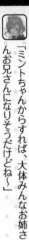

ティアラ☆スターズ☆レディオ！

「や～、どういう店のこと言ってるかはわかるんですけどぉ。ひとつひとつは安くても、ちゃんと食べようとすると結局……。あ！　ごめんミントちゃん。ついていけないよね」

「ううう、ごめんなさい。ミント、あんまり行ったことないので……」

「そうだよねぇ。好きな給食の話でもしよっか？」

「あ！　それならミントもできます！」

「いいですね」

「いや、なんで夕暮さんも乗り気？」

「ミントはやっぱり、カレーライスとわかめご飯です！　いつもおかわりします！」

「わたしは揚げパン」

「！　揚げパン！　揚げパンおいしいですよね……！　すっごくおいしい……！　あれなんなんでしょうか……。不思議……。魔法のパンですよね……。おいしい……」

「揚げたパンにきなこかけてるんでしょ～？　語彙力なくなるほどテンションあがる？」

「あれってきなこだったんですか！　もっと特別で不思議な粉かと思ってました」

「言い方」

「給食の話なのに、危険な言葉使わないでほしい～」

to be continued……

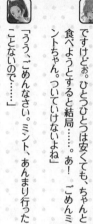

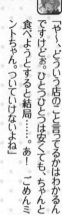

『ティアラ☆スターズ』はゲームアプリ版が既《すで》に配信されており、それが現状のメインコンテンツだ。それに加え、テレビアニメの制作も進んでいる。

ゲームアプリ版はアイドルたちがメンバーをシャッフルし、様々なユニットが作られている。

それぞれのユニットで、それぞれのストーリーが描《えが》かれていくわけだ。

そして、テレビアニメ版は〝オリオン〟に焦点《しょうてん》が当てられた物語。

自然と、アフレコに参加する面子《めんつ》も〝オリオン〟のメンバーが多くなる。

今日の収録も、〝オリオン〟のメンバーは全員参加だった。

「おはようございます」

スタジオ入りし、千佳《ちか》はスタッフたちに挨拶《あいさつ》をしていく。

挨拶《あいさつ》を終えてブースの扉《とびら》を開き、その光景に千佳《ちか》はちょっとだけ身構えた。

そこに並んでいたふたりに、思うところがあったからだ。

「へぇー！　じゃあ纏《まとい》さんは、妹さんと二人暮らしなんですか？」

「はい……、まぁ、そうですね……。妹が東京の高校に通うので、上京してきまして。ふたりで暮らすことになりました」

「そうなんだ！　へぇー……。高校生なら、お姉さんといっしょに暮らすほうが安心ですよねぇ。妹さんも、親御《おやご》さんも」

「それは……、そうですね……。親からも妹からも、泣きつかれたというか……。よっぽど心配だったみたいです。妹が上京したのも、わたしの存在が大きかったみたいで……」

ブース内にある長椅子《ながいす》で、由美子《ゆみこ》と纏《まとい》が並んで話し込んでいた。

羽衣纏《はごろもまとい》。

飾莉《かざり》と同じ一年目で、習志野《ならしの》プロダクション所属の新人声優だ。

今日は白のノースリーブのトップスを着て、下はベージュのロングスカート。

シンプルな格好だが彼女の雰囲気《ふんいき》に合っており、薄《うす》いメイクも上品だ。透明感《とうめいかん》がある。

長身なうえにスタイルがよく、モデルでも通用しそうな容姿が羨《うらや》ましい。

千佳《ちか》は背が低いから、つい羨望《せんぼう》の目を向けてしまう。

しかし同時に、どことなく存在感が希薄《きはく》で、そのまま消えていきそうな空気を持つ彼女。

隣《となり》にギャルギャルしい由美子《ゆみこ》が座っているから、余計そう感じる。

「あ、じゃあ纏《まとい》さんが家のことやってるんですか。ご飯とかも？」

「あぁ、まぁ……、大体は……？」

「纏《まとい》さんって会社勤めしてたんですもんね。そりゃ自立してるかぁ。ていうか、纏《まとい》さん。敬語いいですよ？　あたしのが年下なんですから」

由美子《ゆみこ》が明るく話《はな》し掛《か》けても、纏《まとい》は居心地《いごこち》が悪《わる》そうだった。

しかし、敬語の話になると、「いえ。そこは。芸歴がありますから」とぴしゃりと断る。

正直、あまり相性《あいしょう》がいいようには見えなかった。

そもそも、纏《まとい》と相性《あいしょう》がいい人物が存在するのかわからないが。

「おはようございます」

千佳《ちか》が声を掛《か》けると、ふたりとも挨拶《あいさつ》を返してきた。

それに乗じるように纏《まとい》が立ち上がる。

「すみません、お手洗いに行ってきます……」

台本をその場に置いて、纏《まとい》はそそくさとブースから出て行った。

明らかに逃《に》げる口実だ。

そんな纏《まとい》を見送ってから、千佳《ちか》は由美子《ゆみこ》の隣《となり》に腰《こし》を下ろす。

「羽衣《はごろも》さん、難しい人よね」

できるだけそう思わないようにしていたが、由美子《ゆみこ》にもあの態度ではお手上げだ。

千佳《ちか》には、彼女の壁《かべ》はとても壊《こわ》せなかった。

「わたしも〝アルタイル〟のとき、羽衣《はごろも》さんと話そうとしたけれど……、まるで上手《うま》くいかなかったわ。佐藤《さとう》の真似事《まねごと》も何度かしてみたけれど」

千佳《ちか》は千佳《ちか》なりに、リーダーとしての責務を果たそうとしたのだ。

全員に対してぎこちなく、心を開かない纏《まとい》と何度か接触《せっしょく》もした。

しかし、どれも上手《うま》くいかないうちにライブのほうが先に終わる始末だ。

どうも纏《まとい》は、自分たちを避《さ》けているようだ。

こちらが距離《きょり》を詰《つ》めようとしても、あっちに逃《に》げられてはどうしようもない。

千佳《ちか》が人との交流を苦手なことを差し引いても、上手《うま》くいかなかったのは必然に感じた。

そこで由美子《ゆみこ》は、意外そうに目を見開く。

「え。もしかして、あたしのことをちょくちょく見てたのって、そういうこと?」

思い当たる節があったらしく、そんなことを尋《たず》ねられる。

率直《そっちょく》に訊《き》かれると恥《は》ずかしいが……、由美子《ゆみこ》を参考にしたのは事実だ。

たとえば、修学旅行で彼女が友達に囲まれている姿。

〝ミラク〟の親睦会《しんぼくかい》で、お祭りに行ったことなど。

煽《あお》りはするものの、千佳《ちか》だって由美子《ゆみこ》のコミュニケーション能力の高さを認めている。

とはいえ、纏《まとい》があの調子なので、千佳《ちか》は心が折れてしまったが。

それだけに、由美子《ゆみこ》が纏《まとい》へ果敢《かかん》にアタックしているのはありがたい。

「早速《さっそく》、裏方をやってくれていることには感謝するわ。フォローは任せるわね」

ため息まじりでそう告げると、由美子《ゆみこ》はきょとんとした顔になった。

そのまま口を開く。

「いや別に。さっきのはそういうのじゃないけど。単に纏《まとい》さんがいたから、話したいと思って話してただけ」

さも当然のように言う由美子《ゆみこ》。

フォローでもなんでもなく、単に好きでやっていただけらしい。

思わず、舌打ちが出る。

根っから人が好きなのだ、この子は。

「出たわ。あなたのそういうところ、本当に嫌《きら》い」

「なんでや」

「大体、羽衣《はごろも》さんだってあなたに引いていたけれど？　グイグイ押すだけ押してトイレに押し込むのが佐藤《さとう》のやり方？　それなら力士は全員交流上手ってことになるわね。はー、どすこいどすこい」

「こいつ……。あんたはそうやって、すぐに諦《あきら》めるから何も進まないんでしょうが。熱いものを触《さわ》ったときと同じで、すーぐ手を引っ込める。反射よ反射。本能で怯《おび》えてどうすんの？」

そんなことをやいやいと言い合う。

しばらく口論を続けても纏《まとい》は帰ってこなかったので、避《さ》けられているのは間違《まちが》いない。

それでも由美子《ゆみこ》は気にした様子もなく、彼女について話し始めた。

「纏《まとい》さん、だいぶ早い時間から来てるみたいなんだよね。気合入ってる」

言いつつ、席に置かれたままの台本に目を向けた。

「……だいぶ読み込まれているわね」

付箋《ふせん》がいくつも挟《はさ》まっており、中もいろいろと書き込まれていることが予想できた。

綺麗《きれい》に使おうとする努力は見て取れるが、台本はくたびれてしまっている。

よっぽど読み込まなければ、こうはならない。

「デビュー作だし、メインのキャラだから意気込むのはわかるんだけど。それを差し引いても、並々ならぬ気合を感じるなって」

由美子《ゆみこ》はぽつりとこぼす。

千佳《ちか》はそれに頷《うなず》きながらも、別の考えがよぎっていた。

羽衣纏《はごろもまとい》は真面目な人間ではあるが、それだけではない。

どういった人間か読み切れず、千佳《ちか》は纏《まとい》とは最後までぎこちないままだった。

果たして、今回は上手《うま》くいくのだろうか。


アフレコ前に、纏《まとい》について話していたから。

千佳《ちか》は自然と、纏《まとい》の演技に目がいっていた。

今、三本のマイクの前に立っているのは、右から纏《まとい》、由美子《ゆみこ》、飾莉《かざり》の三人。

今日収録しているのは羽衣《はごろも》纏《まとい》演じる、芹川苺《せりかわいちご》にスポットが当たる回だ。

「そ、そんなあ！　無理ですよぅ、こんな短期間でダンスを覚えるなんてぇ！　わたしには絶対無理ですぅ！」

芹川苺《せりかわいちご》は自分に自信がなく引っ込み思案《じあん》だが、それでもアイドルを目指すキャラクターだ。

それを危なげなく、纏《まとい》は表現している。

表情は活《い》き活《い》きとし、普段《ふだん》の儚《はかな》げな雰囲気《ふんいき》は消《き》え失《う》せていた。

演じることが楽しくて楽しくて仕方がない。そんな心の声が聞こえてきそうだ。

「とはいえ、やるしかないでしょう？　苺《いちご》ちゃんも、わがままばかり言わないの」

同じく一年目の飾莉《かざり》は、纏《まとい》ほど余裕《よゆう》はない。

演技だけでいっぱいいっぱいといった感じだが、あれが普通《ふつう》だ。

千佳《ちか》だって最初は上手《うま》くいかなかったし、由美子《ゆみこ》だってそうだろう。大体の新人が四苦八苦しながら必死で喰《く》らいつこうとして、失敗しての繰《く》り返《かえ》しだ。

けれど。

千佳《ちか》は纏《まとい》をじっと見ているうちに、そこに気付いた。

纏《まとい》は台本を見ていない。手に持っているだけだ。

めくってはいるものの、視線をそちらに向けることはない。

セリフを完全に記憶《きおく》して、台本を持たずにアフレコに挑《いど》む声優は、いる。

そのほうが演技に集中できる、というのはわからないでもないが……。

千佳《ちか》も演技については真面目だと思うが、それでも完全暗記はしたことがない。

彼女の並々ならぬ熱量はしかし、仕事すべてに注がれているわけではない。

そのことを千佳《ちか》はよく知っていた。

「それでは、一旦休憩《いったんきゆうけい》入りまーす」

しばらく収録が進んだあと。

調整室から声が掛《か》かり、千佳《ちか》は肩《かた》の力を抜《ぬ》いた。

ブース内の緊張感《きんちようかん》が薄《うす》まっていき、一気に部屋が換気《かんき》されたような感覚を覚える。

ブースの扉《とびら》が開かれ、何人かが外に出て行った。それをぼうっと眺《なが》めていると、隣《となり》に座る由《ゆ》美子《みこ》が小さく笑《え》みをこぼす。

なぜか嬉《うれ》しそうに台本をパラパラめくっていた。

「なに。そんな嬉《うれ》しそうな顔をして」

声を掛《か》けると、由美子《ゆみこ》は驚《おどろ》いた顔をした。

どうやら、無意識だったらしい。

恥《は》ずかしそうに、赤くなった頬《ほお》をぽりぽり掻《か》いている。

「いやー……。〝ティアラ〟ってゲームの収録多いじゃん。この前も録《と》ったばっかなんだけどさ。あたしはやっぱり、みんなで録《と》れるアフレコのほうがいいなーって思って」

「あぁ……」

納得《なつとく》する。千佳《ちか》も先日、ゲームアプリ版のボイス収録をしたばかりだ。

ゲームの収録は、基本的にひとりで行う。

テレビアニメは三十分の作品が多いが、ゲームは内容によって時間が大きく変わる。

膨大《ぼうだい》な時間を使って、大量のセリフをひとりで淡々《たんたん》と収録することも珍《めずら》しくない。

それは確かに、歌種《うたたね》やすみには不向きだろう。

彼女が得意とする環境《かんきょう》は、もっと別だ。

しかし。

「こんなときまで、『みんなといっしょ』がいいの？　あなたたちみたいな人種は、本当にひとりで過ごすのが嫌《きら》いよね。火を怖《こわ》がる動物じゃあるまいし、孤独《こどく》を恐《おそ》れすぎじゃないの」

千佳《ちか》としては、『ひとりで集中して収録する』ゲーム収録はむしろ好ましいので、ついそんな憎《にく》まれ口《ぐち》を叩《たた》いてしまう。

途端《とたん》、由美子《ゆみこ》がカチンときた表情になった。

「そりゃあんたはひとりで収録するほうが性《しょう》に合《あ》ってるだろうね。授業もひとりで受けられたらよかったのにねえ、こーんな小さな箱とかに入ってさ」

「近い将来、それが主流になるかもしれないわよ？　時代は動いているから。今はあなたたちの声が大きいだけで、次の世代は適応できずに滅《ほろ》ぶかも。恐竜《きょうりゅう》か何かみたいにね」

「こいつ……」

そんな話をしているうちに休憩《きゅうけい》時間も終わってしまった。

残りの収録も、問題なく進んでいく。

「お疲《つか》れ様《さま》でした〜」

収録分をすべて録《と》り終わり、キャストが挨拶《あいさつ》とともにブースから出て行く。

千佳《ちか》たちもブースを出るが、そのまま解散とはいかなかった。

千佳《ちか》が由美子《ゆみこ》を見上げると、彼女は小さく頷《うなず》く。

「すみませーん。〝オリオン〟のメンバーは、ちょっといいですか？」

由美子《ゆみこ》が声を掛《か》けると、該当《がいとう》する三人が足を止めた。

「なんですか、歌種《うたたね》さん。何かレンラクジコウがありますか？」

最初に声を上げたのは、双葉《ふたば》ミント。大吉芸能《だいきちげいのう》所属。

夏らしくTシャツに短パン姿で、膝小僧《ひざこぞう》には絆創膏《ばんそうこう》が貼《は》ってある。

芸歴八年を超《こ》える千佳《ちか》たちの先輩《せんぱい》ながらも、まだ小学五年生という女の子。

腕《うで》も脚《あし》も細く、背も低い。その華奢《きゃしゃ》な身体《からだ》には不安さえ覚える。

「ミントちゃん、連絡事項《れんらくじこう》って言いたいだけじゃない〜？　今日学校で覚えたの？」

からかうような口調でミントの頬《ほお》を指でつつき、鬱陶《うっとう》しそうに振《ふ》り払《はら》われているのは御花飾《おはなかざ》莉《り》。ティーカップ所属の一年目。

ウェーブボブのやわらかな髪《かみ》と同じく、ほわっとした雰囲気《ふんいき》の女性だ。

しかし、なかなか癖《くせ》のある新人らしい。

「…………」

ミントと飾莉《かざり》がじゃれあう中、暗い顔で足を止めたのが纏《まとい》だ。

文句を口にしないまでも、あまり歓迎《かんげい》している様子はない。

嫌《いや》がっているというよりは、困っている。

しかし由美子《ゆみこ》は、気にした素《そ》振りもなく話を進めた。

「や、ちょっとユニットのことで話をしたくて。いろいろ込《こ》み入《い》った話もあるから、どこかお店にでも寄らない？　ファミレスとかでいいから」

由美子《ゆみこ》の提案に、ミントがパッと目を輝《かがや》かせる。

「ふぁ、ファミレス……！　仕事帰りにファミレスなんて、大人っぽい……！　お、おほん！　ま、まぁそうですね、歌種《うたたね》さんがどうしてもと言うのなら、付き合ってあげますよ。わたしは先輩《せんぱい》ですからね」

ミントはふふん、と胸を張る。

彼女は賛成のようだ。

大人はむしろ、仕事帰りにファミレスは選ばなさそうだが。そこは言わぬが花だろう。

その隣《となり》で、飾莉《かざり》は小さく首を傾《かし》げた。

「あたしもファミレスくらいならいいけど～。でも、ミントちゃん大丈夫《だいじょうぶ》？　小学生が親以外とファミレスなんか行ったら、不良罪でお巡《まわ》りさんに捕《つか》まっちゃうかもよ？」

「は、はぁ？　なんですか、その子供騙《こどもだま》しは……。もしもそれが本当だとしても、歌種《うたたね》さんにお母ちゃん役やってもらいますから大丈夫《だいじょうぶ》です」

「いくら何でも小学生のママはあたしもキツいな？」

茶化しながらも、飾莉《かざり》も参加に異論はないようだ。

しかし案の定、纏《まとい》は気まずそうに顔を逸《そ》らした。

ぼそっと呟《つぶや》く。

「交流を深めるのが目的なら、お若い人だけのほうがいいと思いますよ。わたしは……」

断る雰囲気《ふんいき》を出した纏《まとい》に、由美子《ゆみこ》はカラッと笑ってみせる。

「纏《まとい》さんもめちゃくちゃ若いじゃないですか。それに、ちょっとユニットとして大事な話もしたいんで。今回だけでも付き合ってくれませんか？」

「…………」

そんな言い方をされれば、さすがに纏《まとい》も断れなかったようだ。

居心地《いごこち》が悪そうにしながらも、「今回だけでしたら」と頷《うなず》く。

そのまま、近くのファミレスに向かうことになった。

由美子《ゆみこ》のおかげで全員参加は達成されたが、飾莉《かざり》は思うところがあったらしい。

飾莉《かざり》と由美子《ゆみこ》が先頭を歩き、その後ろに千佳《ちか》、さらにその後ろにミントと纏《まとい》が横並びで歩く中、飾莉《かざり》がこしょっと由美子《ゆみこ》に言ったのだ。

最後尾《さいこうび》の纏《まとい》には聞こえないだろうが、千佳《ちか》には声が届いてしまう。

「羽衣《はごろも》さんは気まずいんじゃない〜？　周りはかなり年下なのにみんな先輩《せんぱい》で、同期のあたしも年下だし。ひとりだけ二十代だしさあ。やりづらいと思うよ〜」

「わからないでもないけどさ。でも、せっかく同じユニットになったんだし、仲良くしたいじゃん？　いっしょにやってるうちに、歳《とし》の差も芸歴も関係なくなってほしいけどねぇ」

「やすみちゃんのそういうところ、本当無理〜」

うえ〜、という顔をしたあと、飾莉《かざり》はおかしそうに笑う。

このふたりは以前トラブルがあったらしいが、今ではその空気も薄《うす》く感じる。

しかしそこで、飾莉《かざり》が目を細めた。

由美子《ゆみこ》に顔を寄せて囁《ささや》く。

「真面目な話、仲良しこよしでやる必要はないんじゃないの？　嫌《いや》がる人を無理やり引っ張ってきても、お互《たが》い嫌《いや》な気持ちになるだけだよ。やすみちゃんの自己満《じこまん》で、場の空気悪くしちゃ世話ないでしょ。言わなきゃわっかんないかな〜」

「ご忠告どーも。でもこれも、必要なことなんだよ。あと、その手の言葉は耐性《たいせい》あるからその程度じゃ刺《さ》さんないな〜」

「…………」

なんというか。

普段《ふだん》から彼女に罵詈雑言《ばりぞうごん》をぶつけている自分が言うのもなんだが、後輩《こうはい》にあれだけ嫌味《いやみ》を言われても効かないのはすごい。

というかむしろ、なぜ自分にはあそこまでムキになって言い返してくるのか。

千佳《ちか》はそっと視線を外し、後方を見る。

わくわくを隠《かく》し切《き》れないミントと、浮《う》かない表情の纏《まとい》。

飾莉《かざり》の意見はもっともだ。

この環境《かんきょう》では、纏《まとい》が距離《きょり》を置きたくなるのもわかる。

小さなミントが隣《となり》にいると、纏《まとい》の長身はより際立《きわだ》つ。

それは年齢《ねんれい》も同じではないか。

それを無理にくっつけようとすれば、不和が生じるのは当然だ。

……本当に、このユニットはまとまるのだろうか。不安は消えない。

けれど、歩いていれば目的地には辿《たど》り着《つ》いてしまう。

ファミレスでは六人席に案内してもらい、とりあえず人数分のドリンクバーを注文した。

「やすみちゃん、適当になんか持ってきて～」

「あたし先輩《せんぱい》だぞ～」

そう言う飾莉《かざり》を席に残し、四人で飲み物を取りに行く。

ミントは初めてのドリンクバーらしく、はしゃいで飲み物をすべてミックスしていた。

千佳《ちか》も幼い頃《ころ》はよくやったが、母に「やめなさい……」と呆《あき》れられてからはやってない。

大体おいしくないし。

ミントも渋《しぶ》い顔をしながら、「めちゃくちゃおいしいです……」と項垂《うなだ》れていた。

さて、本題だ。

飲み物の用意もして全員が席に着き、話す準備が整う。

すると、由美子《ゆみこ》が視線で「あたしが言おうか?」と尋《たず》ねてきた。

それに軽く手を振《ふ》って、千佳《ちか》が口を開く。

「先日、プロデューサーの榊《さかき》さんから、〝オリオン〟のリーダーを決めるよう言われました。わたしとやす、どちらがリーダーになるかをふたりで話し合えと」

その反応は、三者三様だ。

ミントは不服そうに唇《くちびる》を尖《とが》らし、飾莉《かざり》は「へえ?」といった顔になり、纏《まとい》は無表情で聞いている。

反応を期待しているわけではないので、さっさと話を進めた。

「そこでふたりで話し合った結果、リーダーはわたしが務めることになりました。よろしくお願いします」

そこでの反応はわかりやすかった。

三人とも、大なり小なり意外そうにしていたのだ。

気持ちはわかる。

千佳《ちか》だって、歌種《うたたね》やすみがリーダーになるものだと思っていた。

けれど由美子《ゆみこ》は、恥《は》ずかしい思いをしながらも、まっすぐな気持ちを千佳《ちか》に伝えてきた。

その尊敬や期待には、応えなければならない。

「あ～、やすみちゃんクビになっちゃったかぁ～」「クビじゃないですぅ～」と飾莉《かざり》たちが軽口を叩《たた》くのを聞きながら、千佳《ちか》は話の続きを口にした。

「そこで話しておきたいのですが、次のライブは〝アルフェッカ〟との対決ライブです。言うまでもありませんが、〝アルフェッカ〟はほとんどの方が芸歴も実力も上、そして何より、桜《さくら》並木《なみき》さんがいます。生半可なパフォーマンスをすれば、こちらが完全に喰《く》われます」

空気がピリッとする。

今までは七月のライブで頭がいっぱいだったし、先のことを考える余裕《よゆう》はなかった。

しかし、いよいよ直視しないといけない。

自分たちは、あの桜並木《さくらなみき》乙女《おとめ》たちに挑《いど》まなければならないのだ。

「対決ライブという名目上、比べられる可能性は大いにあります。そこで、盛り上がりに差が出るのは避《さ》けたいんです。〝アルフェッカ〟は最高だった、〝オリオン〟はまぁ頑張《がんば》ったね、なんて言われるのは冗談《じょうだん》じゃない。いや――」

千佳《ちか》は一度言葉を区切り、改めて自分の正直な気持ちをぶつけた。

「わたしは、〝アルフェッカ〟に勝ちたいです」

隣《となり》で由美子《ゆみこ》が、身じろぎするのがわかった。

ミントの目は興奮に光《ひか》り輝《かがや》き、飾莉《かざり》は打って変わって微妙《びみょう》そうな顔になり、纏《まとい》は表情に不安の色を露骨《ろこつ》に表す。

良《い》い反応は返ってこない、と覚悟《かくご》はしていた。

こんな話をして乗り気になるのは、純粋《じゅんすい》なミントとバカみたいに負《ま》けず嫌《ぎら》いなだれかさんくらいだ。

反応の悪さに構うことなく、千佳《ちか》は話を進める。

「だから少しでも多く、練習を重ねていきたい。わたしは、勝つつもりでやります。皆《みな》さんも、同じ気持ちでいてほしいです」

今回、伝えたかったのはそれだ。

気持ちを共有し、一丸となってレッスンに励《はげ》んでいきたい。

勝つつもりで。

千佳《ちか》の話が終わると、隣《となり》で黙《だま》って聞いていた由美子《ゆみこ》が口を開いた。

「あたしも、ユウと同じ気持ち。いくら乙女《おとめ》姉さんたちが強敵でも、むざむざ負けるなんて嫌《いや》だよ。勝ちたい。そのつもりで、自主練もいっぱいやっていきたいんだ」

千佳《ちか》と同じ気持ちを、由美子《ゆみこ》は口にする。

その言葉に、真っ先に呼応したのはミントだった。

細い腕《うで》を振《ふ》り上《あ》げ、高らかに声を上げた。

「もちろんですよ！　わたしは最初からフンコツサイシンのセイシンでしたから！　〝アルフエッカ〟の人たちに完勝して、ぎゃふんと言わせてやりましょう！」

「その気持ちは嬉《うれ》しいけど、ミントちゃんはやりすぎないようあたしが見張るからね」

由美子《ゆみこ》が釘《くぎ》を刺《さ》すと、ミントは「なんでですか！」と怒《おこ》り出したが、由美子《ゆみこ》は「前みたいなことはダメ、絶対」と手のひらを向ける。

身体《からだ》を壊《こわ》せば元も子もない。

前回、それでいざこざがあったらしいので、由美子《ゆみこ》に見張ってもらえるのはありがたい。

そして、トラブルを起こした人物はもうひとりいる。

飾莉《かざり》は、頬《ほお》に手を当てて小首を傾《かし》げた。

「勝ち負けにこだわりすぎるのはどうかと思うけどね～。それは本質じゃないしぃ。そこで視野を狭《せま》くしてどうするのって感じ」

ちくり、と刺《さ》してくる。

由美子《ゆみこ》が言葉を返そうとしたが、それより先に飾莉《かざり》はふっと笑った。

「ま、結局はとにかく頑張《がんば》ろうって話でしょ。勝ち負けに固執《こしつ》するのはともかく、パフォーマンスを上げようってことなら、わたしは別に反対しないよ」

捻《ひね》くれたことを言うのでヒヤリとしたが、どうやら飾莉《かざり》も賛成らしい。

由美子《ゆみこ》は飾莉《かざり》を見つめ、目をぱちくりとさせた。

「意外だな、飾莉《かざり》ちゃんがそう言うなんて。反対されるもんだと思ってたけど」

「べっつにぃ～。ま、あんまり文句言ってると、こわーい先輩《せんぱい》にまた説教されちゃうしぃ」

「……？」

なんだか嬉《うれ》しそうに飾莉《かざり》は言う。

その先輩《せんぱい》に心当たりがない千佳《ちか》と由美子《ゆみこ》としては、首を傾《かし》げるほかない。

ただ、飾莉《かざり》がそう言ってくれるのなら話は早い。

どうやら、このユニットは上手《うま》く――。

「待ってください」

そこで異論が入った。

全員の視線がそちらに向かう。

纏《まとい》が、険しい表情で千佳《ちか》たちを見ていた。

言いづらそうにしつつも、纏《まとい》は己《おのれ》の意見を口にする。

「一応、わたしはこの中で最年長です。なので、一言確認《かくにん》しておきたいのですが……」

彼女がこんなふうに、自分から主張するのは初めてかもしれない。

不安そうな表情を隠《かく》そうともしなかったけれど、それでもはっきりと言葉を並べた。

「ライブを頑張《がんば》る、自主練を頑張《がんば》る。とても良《い》いことだと思います。ですが、わたしたちの本分は演技だと思うんです。今のおふたりの話だと、アフレコよりもライブの練習に力を注ぎたい。そう仰《おつしや》ってるように聞こえます」

その意見に、千佳《ちか》はすぐに返答する。

「いえ。もちろんほかの仕事を疎《おろそ》かにはしません。アフレコを全力でやりながら、ライブの練習も全力でやっていこう。そう言いたいんです」

纏《まとい》はそれに小さく首を振《ふ》る。

千佳《ちか》の目をしっかり見据《みす》えながら、言い聞かせるように口を開いた。

「どれもこれも、全力でやりたい。その気持ちはわかりますが、人のリソースは限られています。〝アルフェッカ〟に勝てるくらい自主練を力いっぱいやって、かつほかの仕事も全力でやる。……そんなことをすれば、無理が生じると思いませんか」

千佳《ちか》は一瞬《いっしゅん》、言葉に詰《つ》まる。

千佳《ちか》は、どの仕事にも全力でぶつかろうと考えていた。

それはきっと、由美子《ゆみこ》も同じ。

そこで無理をしないかと言えば、答えに迷う。

千佳《ちか》が黙《だま》り込《こ》む間に、由美子《ゆみこ》が口を開いた。

「いや、でも纏《まとい》さん。ちょっとくらい無理するのはしょうがないんじゃ――」

「それはダメです！」

由美子《ゆみこ》の言葉を、纏《まとい》が勢いよく遮《さえぎ》る。

普段《ふだん》、静かに話す纏《まとい》が大きな声を出して、周りはもちろん、本人も驚《おどろ》いていた。

慌《あわ》てて纏《まとい》は、頭を下げる。

「大きな声を出してすみません……。でも、これだけは言わせてください。無理をする前提で立てる計画は、絶対に間違《まちが》っています。それは、歌種《うたたね》さんもわかっていますよね」

「それは……」

由美子《ゆみこ》は怯《ひる》む。彼女はそれを否定できない。

ミントの無理を見過ごし、乙女《おとめ》が倒《たお》れる姿を目の前で見た由美子《ゆみこ》には、それはどんな言葉より効いてしまう。

場が沈黙《ちんもく》すると、ミントが飾莉《かざり》に小声で話《はな》し掛《か》けていた。

「御花《おはな》さん。りそーす、ってなんですか？」

「揚《あ》げ物《もの》とかにかけるおソースのこと～。ソースって使えばなくなっちゃうでしょ？　そういうふうに、使える力は有限……、限られてるってこと。ソースがちょっとしか残ってないのに、コロッケにだばってかけたら、もうご飯にはかけられないでしょ～？」

「御花《おはな》さん、ご飯にソースかけて食べるんですか？」

飾莉《かざり》が大嘘《おおうそ》と微妙《びみょう》な本当を教えた挙句、脱線《だっせん》している。

しかし、ミントが無理やり本線に合流してきた。

ソース

「では羽衣《はごろも》さん！　ライブにソースを全部かけたらいいじゃないですか！　あっちのユニットに勝ちたいなら、それくらいしないと！」

ミントが大振《おおぶ》りでソースをかける動作をしたあと、拳《こぶし》をぎゅっと握《にぎ》った。

それに飾莉《かざり》が呆《あき》れながら口を挟《はさ》む。

「それはダメでしょ〜。ライブの練習のせいで、ほかの仕事が疎《おろそ》かになるのは避《さ》けたい、って羽衣《はごろも》さんは言ってるんだよ？」

「でもわたしは勝ちたいんですよ！　〝アルフェッカ〟に！」

ミントはムキー！　と声を上げる。

こんな場じゃなければ和《なご》んだかもしれないが、纏《まとい》は気まずそうに目を逸《そ》らした。

そのまま、淡々《たんたん》と話を続ける。

「相手のユニットに勝ちたい。負けたくない。その気持ちは立派だと思いますが……、無理をして、もしくはほかを疎《おろそ》かにしてまで勝ったところで、大きな収穫《しゅうかく》があるとは思えません。勝負のことは考えず、お客さんに満足してもらうクオリティを保って、演技も頑張《がんば》る。それではいけませんか」

纏《まとい》は既《すで》に由美子《ゆみこ》や千佳《ちか》を見ておらず、テーブルの上に視線を彷徨《さまよ》わせている。

それでも、意見を口にすることはやめなかった。

「わたしたちは、声優です。目の前のことより、もっと長い目で見ませんか。ライブも大事ですが、わたしたちにはアニメやゲームの収録があります。そちらで結果を出すことのほうが、声優として優先すべきだと思うんです。影響力《えいきょうりょく》が全く違《ちが》います。それでもライブの勝ち負けにこだわるのは――」

纏《まとい》はそこで言葉を区切り、言いづらそうに息を吐《は》く。

それでもきゅっと目を瞑《つぶ》ってから、千佳《ちか》たちに顔を向けた。

「合理的では、ないと思います」

間違《まちが》っている、とはっきり言われてしまう。

確かに合理的に考えれば、千佳《ちか》たちの選択《せんたく》は間違《まちが》っているかもしれない。

得るものだって、多くはないかもしれない。

しかし、ここで「はいそうですか」と引き下がれないくらいには、千佳《ちか》たちは既《すで》に様々なものを背負っている。

だからこそ千佳《ちか》も反論を口にしようとするが、先に飾莉《かざり》が声を上げてしまった。

「それはわかるかも～」

先ほどこちらに同調したはずの飾莉《かざり》が、のんびりとそう言い出した。

しかし、千佳《ちか》と由美子《ゆみこ》の視線が突《つ》き刺《さ》さったからか、慌《あわ》てて取《と》り繕《つくろ》うような口調になる。

「あぁいや、別にふたりを否定したいわけじゃなくて。羽衣《はごろも》さんの言ってることは正しいな、って思っただけ。ライブの勝ち負けにこだわらず、全部の仕事をしっかり、バランスよくこなす。そのほうが合理的だっていうのは、事実でしょ」

「…………」

それは、そのとおりだと思う。

言ってしまえば、「勝ちたい」と願うのは千佳《ちか》と由美子《ゆみこ》のわがままだ。

しかし、その「勝ちたい」という思いがいかに力を与《あた》えるか、千佳《ちか》たちは知っている。

ただ、その主張も分が悪いかもしれない。

その理由を、飾莉《かざり》は口にした。

「大体、あっちには桜並木《さくらなみき》乙女《おとめ》がいるんだよ？　本気で勝てると思ってる？」

それを言われてしまうと、痛い。

現実的に考えれば、絶対に勝てる戦いではない。

それでも、千佳《ちか》は「勝ちたい」と強く強く願う。

それはもちろん、だれにも負けたくない、という負けん気の強さもあるけれど。

「…………」

隣《となり》に座る由美子《ゆみこ》――、歌種《うたたね》やすみと交《か》わした約束がある。

『いつか……。頑張《がんば》って頑張《がんば》って、色んなことをう～んと上手《うま》くなってさ……、乙女《おとめ》姉さんを越《こ》えよう。今度こそ、さ』

『当然よ……、このままで終わるものですか。出直し。今日のところは出直しよ。わたしも、あなたも』
　あのとき、涙《なみだ》を流しながら悔《くや》しさに震《ふる》えた。
　乙女《おとめ》が抜《ぬ》けたライブに出て、打ちのめされて、舞台袖《ぶたいそで》で泣いたあのとき。
　歌種《うたたね》やすみはそう言ってくれたのだ。
　隣《となり》に由美子《ゆみこ》がいて、目の前で乙女《おとめ》が立ちはだかっている。
　燃えないほうがどうかしている。
　だが、これは千佳《ちか》の都合でしかない。
　絶対に敵《かな》わない相手に、モチベーションを保てないのは自然なことだ。
　けれど本気で「勝ちたい」と願わなければ、巨大《きょだい》すぎる壁《かべ》は揺《ゆ》れることさえない。
「わたしは、勝てると思いますよ！　勝ちたいです！　全力でやりたいです！」
　そう声を上げたのは、ミントだ。
　弱気なことを言った飾莉《かざり》に、がるるる、と牙《きば》を剝《む》いている。
　そんなミントを微笑《ほほえ》ましそうに見たあと、飾莉《かざり》は頰杖《ほおづえ》を突《つ》いてこちらに指を向けた。
「まあ。決めるのはリーダーだと思いますよ～。あたしはそれに従うだけでーす」
　飾莉《かざり》は、意見を完全に覆《くつがえ》すつもりはないらしい。
　暗に「本気でやりたいなら纏《まとい》を説得しろ」と言っている。
　どうしたものか、と思考を巡《めぐ》らせていると、纏《まとい》が軽く身体《からだ》を跳《は》ねさせた。

慌《あわ》てて、スマホを取り出している。

何かメッセージが来たのか、「あっ」という表情をしてから、ぱたぱたと慌《あわ》て始めた。

「す、すみませんっ。ちょっといも……、きゅ、急用ができましてっ。ここで失礼します」

急いで財布《さいふ》からお金を出し、ぽかんとしている四人を置いて、慌ただしくファミレスから出て行ってしまった。

お、お疲《つか》れ様《さま》です～……？　という声がいくつか重なるが、聞こえていないだろう。

緊迫《きんぱく》した空気から一転し、なんだか拍子《ひょうし》抜《ぬ》けしてしまった。

飾莉《かざり》がニヤニヤしながら、「彼氏《かれし》かな？」と呟《つぶや》き、由美子《ゆみこ》が「いや、そんな感じじゃなかったでしょ」と呆《あき》れる。

ミントは腕《うで》組《ぐ》みをして、どかっと背もたれに身体《からだ》を預けた。

「まったく！　何が気に喰《く》わないんでしょうね、羽衣《はごろも》さんは！」

……この子は、話の半分も理解していないのかもしれない。

それはそれで頼《たの》もしいけれど。

「ま～、羽衣《はごろも》さんもいろいろ大変らしいから。あんまり無茶したくないんじゃない～？」

飾莉《かざり》はコップの側面を指でなぞりながら、独り言のように呟《つぶや》く。

というより、本当に独り言だったのかもしれない。

「なに、飾莉《かざり》ちゃん。何か知ってんの？」

そう由美子《ゆみこ》が反応すると、「しまった」という顔をしたからだ。

飾莉《かざり》は手をひらひらさせながら、慌《あわ》てて言葉を並べる。

「や、そんな深くは知らないよ？　ただ、あたしは一応同期だしぃ。あんまりしゃべったことないけど、ぽろっと教えてくれたことがあって。なんかま～、実家がちょっと大変だった、みたいな話をちろっとね。あの歳《とし》で新人なのも、その辺と関係してるんじゃない～？」

知らないけど～、と飾莉《かざり》は嘯《うそぶ》く。

千佳《ちか》は由美子《ゆみこ》と顔を見合わせるが、彼女は首を振《ふ》った。由美子《ゆみこ》も知らない話らしい。

纏《まとい》が今回反対したのも、それに関係しているのだろうか。

しかし、何が原因であれ、正しいのはきっと纏《まとい》のほうだ。

だからこそ、今の千佳《ちか》たちにはそれ以上語る言葉はなかった。


ミントたちと別れ、千佳《ちか》と由美子《ゆみこ》はふたりで帰路につく。

駅のホームのベンチに並んで座っていた。

ファミレスで話し込んでいるうちに、空気が夜に染まりつつある。

陽《ひ》が落ちていく空を眺《なが》めていると、由美子《ゆみこ》が隣《となり》で口を開いた。

「まずは、纏《まとい》さんに納得《なっとく》してもらわなきゃ話にならんね」

ふたりきりになったからか、少しだけ気の抜《ぬ》けた声だった。

背中もちょっと丸くなっている。

「残念ながら、そうね。そこからになるわね」

今回のライブは全員、同じ方向を向いて死力を尽《つ》くし、それでも届くかわからない目標に挑《いど》むことになる。

バラバラのままでは成功の見込みはない。

まずはスタートラインに立つ必要があった。

「纏《まとい》さんが言ってることは正しいんだよなー……。演技をすごく大事にしている人なんだろうし。でも、それだけじゃなくて……」

由美子《ゆみこ》は頭を掻《か》きながらぼんやりと口にしていたが、途中《とちゅう》でやめる。

纏《まとい》の言動や態度を見ていれば、由美子《ゆみこ》が何を言いたいかは自《おの》ずとわかった。

「アイドル声優の仕事は、好きじゃないんでしょうね」

千佳《ちか》が代わりに言うと、由美子《ゆみこ》はこちらをまじまじと見てくる。

周りにはだれもいないのに、声を潜《ひそ》めて尋《たず》ねてきた。

「渡辺《わたなべ》、前もそう言ってたけど。やっぱそうなの？」

「ええ。わたしも〝アルタイル〟のとき、羽衣《はごろも》さんとは何度か話をしたから。そのときに、一度だけ聞いたわ」

ユニットのリーダーとして、千佳《ちか》なりに纏《まとい》のことを理解しようとした。

あまり実を結んだとは言えないけれど、収穫《しゅうかく》は全くのゼロではない。

そのときの光景は、はっきりと記憶《きおく》に残っている。

暑い日だった。

レッスンルームで、纏《まとい》とふたりきりで自主練に励《はげ》んでいたときだ。

纏《まとい》は背が高く、腕《うで》も脚《あし》も長い。

彼女の振《ふ》り付《つ》けは美しく、目を奪《うば》われるような華麗《かれい》さがあった。運動神経もいいのだろう。

しかし、タオルで汗《あせ》を拭《ぬぐ》う彼女を見て、直感めいたものを覚えた。

「羽衣《はごろも》さんは、わたしと同じだったから。そのせいで、わかってしまったんでしょうね」

荒《あら》い息で目を伏《ふ》せる彼女に、無意識のうちに尋《たず》ねてしまったのだ。

『羽衣《はごろも》さん。もしかして、アイドル声優の仕事が嫌《いや》なんですか』と。

その日は暑かったし、汗《あせ》の量もすごかった。まだ息も整っていなかった。

だから、お互《たが》い頭がぼんやりしていたのかもしれない。

纏《まとい》はしんどそうにこちらに目を向けたあと、ぼそりと呟《つぶや》いたのだ。

『はい。やりたくありません』

纏《まとい》は纏《まとい》で失言だったと感じたらしく、そのあと明らかにはっとしていた。

心中察するところもあり、千佳《ちか》もそれ以上は聞かなかった。

ただそれ以降、纏《まとい》はさらに千佳《ちか》を避《さ》けるようになったし、千佳《ちか》もどうすればいいかわからなくなってしまった。

「そっか……」

由美子《ゆみこ》には、既《すで》にこの話をしたことがある。

夏祭りの日、お互《たが》いに悩《なや》みを吐露《とろ》し合ったときだ。

あの日もそうだったが、由美子《ゆみこ》は何か言いたげにちらちら見てくる。

彼女が何を気に掛《か》けているかは、薄々《うすうす》察していた。

案外、わかりやすいのだ。彼女は。

しかし、由美子《ゆみこ》がそれに触《ふ》れることはなかった。

千佳《ちか》も纏《まとい》の話に集中する。

「まぁ。だからといって、それが理由で反対したわけじゃないだろうけど」

そもそも、纏《まとい》の意見は理に適《かな》っている。

ただ事実として、アイドル声優の活動に後ろ向きなだけだ。

由美子《ゆみこ》は難しい顔をしていたが、気を取り直すように大きく息を吐《は》いた。

「ま、纏《まとい》さんにはあたしが話を聞いてみるよ。仲良くなりたいし。何かわかったら、渡辺《わたなべ》に伝えるからさ」

こちらの顔を覗《のぞ》き込《こ》みながら、ニッと笑う。

相手の心をやわらかくするような、明るくて快活な笑《え》み。

ほんと、人たらしな笑顔《えがお》だこと。

彼女は、こっちは任せろ、と言いたいのだろう。

人間関係のフォローはする、と由美子《ゆみこ》から申し出があったくらいだ。

素直《すなお》に頼《たよ》ったほうがいいのかもしれないが……。

「待って、佐藤《さとう》。羽衣《はごろも》さんには、わたしから話をしたい」

千佳《ちか》がそう主張すると、由美子《ゆみこ》は意外そうに目をぱちぱちさせた。

「どして？」

「あの人には、わたしと似ているところがあるから」

纏《まとい》が抱《かか》えているものは、千佳《ちか》にも覚えがある。

それを下ろせるとしたら、その感情を知らない由美子《ゆみこ》ではなく、千佳《ちか》のほうだ。

『羽衣《はごろも》さんをちゃんと見たわけじゃないけど、何かを抱《かか》えてそうなのはわかる。心に引っかかりがあって、力を発揮できないのはよくあることでしょ。あんたが何かしたいっていうのなら、それが何か見極《みきわ》めて、悩《なや》みを下ろす手伝いをすることくらいじゃない？』

そんなふうに教えてくれた先輩《せんぱい》もいる。

〝アルタイル〟のときは結局上手《うま》くいかなかったが、もう一度チャレンジしたい。

ただ、その詳細《しょうさい》を話すつもりはないし、上手《うま》く話せる自信もない。

だから、その考えに至った理由を口にした。

「あなたにあれだけ言わせたんだもの。わたしだって、少しはリーダーらしいことをしたいって感じたのよ」

「ふ、ふうん……？　そっか」

あの熱烈《ねつれつ》な口説き文句を思い出したのか、由美子《ゆみこ》は照れくさそうに視線を逸《そ》らした。

目を瞑《つぶ》って、口を引き結んでいる。頰《ほお》がほのかに赤くなっていた。

そんな彼女の横顔を見ていて、あることを思い出す。

纏《まとい》の件は気掛《きが》かりだが、纏《まとい》にばかり気を取られるわけにはいかない。

ライブのレッスンは目の前まで迫《せま》っている。

だから千佳《ちか》は、ここ最近ずっと考えていたことを口にした。

「ねぇ、佐藤《さとう》」

「なによ渡辺《わたなべ》。改まって」

「わたしたち、いっしょに暮らさない？」

「……は？」

電車が通過し、ホームに風が巻き込んでくる。

千佳《ちか》と由美子《ゆみこ》の髪《かみ》や制服をばたばたと揺《ゆ》らし、お互《たが》いの顔がはっきり見えた。

由美子《ゆみこ》は鳩《はと》が豆鉄砲《まめでっぽう》を喰《く》らったような顔をして、何度も瞬《まばた》きを繰《く》り返《かえ》している。

ゆっくりとかぶりを振《ふ》ったあと、改めて問いかけてきた。

「……なんて？」

「だから、いっしょに暮らさない？　って」

「聞《き》き間違《まちが》いじゃないんかい……」

由美子《ゆみこ》はなぜか顔を赤くして、呆《あき》れとも怒《いか》りとも照れともつかない、微妙《びみょう》すぎる表情を浮《う》かべている。

彼女のこんな顔、初めて見たかもしれない。

由美子《ゆみこ》は前に向き直り、片手で顔を覆《おお》った。

「ええと。いっしょに暮らすって、なんで？」

「えぇ。次のライブ、生半可な覚悟《かくご》じゃ挑《いど》めないじゃない」

「そうね。うん。そこまではいいよ」

「わたしたちは、普段《ふだん》いがみ合ってばかり。でも今回ばかりは、手を取り合って協力しなくちゃいけないと思うの」

「……そうね」

由美子《ゆみこ》はそこで真面目な表情になり、こくりと頷《うなず》く。

今まで自分たちは、張り合い、いがみ合い、煽《あお》り合ってばかりだった。

だが、今回ばかりはそんなことをしている場合ではない。

どれだけ気に入らない相手だとしても、ちゃんと協力するべきだ。

「ユニットが一丸となる前に、わたしとあなたが息を合わせないといけない。そこで思ったの。柚日咲《ゆびさき》さんと夜祭《よまつり》さんは、とても息ぴったりじゃない？」

「あぁ、そうねぇ。ラジオでも、あのふたりみたいになれるのが理想って加賀崎《かがさき》さんに言われたっけ……」

めくると花火《はなび》がともにいる光景は、今まで何度も目撃《もくげき》していた。

プライベートでも仲がいいあのふたりは、仕事では阿吽《あうん》の呼吸を見せる。

『めくると花火《はなび》の私たち同期ですけど？』が人気番組の地位を確立しているのも、それが一因だろう。

千佳《ちか》は指を振《ふ》りながら、続きの言葉を口にする。

「あのふたりの息が合ってるのは、付き合いが長いから。それだけじゃなく、いっしょに過ごす時間が多いのもあると思うの。だってあのふたり、プライベートでもよくいっしょにいるんでしょう？」

「そうね。何せ、部屋も隣《となり》同士だし。あ、だからいっしょに暮らそう、っていう話が出てきたのか……」

腑《ふ》に落ちたのか、由美子《ゆみこ》は納得《なっとく》した様子だった。

しかし、すぐに微妙《びみょう》そうな表情に戻《もど》る。

めくると花火《はなび》が同じマンション、しかも隣《となり》同士に住んでいることは、部屋を訪ねたときに知った。

物理的にも心理的にも、ふたりの距離《きょり》は近い。

同じクラスの千佳《ちか》たちは、きっとほかの声優より同じ時間を多く過ごしている。

けれど、それでは足りない。あのふたりの濃さには到底敵《とうていかな》わない。

由美子《ゆみこ》は腕《うで》を組んで、視線をふらふらさせた。

「なるほどね……。少しでも同じ時間を過ごして、めくるちゃんたちみたいな関係に近付こうってことか……。ん、うーん……、いや、一理あると思うし、渡辺《わたなべ》が何をしたいかはわかったけど……、だからって、いっしょに暮らす、かー……」

頬《ほお》を赤く染めて、ちらちらとこちらを窺《うかが》ってくる。

悩《なや》んでいるらしい。

何やらぶつぶつと言い出した。

「んんん……、大学生、とか、なら、まぁルームシェアもある、かも、だけどさー……。高校生で、なー……。クラスの子にバレたら、何を言われるか……、うーん……」

由美子《ゆみこ》は腕組《うでぐ》みしたまま、うーん、うーん、と呻《うめ》いている。

おそるおそる、上目遣《うわめづか》いでこちらを見てきた。

「ええと。住む部屋ってどうすんの？　まさか、借りるなんて言わないよね」

「高校生じゃ部屋なんて借りられないでしょう。どちらかの家でいいと思うけれど。うちでも構わないわよ」

「か、覚悟《かくご》決まってんなー……。渡辺《わたなべ》の家……、なら、ママさんもいるし……。あ、でも、ママさんいつも夜遅《おそ》いんだっけ……。あ！ ダメだ、渡辺《わたなべ》。うち、ママにご飯作んなきゃいけないから。家のこともやりたいし、そっち行くのは無理かも」

「なら、わたしが佐藤《さとう》の家に行くのは？」

「そ、そんなあっさり言うぅ？」

彼女は驚《おどろ》きのあまりこちらに顔を近付け、ぱっちりと目が合う。

けれど、すぐに目が泳いだ。

顔をさらに赤くして、困ったような表情になっている。

頰《ほお》を搔《か》きながら、またぶつぶつと独り言を繰《く》り出《だ》し始めた。

「う、うちに渡辺《わたなべ》が住む、かぁー……。あー、うん……、別に、いんだけどさぁ……。こういうのってもうちょっと、ちゃんと考えたほうがいいと思うんだけどなあ……」

さっきから意外な反応を繰《く》り返《かえ》している。

そこまで悩《なや》まれるとは思っていなかった。

お互《たが》いの家に泊《と》まったことはあるし、千佳《ちか》は由美子《ゆみこ》が自分の家に住んでも別に構わない。

しかし彼女が積極的でないのなら、千佳《ちか》も気を遣《つか》う。

「あぁ、佐藤《さとう》。別に無理にってことじゃないわよ。嫌《いや》なら嫌《いや》って言って頂戴《ちょうだい》。仲を深めることが目的なのに、それで気まずくなったら本末転倒《ほんまつてんとう》でしょうに」

「あんたはサバサバしてんねぇ……。別に、嫌《いや》ってわけじゃないんだよ。渡辺《わたなべ》が言うことは一理あるし、そこには納得《なっとく》してる。ただね……」

さらに言葉を重ねようとしていたが、彼女はそこで首を振《ふ》る。

ふぅー……、と大きく息を吐《は》いた。

そして、パンッ！　と自身の膝《ひざ》を叩《たた》く。

覚悟《かくご》を決めた顔をして、こちらに目を向けた。

「おっけ、わかった。わかったよ、渡辺《わたなべ》。まずはママに相談させてほしいけど、ＯＫが出たらいっしょに住もう。いいよ、うち来ても。ただ、いろいろと私物運ぶだろうから、ちょっと家の整理はしたいかな……。渡辺《わたなべ》の荷物ってどんくらいになりそう？」

「そんなに多くはならないと思うわよ。一週間泊《と》まるんだから、着替《きが》えは何日分かになるでしようけど」

「は？」

千佳《ちか》がさらりと答えると、由美子《ゆみこ》の目が点になる。

しばらく目を瞬《まばた》かせたあと、額に指をやった。

眉間《みけん》にシワを寄せながら、こちらに手のひらを差し出してくる。

「……待って、渡辺《わたなべ》。なんだって？　いっしゅうかん？」

「なに？　一週間って言葉を初めて聞いた？　一般的《いっぱんてき》に七日間を示す言葉よ。よく使うから、これを機に覚えるといいわ」

千佳《ちか》の軽口に、由美子《ゆみこ》は目をカッと見開く。

「わかってるっつーの！　そうじゃなくて、一週間泊《と》まるってなに⁉　あんた、暮らすって言ったじゃん！　どういうこと⁉」

「はあ。一週間いっしょに寝泊《ねと》まりするんだから、それはまぁ、暮らすって言っていいんじゃないかしら。そろそろ夏休みでしょう？　そのときにでも、一週間ほどいっしょに暮らしましょうって話。最初に言ったでしょう？」

「言ってないわ！　言ってたらこんなに悩《なや》んでないわ！　なんだよ、もう！　しばらくいっしょに暮らすのかと思った！」

「そんなわけないでしょう、バカね」

こちらが呆《あき》れていると、由美子《ゆみこ》はわなわなと肩《かた》を震《ふる》わせた。

怒《いか》りのあまりか、顔を真っ赤にしてムキー！　といった表情に変化していく。

そのまま罵詈雑言《ばりぞうごん》が飛んでくるかと思いきや、肩《かた》をがっくしと落とした。

代わりに出てくるのは、大きな大きなため息だ。

「あぁもう、もういい……。夏休みに一週間ね、はいはい……、ママには言っとくよ……」

膝《ひざ》に肘《ひじ》を突《つ》く形で頬杖《ほおづえ》を突《つ》き、由美子《ゆみこ》は不貞腐《ふてくさ》れたように言う。

「………?」

最終的には了承《りょうしょう》したのに、何やら不満そうだ。

いったい、何が気に喰《く》わないのやら。

「みなさん、ティアラーっす！　今回パーソナリティを務める、海野レオン役、歌種やすみでーす」

「みなさん、ティアラーっす。同じくパーソナリティ、和泉小鞠役の夕暮夕陽です」

「この番組は『ティアラ☆スターズ』に関する様々な情報を、皆さまにお届けするラジオ番組です！」

「はい。第16回『ティアラ☆スターズ☆レディオ』が始まりました。今回のコンビは第6回ぶりなのだけれど……、またこのふたりで出る羽目になるとはね。遺憾だわ」

「同感。残念な気持ちでいっぱい。あと百回はいやって感じだったんだけど」

「これは別に、スタッフさんの嫌がらせではなく。薄々勘付いている人もいると思うけれど」

「はいはい。それに関してメールが届いているので、読んでいきまーす。〝百均の木琴〟さんから頂きました。『夕姫、やすやす、ティアラーっす！』。ティアラーっす！」

「ティアラーっす」

「『ゲーム版〝ティアラ〟で開催予定のイベント〝歌声は届く、たとえ海を越えてでも〟が発表されましたね！』」

「ええ。ゲーム内でも既に告知されたらしいわね」

「『レオンと小鞠がメインのストーリーになるということで、ふたりを推している自分としてはすごく楽しみです！』」

「ありがとう。頑張ってイベントを走って頂戴」

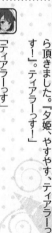

ティアラ☆スターズ☆レディオ！

「『ふたりがユニットを組むことも確定しているそうですが、正反対のふたりがどんなユニットになるのか、どんな歌が歌われるのか、今からとても楽しみです！』……、だって」

「いいメールをありがとう。そういうわけで、わたしたちが呼ばれた、と。まぁでも、嬉しいわね。イベントでは、レオンと小鞠がしっかり掘り下げられているから。楽しみにして頂戴」

「そうねー。イベントストーリーもかなり熱い展開になっているから、ぜひ読んでほしいな」

「ボリュームも相当あるしね。わたしとやす、だいぶセリフ量あったものね」

「あったねー。ガッツリ収録したわ。本編でもあそこまで絡んでないよね？」

「そうね。〝オリオン〟でいっしょにいることは多いけれど、ふたりだけに注目することってなかなかないから。こういうゲームは各キャラを掘り下げられるのがいいわよね」

「ね。いやー、レオンがねー……、後半が……、っと。言っちゃダメな奴だなこれ」

「完全なネタバレね。今回、小鞠やレオンが抱える悩みや想いも語られているから、イベントが実装されたらぜひやってほしいわ」

「はーい。よろしくお願いしまーす」

Tiara★Stars Radio

to be continued……

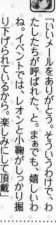

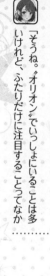

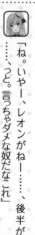

♥

佐藤由美子《さとうゆみこ》はひとり、演技を続けていた。

「ふん。アイドルはオマケだと言わんばかりだな」

（えぇ。わたしにとってアイドルは通過点！　偉大《いだい》な女優になるまでの腰掛《こしか》けよ！）

「その程度の覚悟《かくご》しかない奴《やつ》が、アイドルとしても女優としても大成するわけないだろう」

（は？　なにあんた、このわたしに文句があるわけ？）

「文句なら今言ったが、聞こえなかったか？」

今まで何度か口にしてきた、お決まりのフレーズをマイクに吹《ふ》き込《こ》んでいく。

分厚い台本をめくり、自分のセリフを目で追っていた。

今はゲームアプリ版『ティアラ☆スターズ』の収録中。

アニメのアフレコと違《ちが》い、小さな部屋でたったひとりの収録である。

机の上にはモニターがあり、マイクがこちらに伸《の》びている。

由美子《ゆみこ》は椅子《いす》に座ってヘッドフォンを付け、指示どおりにセリフを口にしていた。

「全く……、あいつはいつまでも学ばんな。なんであんな奴《やつ》がアイドルになれたんだか」

声は低くなりすぎないよう、感情が出すぎないよう調整する。

由美子《ゆみこ》が演じているのは、〝ティアラ〟に登場するキャラクター、海野《うみの》レオン。

背は高く、声は低く、キリッとした顔立ちの格好いい少女だ。

その容姿から、女性にモテるという設定もある。

アイドルよりもモデルが向いていそうな彼女だが、昔からアイドルに憧《あこが》れていたキャラクターで、念願叶《かな》って今の事務所に所属する。

アイドルの頂点に送られる称号《しょうごう》、〝ティアラ〟を目指す少女のひとりだ。

（ふん、なによレオンの奴《やつ》。いつも嫌味《いやみ》ったらしい！　あんな奴《やつ》と同じ事務所だなんて、わたしの経歴に傷が付くわ！）

台本には、レオン以外のセリフも当然書かれている。

レオンと会話をしていたのは、同じアイドルの和泉小鞠《いずみこまり》。

夕暮夕陽《ゆうぐれゆうひ》が演じるキャラクターだ。

和泉小鞠《いずみこまり》は、小柄《こがら》で可愛《かわい》らしい女の子で、相手によっては猫《ねこ》を被《かぶ》るようなキャラである。

優《すぐ》れた容姿とアイドルの素質を持つ小鞠《こまり》だが、彼女は元々女優になるために芸能界へ入った。

しかし、事務所の方針で一旦《いったん》アイドル活動をすることになる。

なので彼女の口癖《くちぐせ》は「アイドルは通過点」だし、それにレオンが文句を言うお決まりのフレーズはさっきも口にしたばかり。

見た目も性格も、目標も正反対の彼女たちは水と油。犬猿《けんえん》の仲。

けれど、よくセットで描《えが》かれるキャラでもあった。

由美子《ゆみこ》はこのふたりを見ていると、自分と千佳《ちか》に似ているなあと思うことがよくある。

性格も容姿も違《ちが》えども、親近感を覚えていた。

榊《さかき》はそこを加味して由美子《ゆみこ》たちを起用したのではないか、と思えるほど。

実際のところは、わからないけれど。

「…………」

(と、いうわけで! 新たなデュオユニットの結成よ! レオン、小鞠《こまり》! あなたたちには新ユニット〝リブラ〟として活動してもらうわ!)

「……ちょっと待ってくれ。わたしと、こいつが? デュオ?」

(じょ、冗談《じょうだん》じゃないわよ⁉ なんでこのわたしが、こんな奴《やつ》とユニットを組まなきゃいけないわけ⁉ しかもデュオ⁉)

「それはこちらのセリフだ。なぜ、お前みたいな半端者《はんぱもの》と……」

呆《あき》れるような口調で、由美子《ゆみこ》はセリフをマイクに吹《ふ》き込《こ》んでいく。

実装予定のイベント、『歌声は届く、たとえ海を越《こ》えてでも』のセリフだ。

犬猿《けんえん》の仲であるレオンと小鞠《こまり》が新ユニット〝リブラ〟を結成するストーリー。

メインキャラはレオンと小鞠《こまり》のふたりで、必然的に由美子《ゆみこ》と千佳《ちか》のセリフが多くなる。

それは光栄なことだが……。

「大体だな、お前はいつも『アイドルなんか』と言うが、その態度がわたしは気に入らなか……っ、けほっ。あ、すみません」

セリフの途中《とちゅう》で咽《む》せてしまい、慌《あわ》てて謝罪の言葉を口にする。

すると、ヘッドフォンから音響監督《おんきょうかんとく》の声が届いた。

『はーい。歌種《うたたね》さん、そろそろ休憩《きゅうけい》入れておこうか？』

「あー……。そうですね、すみません。休憩《きゅうけい》頂きます」

喉《のど》を軽く押さえながら、由美子《ゆみこ》は立ち上がった。

ゲームの収録は長時間にわたることもあり、ずっとひとりで喋《しゃべ》りっぱなしなので大変だ。

こうして、休憩《きゅうけい》を何度も入れることも多い。

「あー……」

声にならない呻《うめ》き声《ごえ》を上げながら、廊下《ろうか》に出る。肩《かた》をぐるぐると回した。

自分の演じるキャラがメインになるのは喜ばしいし、セリフ量が多いのも嬉《うれ》しい。

ただ、正直なことを言えば、由美子《ゆみこ》はあまりゲームの収録が得意ではなかった。

元々不得意なうえに、さらに大きな心配事がある。

「クライマックス……、ちゃんとできるかなぁ」

ひとりでいる心細さからか、つい、そんな弱気な言葉を漏《も》らしてしまう。

大事なクライマックスシーンを、きちんと表現できるか不安でならない。

次のライブは『〝オリオン〟VS〝アルフェッカ〟』という触《ふ》れ込《こ》みだが、今回収録されたレオンと小鞠《こまり》の新ユニット、〝リブラ〟の曲もライブで披露《ひろう》される。

〝オリオン〟や〝アルフェッカ〟の歌だけでは曲数が足りないので、それぞれのユニット内のメンバーで歌う曲がいくつかあるのだ。

前回のライブでも、由美子《ゆみこ》はめくるとふたりで歌ったりもした。

このイベントはライブ前に完結する予定なので、歌は間違《まちが》いなく盛り上がる。

そのためにも、由美子《ゆみこ》は少しでもいい演技をする必要があるのだが……。

「んー……、難しいなぁ……。レオンの気持ち……」

ひとり、廊下《ろうか》で水筒《すいとう》を揺《ゆ》らした。

収録量が多いと、数日に分けて収録することもよくある。

この日の収録分は録《と》り終えたので、由美子《ゆみこ》はブースをあとにした。

ロビーを通りかかったときに、声を掛《か》けられる。

「由美子《ゆみこ》」

顔を向けると、見慣れた女性がそこに立っていた。

服装は、高そうなジャケットにパリッとしたブラウス。黒のスキニーパンツ。清潔感のある整った容姿は、仕事ができる女性を体現したかのよう。

後ろで括《くく》った髪《かみ》も、凜々《りり》しい顔立ちをより引き立てている。

その女性は、微笑《ほほえ》みながらこちらに手を振《ふ》っていた。

「加賀崎《かがさき》さん！」

由美子《ゆみこ》の口から、自然と明るい声が出る。

加賀崎《かがさき》りんご。

チョコブラウニーが誇《ほこ》る敏腕《びんわん》マネージャーで、歌種《うたたね》やすみの面倒《めんどう》を入所時から見てくれている女性だ。

由美子《ゆみこ》は、パタパタと彼女の元に駆《か》け寄《よ》った。

「どしたの？　今日、来るって言ってなかったよね？」

「あぁ。別件で近くまで来たもんでな。ついでに様子を見に来た。特に予定がなければ、家まで送っていくがどうだ？」

加賀崎《かがさき》は、人差し指に車のキーを引《ひ》っ掛《か》けている。

断る理由などなく、由美子《ゆみこ》は加賀崎《かがさき》とともに車に乗り込んだ。

駐車場《ちゅうしゃじょう》を出て、夜の街に向かって車が走り出す。

加賀崎《かがさき》はハンドルを握《にぎ》ったまま、穏《おだ》やかに口を開いた。

「どうだ、今日の収録は。上手《うま》くいったか？」

きっと加賀崎《かがさき》は、話を聞くためにわざわざ来てくれたのだろう。

由美子《ゆみこ》が悪戦苦闘《あくせんくとう》していることを察している。

「うーん……。正直、苦戦してるかも。やっぱあたし、ゲームの収録は苦手だ」

「由美子《ゆみこ》は昔から、ゲームのほうは苦手だったな」

由美子《ゆみこ》の弱音に、加賀崎《かがさき》は苦笑《くしょう》する。

その理由を、由美子《ゆみこ》は肩《かた》を落としながら口にした。

「克服《こくふく》しなきゃ、とは思ってるんだけどさ……。でもやっぱ、アニメのアフレコのが数倍やりやすいよ。直接の掛《か》け合《あ》いだから感情乗せやすいし、演技の臨場感がぜんぜん違《ちが》う」

アニメの収録なら周りに声優がいて、自分と同じように声を発していく。

リアルタイムでセリフの掛《か》け合《あ》いが進むのだ。

一方、ゲームの収録はひとりで淡々《たんたん》と演技を続け、ほかの人の声を聴《き》くこともない。

普段《ふだん》なら聴《き》こえる声も、返ってくる声色《こわいろ》も、頭の中で想像するしかない。

どちらのほうが演技をしやすいか、という話なら比べようもなかった。

もちろん、これは甘えだと自覚しているけれど。

「そこは向き不向きだな……。由美子《ゆみこ》のようなタイプはもちろんいるし、ひとりで集中できるほうが嬉《うれ》しいって奴《やつ》もいる。アニメと違《ちが》って明確な尺が決まってないから『演技の見せ所!』って張り切る奴《やつ》もな。そこはまぁ、人それぞれでいいとは思うが……。演技の質が落ちるなら、克服《こくふく》しなきゃいけないな」

「そうなんだよ……。今回は特に大事なシーンがあるから、満点以上の演技をしたい。いや、しなきゃいけないんだけど……」

思わずため息を吐《つ》いてしまう。

由美子《ゆみこ》は『歌声は届く、たとえ海を越《こ》えてでも』の後半を思《おも》い浮《う》かべた。

レオンと小鞠《こまり》が主役のシナリオだけあって、クライマックスはふたりの演技が重要なシーンがいくつもある。

レオンの複雑な感情をどこまで表現できるかで、印象が大きく変わってしまう。

しかし、アニメのアフレコと同じような感覚にはどうしてもなれない。

心配になっていると、加賀崎《かがさき》はこちらを一瞥《いちべつ》した。

「それなら一度、夕暮《ゆうぐれ》に練習を付き合ってもらったらどうだ」

「……練習？」

「小鞠《こまり》とレオンの掛《か》け合《あ》いだよ。夕暮《ゆうぐれ》といっしょに本読みをすれば、感覚も摑《つか》めるんじゃないか。覚えた演技を本番でもう一度やるのと、手探《てさぐ》りでひとりでやるのは違《ちが》うだろ」

はっとするほどの妙案《みょうあん》だった。

練習で感覚を摑《つか》んでおけば、本番では絶対に活《い》きるはず。

めっちゃいい！　さすが加賀崎《かがさき》さん！　と声を上げそうになって、気付く。

その考えを先回りしたかのように、加賀崎《かがさき》はくっと笑いを噛《か》み殺《ころ》した。

「由美子《ゆみこ》が夕暮《ゆうぐれ》にお願いできるか、夕暮《ゆうぐれ》が素直《すなお》に協力してくれるかは別問題だが」

そこだ。

千佳《ちか》に頼《たの》みごとをすると考えると、身体《からだ》がムズムズしてくる。

あのひねくれ者のことだ、きっと皮肉のひとつやふたつは口にするに違《ちが》いない。

その光景を思《おも》い浮《う》かべ、口を曲げてしまう。

「まぁ……、考えておく……」

苦《くる》し紛《まぎ》れにぼそりと言うと、加賀崎《かがさき》は楽しそうに笑った。

ひとしきり笑い声を上げたあと、別の話題を口にする。

「ゲーム収録以外の調子はどうだ。無理してないか？　ライブの自主練も、だいぶ頑張《がんば》ってるだろ。そこにガッツリとゲームの収録が入ったから、りんごちゃんとしては心配でな」

加賀崎《かがさき》は、こちらの様子を窺《うかが》うような視線を向けてくる。

それぞれの仕事量はそれほどでなくとも、自主練の存在が大きい。

次のライブの練習は既《すで》に始まっており、前回同様、申請《しんせい》すればレッスンルームで自主練を行える。彼女の言うとおり、由美子《ゆみこ》は自主練を頑張《がんば》っていた。

空いた時間があれば、どうしても自主練を入れたくなる。次のライブを思えば当然だ。

とはいえ。

「まー、もうすぐ夏休みだからさ。学校行かなくていいんだから、ぜんぜん平気だよ」

「むしろあたしは、夏休みに入ったからって一日中練習してそうで心配なんだがな？」

じろり、と睨《にら》まれてしまう。

信用ないなぁ、と由美子《ゆみこ》は苦笑いした。

……いやまぁ。

注意されなかったら、うっかりそうなってたかもしれないけど。

「大丈夫《だいじょうぶ》だって。そんなに心配しなくても。ほどほどにするから」

信号待ちで車が停《と》まると、加賀崎《かがさき》は「本当だろうな」とじろじろ見てくる。

さらに、こちらにピッと指を差してきた。

「焦《あせ》るかもしれないが、ちゃんと休めよ。無理はしないこと。息抜《いきぬ》きもすること。そして、勉強もしなさい。言っておくけど、お前は受験生なんだからな」

「うえー」

嫌《いや》なことを思い出させる。

アフレコにライブの練習に、受験勉強。

仕事自体は多くないのに、なんだかいやに忙《いそが》しくなった気分だ。焦《あせ》りも募《つの》る。

しかし、無理してダウンすれば本末転倒《ほんまつてんとう》だ。

そこは加賀崎《かがさき》に言われたとおりにするつもりだが……。

思わず、ぽろりとこぼしてしまう。

「ねぇ、加賀崎《かがさき》さん。次のライブ、あたしたち勝てるかな……」

勝ちたい、でも、どうやったら勝てる？　でもない。

弱気な言葉を包むことなく吐《は》き出《だ》したのは、加賀崎《かがさき》の前だからだ。

不安であることを素直《すなお》に伝えていた。

いつもはテンポよく言葉を返してくれる加賀崎《かがさき》が、黙《だま》り込《こ》む。

交差点を曲がりながら、静かに答えた。

「あたしは勝ち負けにこだわらず、お互《たが》いベストを尽《つ》くして、お客さんを喜ばせたらそれでいいと思うんだがな」

遠回しな否定だ。

加賀崎《かがさき》だって、由美子《ゆみこ》たちでは分が悪いと感じている。

その答えは当然と言えば当然なのだが、どうしても気持ちは重くなる。

しかし加賀崎《かがさき》はため息を吐《つ》き、諦《あきら》めたように続きを口にした。

「ま。こんなこと言ったところで、どうせお前らは無茶するんだろうが」

お前ら、にだれが含《ふく》まれているかは考えるまでもない。

無謀《むぼう》だからやめとけ、とも言わない。

〝アルフェッカ〟に挑《いど》むこと自体は、加賀崎《かがさき》も止めはしなかった。

思わずにやけそうになったが、笑っていたら咎《とが》められそうだ。

由美子《ゆみこ》はそっと窓の外に目を向ける。

窓の外を流れる街灯が、月の光と重なっていた。

それらの光と同じく、いろいろなことがぼやけたままだ。


不安になって焦《あせ》ったところで、時間の歩みが遅《おそ》くなることはない。

〝ティアラ〟の収録、レッスン、自主練をこなしていくうちに、あっという間に時間は過ぎ去っていく。

気が付けば、学校も終業式を迎《むか》えていた。

校長や担任の話を聞いて解散、という消化試合のような日で、正午になる前に放課後だ。

明日から夏休み！　ということで、ホームルーム終了《しゅうりょう》後の教室は一気に賑《にぎ》やかになった。

「よっしゃー、今日で学校終《お》わりー！　由美子《ゆみこ》、明日から死ぬほど遊ぼうぜ！」

クラスメイトの若菜《わかな》が、満面の笑《え》みで身体《からだ》を揺《ゆ》らしている。

浮《う》かれる親友に、思わず釘《くぎ》を刺《さ》した。

「あたしら受験生でしょ。羽目外すな、って先生に言われたばっかじゃん」

「あ、そっか。なら、勉強合宿しようよ！　由美子《ゆみこ》んち泊《と》まっていい？　三日で千時間くらい勉強しようぜ～」

「……天才じゃん？　めちゃくちゃハッピーな夏休みが始まるな」

受験勉強は憂鬱《ゆううつ》で仕方ないけれど、そこに友人がいれば話は別だ。

お泊《と》まり会も兼《か》ねれば楽しく、それでいてしっかり勉強できそう。

由美子《ゆみこ》も若菜《わかな》も、だれかといっしょにいるほうが勉強が捗《はかど》るタイプだ。

「あ、渡辺《わたなべ》ちゃん！　渡辺《わたなべ》ちゃんも勉強会くる？」

周りが「今日どうする？」「今日くらい遊んじゃう？」と解放感で騒《さわ》がしくなる中、千佳《ちか》がするりと帰ろうとしていた。そこに若菜《わかな》が声を掛《か》ける。

千佳《ちか》がびくりとして振《ふ》り返《かえ》ったあと、怪訝《けげん》そうな顔で尋《たず》ねた。

「勉強会……？　いっしょに勉強するってこと？　……それって集中できるの？」

「わたしたちは割と？　テス勉《べん》とか結構いっしょにするね。捗《はかど》るよ～」

「…………。いえ、わたしは、ひとりで集中したい、から。遠慮《えんりよ》するわ」

千佳《ちか》はそのまま教室を出て行き、若菜《わかな》は「ざんね～ん」と唇《くちびる》を尖《とが》らせた。

「…………」

若菜《わかな》は特に気にしていなかったが、由美子《ゆみこ》は気付いている。

若菜《わかな》の手前、普段《ふだん》の罵詈《ばり》雑言《ぞうごん》は控《ひか》えたが、千佳《ちか》は明らかに何か言いたげな顔をした。

嬉々《きき》として、「あなたたちは本当に群れるのが好きね。勉強もひとりでできないの？」と煽《あお》ってくる姿が想像できる。

由美子《ゆみこ》が千佳《ちか》の罵倒《ばとう》を脳内再生していると、若菜《わかな》がスマホを取り出した。

「で、由美子《ゆみこ》。いつなら空いてる？　今、ライブで忙《いそが》しいんだっけ」

若菜《わかな》がカレンダーを見ながら尋《たず》ねてくる。

加賀崎《かがさき》にはあまり無理するなと釘《くぎ》を刺《さ》されているし、レッスンルームが空いていない日もある。受験勉強は必要なことなので、数日くらい家に来てもらっても構わないだろう。

若菜《わかな》のスマホを覗《のぞ》き込《こ》みながら、日にちを指定しようとしたが……。

「あ、この辺はダメだ」

若菜《わかな》が「ここは〜？」とカレンダーを指差したので、反射的に答えてしまう。

ここは丸々一週間、千佳《ちか》と同居生活の予定だ。

「あ、そ？　じゃあどの日がいいかね〜」

若菜《わかな》は気にした様子もなく、カレンダーを見直している。

千佳《ちか》が家に泊《と》まりにくることは、あまり大っぴらにしたいものではない。

なんか恥《は》ずかしいから。

きっと、ミントや飾莉《かざり》たちにも伝えはしない。

でも同時に、人に聞いてもらいたい話でもあった。

「若菜《わかな》。実はさ、この辺りの日に……」

声を抑《おさ》えながら、千佳《ちか》が一週間泊《と》まりにくること、それを理由込みで若菜《わかな》に伝えた。

すると若菜《わかな》は、ぽかんとした表情になる。彼女には珍《めずら》しい。

それがすぐに苦笑いに変わって、若菜《わかな》は顔を寄せてきた。

「由美子《ゆみこ》と渡辺《わたなべ》ちゃんって、なんかそういう変なの多くない？」

否定できないのが辛《つら》いところだ。

おかしなことばかりしている気がする。

若菜《わかな》ならともかく、千佳《ちか》と一週間もいっしょに過ごすだなんて。

「でもいいな～、渡辺《わたなべ》ちゃん由美子《ゆみこ》んちにいるのか～。わたしも遊びに行こうかな」

「いんじゃない？　渡辺《わたなべ》、なんか若菜《わかな》のこと気に入ってるし」

「えー、そ？　じゃあ本当に行っちゃおうかな～」

ほわほわした笑《え》みを浮《う》かべて、若菜《わかな》は嬉《うれ》しそうに言う。

しかし、我に返ったように呟《つぶや》いた。

「でも、由美子《ゆみこ》の家に渡辺《わたなべ》ちゃんがずっといるって、変な感じだな？」

それには同意見である。

なぜこんなことになったのやら。

ちなみに。

千佳《ちか》が一週間も泊《と》まることに関して、母からの許可はあっさり下りた。

「ねぇ、ママ。ちょっといい？」

「なあに？　あ、このチャーハンおいしいよ。ありがと～」

「そりゃよかった。あのね、今度、渡辺《わたなべ》を家に泊《と》めていい？　夏休みなんだけど」

「ユウちゃん来るの？　いいよいいよ、大歓迎《だいかんげい》。いつでもおいでって、言っておいて～」

「あー、うん。ただね、期間がちょっと長いのよ」

「うん？　どれくらい？」

「一週間……」

「…………」

「ママ？　もしかして、ダメ？」

「……ユウちゃん、何かトラブルでもあったの？　家出とか？　お母さんと何かあった？」

「あー、いや、そうじゃないそうじゃない。実は――」

「なぁんだぁ。何かあったのかと思っちゃった。そういうことなら、大丈夫《だいじょうぶ》大丈夫《だいじょうぶ》～。一週間でも、十日でも、一ヶ月でも。お母さんに怒《おこ》られないなら、どれだけでもどうぞ」

「かっる……。いや、うん、ありがと……。一ヶ月はあたしが嫌《いや》かな……」

といった次第《しだい》である。

そして、あの「いっしょに暮らさない？」事件からしばらく経《た》ち。

千佳《ちか》が泊《と》まりにくる日がやってきた。

今日からガッツリ一週間、由美子《ゆみこ》の家で共同生活である。

……いや、なんで？

油断すると正気に戻《もど》りそうになるが、これも〝アルフェッカ〟に勝つためだ。

何時に来てもらってもよかったのだが、千佳《ちか》は由美子《ゆみこ》の母に挨拶《あいさつ》しておきたいらしい。

なので、本日の夕方頃《ごろ》に来ることになっていた。

母が仕事に出る前の時間帯だ。

「ねぇ、由美子《ゆみこ》～。ユウちゃんって何時くらいに来るんだっけ～？」

「もうすぐだと思うけど」

母は既《すで》にメイクを終えていて、いつでも店に向かえる状態になっていた。

リビングでふたり、客人の到来《とうらい》を待つ。

千佳《ちか》がこの家で一週間も寝泊《ねと》まりすると考えると、さすがにそわそわする。

落ち着けるはずもなく、リビングをパタパタと見回ってしまった。

「もう、由美子《ゆみこ》ったら～。昨日、しっかり掃除《そうじ》してたじゃない。ちゃんと綺麗《きれい》だから、落ち着いたら？　ね？　楽しみなのはわかるけど」

「た、楽しみなんかじゃないですぅ～……」

楽しみじゃなくて、心配なだけだ。
いくら相手が千佳《ちか》といえど、客を不快にさせたくない。
それに、自分たちが無事に共同生活を送っていけるのか。
あー、心配だ。不安だ。大丈夫《だいじょうぶ》かな。
「あ、来た」
そうこうしているうちに、ぴんぽーん、とインターホンが鳴《な》り響《ひび》いた。
「はいはーい」と返事をして、由美子《ゆみこ》は玄関《げんかん》に向かう。
「いらっしゃい、わたな、べ……？」
扉《とびら》を開けて、面食らった。
そこにいたのは、大きめのボストンバッグを抱《かか》えた千佳《ちか》。
夏らしくキャップをかぶり、Tシャツにゆるっとしたパンツを穿《は》いている。
そこまではいい。
問題は、彼女が気まずそうな顔をしていること。
その原因。
それに、由美子《ゆみこ》は驚《おどろ》いていた。
「由美子《ゆみこ》ちゃん、久しぶりね」
千佳《ちか》の隣《となり》に、彼女そっくりの女性が立っていたのだ。

千佳《ちか》をそのまま大人にしたかのような顔つきで、この暑い中でもスーツを着ている。

渡辺《わたなべ》は渡辺《わたなべ》でも、千佳《ちか》の母であった。

「あ、ど、どうも……？　え、どうしたんですか、ママさん」

なぜ、千佳《ちか》の母まで佐藤《さとう》家に来ているのか。

まさか、彼女もここに寝泊《ねと》まりするのだろうか。千佳《ちか》が心配だから、とか。

千佳《ちか》、千佳《ちか》の母、由美子《ゆみこ》、由美子《ゆみこ》の母で食卓《しょくたく》を囲む、現実感のない光景が頭に浮《う》かぶ。

もちろんそんなわけはなく、千佳《ちか》の母が深々と頭を下げた。

「千佳《ちか》が一週間もご厄介《やっかい》になるということで、ご挨拶《あいさつ》させて頂ければと……。由美子《ゆみこ》ちゃん、本当に、本当に、迷惑《めいわく》になったら途中《とちゅう》で帰していいから……、我慢《がまん》しないでいいから……」

「ちょっと、お母さん！　やめてよ……！」

千佳《ちか》が顔を真っ赤にして、母の肩《かた》を小突《こづ》いた。

そりゃ親が同級生相手にこんな挨拶《あいさつ》をしたら、そんな表情にもなる。

ただ、千佳《ちか》の母がそう言いたくなる気持ちもなんとなくわかる……。

「由美子《ゆみこ》～？　ユウちゃん、来たんじゃないの？　……あら？　あらあらあら？」

玄関《げんかん》で立ち話をしていたせいか、由美子《ゆみこ》の母が様子を見に来た。

そして目を丸くしている。

普段《ふだん》はあまり動じない母も、我《わ》が家《や》にあの千佳《ちか》母がやってきたことには驚《おどろ》いたらしい。

あらあら、お久しぶりです〜？　と言いながらも、不思議そうにしていた。

由美子《ゆみこ》の母に、千佳《ちか》の母はもう一度深々と頭を下げる。

「お久しぶりです。娘《むすめ》がお世話になるということで、ご挨拶《あいさつ》に伺《うかが》いました。大変なご迷惑《めいわく》をお掛《か》けしますが、どうぞよろしくお願いします。かかった食費や生活費は、あとから請求《せいきゅう》して頂ければと思いますので……、あ、それとこちら、つまらないものですが……」

千佳《ちか》の母は、紙袋《かみぶくろ》をおずおずと差し出した。

あれは確か、結構なお値段のする和菓子《わがし》屋さんの袋《ふくろ》じゃなかったか……。

千佳《ちか》母が挨拶《あいさつ》に来たのだとわかると、由美子《ゆみこ》の母は表情をぱっと明るくさせた。

「あらあら、そんな、よろしいのに〜。だぁいじょうぶですよ、千佳《ちか》ちゃんがいい子なのはわかってますから。あ、よかったら千佳《ちか》ちゃんママも上がっていきません？」

ニコニコと紙袋《かみぶくろ》を受け取ったあと、手のひらを廊下《ろうか》の奥に向ける母。

千佳《ちか》の母は、慌《あわ》てた様子で両手を振《ふ》った。

「あぁいえ、仕事の途中《とちゅう》ですので……。それでは、どうぞよろしくお願い致《いた》します。ほら、千《ち》佳《か》。あなたも頭を下げて」

「あ、はい……。あの、お世話になります……」

千佳《ちか》はさっきからずっと顔を赤くして俯《うつむ》いていたが、素直《すなお》に頭を下げた。

開幕から、だいぶ予想外の展開だ。

そのあと、上機嫌《じょうきげん》の母に千佳《ちか》が捕《つか》まっているうちに、由美子《ゆみこ》の母も仕事の時間になった。

彼女も名残惜《なごりお》しそうに家を出て行く。

家にふたりきりになると、ようやくほっと息を吐《は》いた。

「じゃ、渡辺《わたなべ》。この部屋、自由に使っていいから」

「ありがとう」

準備しておいた和室に、千佳《ちか》を連れていく。

きちっと整理整頓《せいりせいとん》して、念入りに掃除《そうじ》して、しっかり干した布団《ふとん》も運び込んである。

一週間過ごす程度なら、不自由ないはずだ。

荷物の整理もあるだろうと思い、由美子《ゆみこ》は部屋を出て行こうとした。

「佐藤《さとう》」

「なに」

呼び止められて振《ふ》り返《かえ》る。

千佳《ちか》が真面目な表情で軽く頭を下げてきた。

「今日からお世話になるわね」

「あー……、うん」

それがなんだか気恥《きは》ずかしくて、由美子《ゆみこ》は視線を彷徨《さまよ》わせてしまう。

本当に、どんな状況《じょうきょう》なんだこれは。

そわそわする〜……。そわそわするなあ……。

湧《わ》き上《あ》がる妙《みょう》な感情から逃《に》げるように、足早にキッチンへ向かった。

「あー、変な感じ〜……。落ち着かない……、とは違《ちが》うな。なんだろうな〜、これ……」

今、自分の家に千佳《ちか》がいる。

しかも一日二日じゃなく、一週間もここに居つくなんて。

お互《たが》いの家に何度か泊《と》まったことはあれど、ここまで長期間は初めてだ。

千佳《ちか》が「暮らす」という単語を使ったのも、なんとなく理解できてしまう。

「まぁいいや……、深く考えないでおこ」

思考から逃《のが》れ、由美子《ゆみこ》はキッチンで料理の準備を始める。

何も考えたくないときは、家事に没頭《ぼっとう》するのが一番いい。

現実逃避《げんじつとうひ》と言えなくもないが。

「佐藤《さとう》、ちょっと……、ん？　ご飯作ってるの？」

荷物の整理を終えたのか、千佳《ちか》がキッチンにやってきた。

何だか、そんな些細《ささい》なことでもドキッとしてしまう。普段《ふだん》の生活の中に、千佳《ちか》が溶《と》け込《こ》み始めている、とでも言おうか。不思議な感覚だ。

そんなこちらの気持ちを知らない千佳《ちか》は、興味深そうに後ろから覗《のぞ》いてきた。

今にも「今日のご飯なあに？」と訊《き》いてきそうだ。

　さすがにそこまで子供っぽい行動は取らないようで、千佳《ちか》はしばらく眺《なが》めたあとに腕《うで》まくりをした。

「よし。わかった、わたしも手伝うわ」

「いい、いい。座ってな」

　軽くあしらうと、千佳《ちか》はいかにも不満そうな表情になる。

「そんなお客様扱《あつか》いしないでいいわよ。お世話になるんだから家事もやるし、ある程度は任せて頂戴《ちょうだい》。遠慮《えんりょ》はなしにしましょう」

「いや、遠慮《えんりょ》じゃないから。あんたに料理を手伝われると、逆に時間掛《か》かんの。家事なら手伝ってもらうつもりだけど、今はやることないから座ってな」

　邪魔《じゃま》だからあっち行け、と指差すと、千佳《ちか》はぽかんとした表情になった。

　そして、険しい表情で舌打ちをする。

　おお、目つきこわ。

「出たわ。あなたのそういうところ、本当に嫌《きら》い。そうやってすぐにマウントを……」

「じゃあ千佳《ちか》ちゃん、油揚《あぶらあ》げ短冊《たんざく》切りにしてよ」

「た、たん……？」

「それかごぼうをささがきにして」

「サカザキ……？　人名……？」

「座ってな」

それでようやく観念したらしい。不満そうにしながらも、すごすごと部屋に戻《もど》っていった。

ちょっとかわいい。

ちょっぴり和《なご》んだあとは、心を無にしていそいそと夕食の準備を進める。

すべての調理が終わった頃《ころ》には、ちょうどいい時間帯になっていた。

「お姉ちゃーん、ご飯できたよー」

千佳《ちか》を部屋に呼びに行くと、彼女は台本を確認《かくにん》していた。

集中していたようだが、ぴょこん、と顔を上げる。

「ごはん」

子供を通《とお》り越《こ》して、小動物か何かのような反応だ。

大人しくついてくる千佳《ちか》に苦笑《くしょう》しつつ、ともに食卓《しょくたく》へ向かった。

「わ……！　今日は和食なのね！」

千佳《ちか》がテーブル上の料理を前にして、目をパッと輝《かがや》かせる。

その反応にほっとした。

千佳《ちか》は家庭料理にあまり縁《えん》がなさそうだったし、今日は和食で攻《せ》めてみた。

ただ、作ってはみたものの、彼女の好みと一致《いっち》するかはわからない。

ほら、和食って子供ウケ悪いって言うし。

しかし、わくわくしながら席に着く千佳《ちか》を見ると、その心配は無用だったようだ。

彼女は料理をぐるりと見回し、感嘆《かんたん》の声を上げた。

「それにしても、すごい品数。どれもおいしそうだけど、作るの大変だったんじゃない？」

「あー、うん。多いけど……。ほら、冷蔵庫の整理も兼《か》ねてたから。明日からは普通《ふつう》だよ」

ごまかしたものの、卓上《たくじょう》を見ると我ながら作りすぎた、と思う。

ほかほかの五目炊《た》き込《こ》みご飯、たっぷりの筑前煮《ちくぜんに》、王道の肉じゃが、丁寧《ていねい》に煮付《につ》けたサバの味噌煮《みそに》、具《ぐ》だくさんの豚汁《とんじる》、明太子《めんたいこ》入りのだし巻き卵、念のために納豆《なっとう》の小鉢《こばち》、ひじきの煮物《にもの》にほうれん草のおひたし……。

好きな料理がなかったらどうしよう、食べられないものがあったらどうしよう、という不安がもろに出ている。

それなら好みを聞くなり、わかりやすいものを作ってもよかったのだが……。

まぁ、そこは、まぁ。

千佳《ちか》が喜んでいるから、いいではないか。

「「いただきます」」

手を合わせて、早速《さっそく》料理に箸《はし》をつけていく。

千佳《ちか》が口に含《ふく》むまでは不安だったが、サバの味噌煮《みそに》を食べたときの表情でそれも消えた。

彼女はふわっと表情を緩《ゆる》ませて、次々におかずを口にしていく。

五目ご飯を頬張《ほおば》って、幸せそうにしていた。

……なんというか、まぁ。作《つく》り甲斐《がい》のある顔をしてくれる。

こちらの頬《ほお》まで緩《ゆる》みそうになったが、堪《こら》えた。胸が温かくなるのも見ないふり。

「おいしい、おいしい……。佐藤《さとう》、あなた料理人の才能があるわね……。本当においしい」

「大袈裟《おおげさ》」

本気で言っているだろう千佳《ちか》に苦笑《くしょう》しつつ、由美子《ゆみこ》も卵焼きに箸《はし》を伸《の》ばす。

うん、うまい。

千佳《ちか》はしばらく夢中で食べ進めていたが、途中《とちゅう》ではっと顔を上げた。

「待って。もしかしてこの一週間、わたしは三食こんな素敵《すてき》なものを食べられるの……!?」

「毎日三食作らせる気かよ。お互《たが》い仕事あるんだし、毎食家で食べるわけでもないでしょ」

仕事がなくても、どうせ時間が空いたら自主練に行くだろうし。

そう考えると、いっしょに食べるタイミングのほうが少ないかもしれない。

場合によっては、一週間ほとんど食卓《しょくたく》につかない可能性すらある。

「そっか……、それもそうよね」

由美子《ゆみこ》よりも仕事のある千佳《ちか》には、とてもわかりやすかったらしい。

明らかにしょんぼりしながら、豚汁《とんじる》を啜《すす》っている。

「あぁ、まあ……。晩ご飯くらいはいっしょに食べてもいいんじゃない。一食くらいなら時間の調整もできるでしょ。なんか食べたいものあったら、作ったげるよ」

意識する前にそう言っていた。

その途端《とたん》、千佳《ちか》は表情を明るくさせる。

こちらに指を差し、高らかに口にした。

「あ！　佐藤《さとう》、わたしアレ食べたい！　ビーフシチュー！　ビーフシチューがいいわ！」

「また地味に時間が掛《か》かるものを……、はいはい、気が向いたらね」

呆《あき》れたように言葉を返しても、千佳《ちか》は既《すで》に話を聞いていなかった。

幸せそうに食事を再開している。

自分の作った料理を本当においしそうに食べ、力いっぱいリクエストまでする千佳《ちか》を見て、由美子《ゆみこ》はそっと口元を隠《かく》した。

NOW ON AIR!! 第65回

「はいはい。というわけで、次のメール。〝おっさん顔の高校生〟さんから頂きました。『夕姫、やすやす、おはようございます』。はい、おはようございまーす」

「おはようございます」

「『以前の放送でも話題に出ましたが、いよいよ夏休みですね！　高校生最後の夏休みですが、おふたりはどういった過ごし方をしますか？』」

「受験勉強と仕事」

「いや、そうなるよ。受験生に浮かれたメール送ってくるんじゃないよ。えー、『もしかして、ふたりで遊ぶ予定もあったりしますか？』。……何言ってんだこいつ」

「〝おっさん顔の高校生〟、結構な古参なのに、なぜわたしたちがプライベートで遊ぶと思っているの……？　ひとりだけ一年前で時間止まってる？」

「キャラ作ってた時期ね。いや本当そうよ。ユウちゃんやっちゃんのときならともかく」

「ねぇねぇ、やっちゃん～。夏休み、ふたりでどこか出掛けない～？」

「えー！　行く行く！　ユウちゃんとデートだなんて、とっても嬉しいな～！　やすみ、ユウちゃんとならどこでもいつでも大丈夫だよ！」

「やったぁ、嬉しいな～。でも、やっちゃん～。デートなんて言い方、恥ずかしいよぅ。……という具合で」

「はい。残念ながら、こういうのはないです。まぁ夏休みでも、仕事でユウと顔を合わせることは多いけど。これぱっかりは諦めてる。己の悲運を受け入れたよ。あたし偉いね」

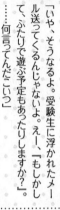

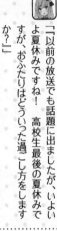

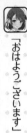

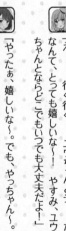

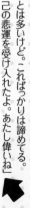

「それでも毎日教室で会うよりはマシだけれど。ストレスが減って健康寿命が延びそう」

「おーおー、それぞれ健やかに過ごそうよ。ま、そんなわけで、今年はあんまり夏休みって感じしないかな。受験勉強と仕事でいっぱいいっぱいだよ」

「レッスンもしなきゃいけないし、あっという間に終わりそうよね」

「そうねー。まぁそれはそれで、充実した夏休みで……、え、なに朝加ちゃん」

「『夏休みならではの予定とか、何かないの?』……、と言われましても」

「…………」

「…………」

「やべ、ラジオで黙っちゃった。ユウ、なんかぁる?」

「いえ、特に。仕事場と家の往復になるんじゃない? むしろ、普段より淡泊な生活になりそうだわ。予定なし」

「あたしもそんな感じ。まぁ少しくらいは羽も伸ばすと思うけど、今のところは特に予定ない感じかな。うん。ないない。何もない」

「もし、夏休みっぽいことが見つかれば、ラジオで話すことにするわ。あればね、あれば」

「はいはい。じゃー、次のメール……」

to be continued……

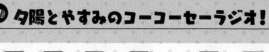

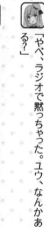

◆

佐藤《さとう》家での一週間共同生活、一日目の夜。

渡辺千佳《わたなべちか》は、和室でのんびりしていた。

豪華《ごうか》な夕食をたらふく食べて、洗い物は千佳《ちか》が請《う》け負《お》い、それらを片付けたあと。

お風呂《ふろ》を先にもらったので、由美子《ゆみこ》が出たあとにでも、「家事は何を手伝えばいい？」と相談しに行こうと思っていた。

そろそろ上がったかな、とちょうど考えていたところで。

「お姉ちゃーん……？」

襖《ふすま》の外から、由美子《ゆみこ》がおそるおそる声を掛《か》けてきた。

返事をすると、すうっと襖《ふすま》が開かれる。

すっぴんでパジャマ姿の彼女がそこにいた。髪《かみ》もさらっとしたストレートで、艶《つや》やかに揺《ゆ》れている。

普段《ふだん》よりも幼く、子供っぽく見えるのが可愛《かわい》らしい。

由美子《ゆみこ》のギャル姿は落ち着きを覚えるが、これはこれでかわいいと思う。

彼女は、おずおずとこちらの様子を窺《うかが》っていた。

「なに？」

「あー、うん……。部屋、入ってもいい？」

遠慮《えんりょ》がちに訊《き》いてくる由美子《ゆみこ》は、後ろ手に何かを持っていた。

それが何かはわからないが、様子がおかしいのは伝わる。

「いいけど……、なんなの？」

千佳《ちか》が怪訝《けげん》な表情で尋《たず》ねても、ぎこちない笑《え》みを浮《う》かべている。

千佳《ちか》の前にぽすんと座ったが、それでもモジモジして用件をなかなか口にしない。

「どうしたのよ……。あぁ、もしかしてお風呂《ふろ》のお誘《さそ》い？　しょうがないわね、付き合うわ」

「いや、風呂《ふろ》の誘《さそ》いでこんなんなってたら引くわ。ていうか、お互《たが》いもう入ったでしょ」

呆《あき》れた声が返ってくる。

それでようやく、調子を取《と》り戻《もど》したらしい。

由美子《ゆみこ》は、背中に隠《かく》していたものをこちらに見せた。

「あのー……、本読み、手伝ってくんない……？」

彼女が持っていたのは、台本だった。

ゲーム版〝ティアラ〟のイベント、『歌声は届く、たとえ海を越《こ》えてでも』の台本だ。

レオンと小鞠《こまり》がメインのシナリオなので、当然千佳《ちか》も台本はあるし、持ってきてもいる。

しかし、彼女のお願いはよくわからなかった。

「本読み……？　でもこれ、ゲームの台本じゃない。アニメならわかるけれど、これをふたりでする必要ある？」

アニメのようにリアルタイムの進行を控《ひか》えているなら、その空気を肌《はだ》で感じたいのはわかる。抑揚《よくよう》、間、温度、それぞれの演技があるだろうし、自身もその影響《えいきょう》を受ける。

けれど、ゲームはひとりでのアフレコだ。

疑問をぶつけると、由美子《ゆみこ》は気まずそうに頬《ほお》を掻《か》いた。

「やー……、実を言うと、あたしゲームのアフレコあんま得意じゃなくて。感覚を掴《つか》むために、できればいっしょに本読みしたいんだけど」

「…………ふうん」

すとん、と腑《ふ》に落ちる。

歌種《うたたね》やすみは役に入り込めば入り込むほど、真価を発揮する役者だ。

他人の演技がそばにあるかどうかは、彼女にとって相当重要なはず。

ファントムのとき、森《もり》や大野《おおの》が別録《べつど》りの由美子《ゆみこ》に付き合ったのも、そういった要素が大きいから。

ムラがあると言えばそれまでだが、とても切り捨てる気にはなれない。

それほどまでに、役に入り込んだときの彼女は――。

「……わかった、付き合うわ」

鞄《かばん》から台本を取り出す。

すると、由美子《ゆみこ》は前かがみになって意外そうな声を出した。

「やけに親切じゃん。渡辺《わたなべ》が素直《すなお》に手伝ってくれると、それはそれで怖《こわ》いんだけど」

「出たわ。あなたのそういうところ、本当に嫌《きら》い。なぜ素直《すなお》にありがとうと言えないの？　可《か》愛《わい》げを見せると死ぬ病気？　愛嬌《あいきょう》をどこかに落としてきたのかしらね」

「そっくりそのまま返すわ、その言葉。鏡見てんの？　突然《とつぜん》の自己《じこ》紹介《しょうかい》やめてくんない？」

由美子《ゆみこ》は呆《あき》れながら、台本を開いた。

どこから？　と尋《たず》ねると、由美子《ゆみこ》はそばに寄ってくる。

肩《かた》をくっつけて千佳《ちか》の台本をぺらぺらとめくり、指を差した。

「こっからお願いしていい？」

「ええ。……ん、んん」

声の調子を整えながら、千佳《ちか》は台本に目を落とす。

おおよそ中盤《ちゅうばん》あたり。レオンと小鞠《こまり》がレッスン中に大喧嘩《おおげんか》する場面だった。

新ユニットを結成し、いがみ合いながらも何とかやってきたふたりだったが、ここで本格的な仲違《なかたが》いを起こしてしまう。

ふたりの感情がぶつかり合う、大事なシーンだ。

千佳《ちか》は唇《くちびる》に指を押し当て、そのシーンを頭に思《おも》い浮《う》かべていく。

演技のスイッチを入れた。

「はっ……。もうやってらんない。帰る。あんたの顔なんて、二度と見たくない。どうにでもなればいいのよ」

普段《ふだん》の小鞠《こまり》が見せる、喚《わめ》くような怒《いか》りの表現ではない。悲しみと失望が混ざった声を出す。投げやりでありながら、声に涙《なみだ》を滲《にじ》ませ――、るまではいかず、わずかに感じられるくらいに調節する。語尾《ごび》は、少しだけ震《ふる》わせて。

次はレオンのセリフだが、由美子《ゆみこ》がわずかに息を呑《の》むのがわかった。

けれど、気を取り直したように口を開く。

「そんなに嫌《いや》か、わたしとユニットを組むのが」

「嫌《いや》に、決まってるじゃない。わたしは……、わたしは！　アイドルになるために、ここに来たんじゃない！　女優よ！　世界一の女優になるために、ここに来た……っ！　なのになんで、こんなふうに縛《しば》られなきゃいけないのよ……ッ！」

本気で声に感情を乗せる。

由美子《ゆみこ》が求めているのは、本番さながらの空気だからだ。

それに応えるように、由美子《ゆみこ》の演技も熱を帯びていく。

「でもお前は……、今は、アイドルだろう。逃《に》げ出《だ》すつもりか。投げ出すつもりか。まずは、このライブを成功させることを……」

「うるさい！　うるさいうるさい！　あんたなんかに、何がわかるっていうのよッ！」

激しい口論の末、小鞠《こまり》は部屋を出て行ってしまう。

「どうしたって言うんだ……。なぜ、今日に限って……」

部屋に残されたレオンが、呆然《ぼうぜん》と呟《つぶや》く。

普段《ふだん》と様子の違《ちが》う小鞠《こまり》に、らしくなく動揺《どうよう》していた。

そこまでは上手《うま》くいったが、ここからは様子を見に来た社長とレオンの会話が始まる。

このシーンにはもう、小鞠《こまり》は出てこないのだが……。

「あぁもう、荒《あ》れてるわねぇ……。レオン、大丈夫《だいじょうぶ》？　随分《ずいぶん》と険悪そうだったけど」

社長のセリフを千佳《ちか》が口にすると、由美子《ゆみこ》の表情がぱっと輝《かがや》いた。

いいの？　と目が語っている。

やってあげるから続けなさい、と視線を返すと、由美子《ゆみこ》は嬉《うれ》しそうに台本へ戻《もど》った。

「……社長。小鞠《こまり》の奴《やつ》、何かあったんですか」

「うん……。実はあの子、有名ドラマの一次オーディションに受かったの。すっごく良《い》い役。でも、オーディション最終日が〝リブラ〟のライブと被《かぶ》っててね。諦《あきら》めるしかなくて」

「馬鹿者が……。だからあんなふうに……。――社長。このライブ、わたしだけが出るわけにはいかないでしょうか」

「……珍《めずら》しいわね。プロ意識の高いあなたが、そんなこと言うなんて。プロ失格よ」

「そうでしょうね。反論はしないし、条件があるなら呑《の》みます。だから、小鞠《こまり》を行かせてやってはくれませんか」

「あなた、小鞠《こまり》にはアイドルの才能があるって言ってたじゃない。いいの？」

「よくはないです。小鞠《こまり》は〝ティアラ〟に最も近いアイドルですから。すべてにおいて、わたしより上……。ですが、夢は叶《かな》えるものです。わたしがアイドルになれたように、あいつにも夢を叶《かな》えてほしい。あいつなら、本当に大女優になれるだろうしな……」

今までずっと押し隠していた、レオンの本音が漏《も》れていく。

普段《ふだん》はどこか冷たく、低いレオンの声がやさしい熱に溶《と》けていった。

穏《おだ》やかで、遠くを見ていて、でもどこか寂《さび》しそうな、そんな声。

由美子《ゆみこ》は見事に、海野《うみの》レオンの感情を声だけで表現していた。

「…………」

台本を持つ由美子《ゆみこ》に、目をやる。

本当にこの子は、底知れないものを持っている。

台本に集中している彼女の姿に、千佳《ちか》は目を奪《うば》われていた。

いや、心さえも。

歌種《うたたね》やすみの演技をこうして感じられる。

そのことに喜びを覚えてしまう程度には、千佳《ちか》は彼女の演技に惹《ひ》かれていた。

しかし、きりのいいところまで進んだからか、由美子《ゆみこ》がぱっと顔を上げる。

頬《ほお》を緩《ゆる》ませながら、気の抜《ぬ》けた声を出した。

「渡辺《わたなべ》が家にいると、便利でいいなあ」

「なにそれ。口説いてるの？　それならもうちょっとマシな文句を考えなさいな」

便利グッズ扱《あつか》いされたのが腹立たしいので、適当に混ぜっ返す。

すると、由美子《ゆみこ》がむっとして唇《くちびる》を尖《とが》らせた。

「そういうんじゃないから。あんたはすぐそうやって減らず口を……、まぁでも、助かったよ。ありがとう。だいぶ感覚を摑《つか》めた」

思った以上に成果があったのか、素直《すなお》にお礼を言ってくる由美子《ゆみこ》。

あれだけの演技をきちんと収録で再現できれば、きっと問題ないはずだ。

千佳《ちか》は軽く手を振《ふ》って答える。

「いいえ。わたしも学ぶものが多かったわ」

「そ？」

千佳《ちか》は由美子《ゆみこ》と違《ちが》って、ゲーム収録を苦手と思ったことはない。

自分のペースでできるのが好ましいし、集中力も高まる。

その考えは変わらないが、こうして本読みで調整できるのは確かによかった。

自分も一家に一人、歌種《うたたね》やすみが欲《ほ》しいかもしれない。

料理もできるし。

千佳《ちか》がそんなことを考えていると、由美子《ゆみこ》は台本の表紙を愛《いと》おしそうに撫《な》でた。

視線を落としたまま、静かに口を開く。

「このシナリオ、あたしは結構意外だったんだよね。レオンが小鞠《こまり》のことを、そんなふうに考えているとは思わなくてさ」

由美子《ゆみこ》が先ほど演じた部分のことだろう。

千佳《ちか》もそれには同意見だった。

「そうね。小鞠《こまり》の気持ちも意外だったわ。ふたりがいがみ合うところは何度も見てきたけど、結局、どちらも相手を羨《うらや》んでいて、ないものを欲《ほ》しがっていたなんて」

犬猿《けんえん》の仲で、いつも口喧嘩《くちげんか》ばかりのレオンと小鞠《こまり》。

どうしてもアイドルになりたかったレオンと、アイドルは通過点だと断言する小鞠《こまり》が、わかり合えるわけがない。

しかし、レオンは才能溢《あふ》れる小鞠《こまり》を高く評価していて、「あんなふうになりたかった」と羨《うらや》んでおり、小鞠《こまり》は小鞠《こまり》で、レオンのような格好いい女性に憧《あこが》れていた。

お互《たが》いの気持ちがこのシナリオで明らかになり、レオンは小鞠《こまり》のためにひとりでライブに出ようとする。

その姿に、由美子《ゆみこ》は思うところがあるようだった。

「なんていうか、レオンの大事にしてるものがよく見える話じゃん？　小鞠《こまり》との関係は大切だったんだなってわかるシナリオでさ。クライマックスの展開もすごくいいし……。だから、いつも以上にいい演技がしたくて」

「……そうね。その気持ちは、わかるわ」

自分たち声優は、キャラクターに声を吹《ふ》き込《こ》む。感情を吹《ふ》き込《こ》む。

それによって、キャラを活《い》かすことも、殺すこともできてしまう。

大事なシーンだから絶対にいい演技をしたい。その気負いは強く共感できる。

『ティアラ☆スターズ』はまだ始動したばかりで、ユーザーに届いていないコンテンツも多いが、アニメやゲーム、ライブで千佳《ちか》たちがキャラに触《ふ》れている時間は長い。

自然と、思い入れが強くなる。

より良く演じたい、と感じるのはとても自然なことだった。

「クライマックスのシーンは、まだ録《と》ってないんでしょう？」

「うん。それまでには仕上げる。きっちり決めないと、レオンに悪い」

確かめるように呟いてから、由美子《ゆみこ》は照れくさそうに笑った。

あどけない、可愛《かわい》らしい女の子の笑顔《えがお》。

普段《ふだん》よりも幼く見えるやさしい微笑《ほほえ》みに、千佳《ちか》は思わず口を開いた。

「佐藤《さとう》。あなたやっぱり、すっぴんのほうがかわいいわよ」

「な、なに急に……。前も言ったけど、それ誉《ほ》め言葉じゃないから。嬉《うれ》しくないいっつーの」

そうは言いながらも、照れているように見えるが。

由美子《ゆみこ》の髪《かみ》に手を伸《の》ばすと、さらっとした感触《かんしょく》とシャンプーの香りがふわりと浮《う》かぶ。

なんとなく触《ふ》れてみたが、由美子《ゆみこ》はジトっとした目を向けるだけで何も言わない。

きっと彼女は、レオンに恥《は》じぬよう完成された演技を見せるのだろう。

魂《たましい》の籠《こ》もった声をレオンに吹《ふ》き込《こ》むはずだ。

「……また本読みがしたければ、いつでも来なさい。付き合うから」

髪《かみ》から手を離《はな》したあと、自然とそう言っていた。

由美子《ゆみこ》はきょとんとした顔を見せたあと、口を曲げて答える。

「あんたがこうもやさしいと、もはや不気味なんだけど。なに企《たくら》んでんの？　おっぱい揉《も》もうとしてる？」

「出たわ。あなたのそういうところ、本当に嫌《きら》い。本当に揉《も》みまくってやろうかしら」

彼女の豊かな胸に手を伸《の》ばすが、ぱしん、と叩《たた》き落《お》とされてしまった。

別に、親切心で言ったわけじゃない。

『歌声は届く、たとえ海を越《こ》えてでも』は、歌種《うたたね》やすみと同じく、夕暮夕陽《ゆうぐれゆうひ》の演技も重要だ。

千佳《ちか》だって、満点以上の演技を見せなければ小鞠《こまり》に申し訳が立たない。

いや。

小鞠《こまり》と――、歌種《うたたね》やすみに。

そんな気持ちを抱《いだ》きつつも、「わたしも本読みをしたいから、いっしょにやりましょう」と言わないのは、最後の意地だ。


「……んぁ」

アラーム音がピピピ、と鳴《な》り響《ひび》き、千佳《ちか》はもぞもぞとスマホを手繰《たぐ》り寄《よ》せる。

気だるげに瞼《まぶた》を開けて、その視界に困惑《こんわく》した。一気に目が覚める。

どこだ、ここは。

「……あぁ。佐藤《さとう》の家ね」

ゆっくりと身体《からだ》を起こして、ぼんやりとした頭で反芻《はんすう》する。

見慣れない部屋に戸惑《とまど》ったが、アラームを切っているうちに思い出してきた。

今日は佐藤《さとう》家での共同生活、二日目。

その朝。

身体《からだ》はまだ睡眠《すいみん》を欲《ほっ》していたが、今日は由美子《ゆみこ》と朝からレッスンに行く予定だ。

あくびを嚙《か》み殺《ころ》しながら、部屋を出る。

「あ、お姉ちゃん起きた。おはよ」

目を擦《こす》りながらキッチンに行くと、エプロンを付けた由美子《ゆみこ》が声を掛《か》けてきた。

「おはようう……」

ぼんやりした声を返すと、由美子《ゆみこ》は苦笑《くしょう》を浮かべる。

「コーヒー……、や、カフェオレでも飲む？」

「飲む……」

「はいよ」

返事をすると、由美子《ゆみこ》はより笑《え》みを深める。

座って待っていると、間もなくテーブルにアイスカフェオレが置かれた。

それをありがたく頂くと、冷たくて甘めのカフェオレが身体《からだ》の中に染《し》み込《こ》んでいく。

おいしい……。

ゆっくりと飲みながら、パタパタと動く由美子《ゆみこ》を見やる。

どうやら、朝ご飯を作っているらしい。

料理で千佳《ちか》の出る幕はないし、後片付けはこちらがやろう。

だから今は、のんびりカフェオレを頂く。

なんかいいな、こういうの……。

「あ、ユウちゃん起きたんだ」

ぼうっとしていたら第三者の声が聞こえて、さすがに頭が覚醒《かくせい》した。

由美子《ゆみこ》の母だ。

廊下《ろうか》からぴょこん、と顔を出していた。

仕事から帰っていたようで、メイクを落として部屋着に着替《きが》えている。

さすがに、彼女にまるきり寝惚《ねぼ》けた姿を見られるのは恥《は》ずかしい。

「お、おはようございます」

「はーい、おはよ〜。やーん、ユウちゃんパジャマかわいいね〜」

ニコニコしながら、のんびりとした声を上げる由美子《ゆみこ》母。

「わたしも、ユウちゃんといっしょにご飯食べたくてね。ご一緒《いっしょ》していーい？」

「は、はい……。あ、顔洗ってきます……」

洗面所に向かうために、そそくさと立ち上がる。

由美子《ゆみこ》の母は、今から夕食を食べるようだ。

昨日の料理を温めようとして、驚《おどろ》いた声を上げている。

「わ、由美子《ゆみこ》。ユウちゃん来るからって張り切りすぎよ〜。こーんなに作って。食べ切れないじゃない。そんなにユウちゃん来るのが嬉《うれ》しかったの？」

「そういうんじゃないからっ。もう、ママやめてよ」

何やら、小声で言い争っている。

普段《ふだん》は見せないような顔で、由美子《ゆみこ》は母親と言葉を交《か》わしていた。

やはりみんな、親を前にすると違《ちが》う顔になるらしい。

それはきっと、自分だって同じなんだろう。

「…………」

それはそうとして。

いくら何でも、昨日の夕食は品数が多かった。

どうやら由美子《ゆみこ》の母が言及《げんきゅう》しているようだし、イレギュラーだったのは間違《まちが》いない。

由美子《ゆみこ》はしらばっくれていたが、さすがに気付く。

あれだけの料理は、だれのためか。何のためか。

それがわからないほど、千佳《ちか》も鈍感《どんかん》ではない。

「本当に……」

赤くなった顔を手で扇《あお》ぐ。

この状況《じょうきょう》に適した言葉が頭に浮《う》かんだが、あまりに恥《は》ずかしいのでさっさと打ち消した。

あぁまったく。先が思いやられる……。


朝ご飯も素晴《すば》らしかった。

チーズたっぷりなうえに、具《ぐ》だくさんのピザトーストが最高だった。ちょっとしたサラダとコーンポタージュまでついてきて、まるでお店のモーニングのようだ。

朝から夢中で食べてしまった。本当、おいしかった……。

由美子《ゆみこ》の母がニヤニヤした笑《え》みを浮《う》かべて、「由美子《ゆみこ》～？」「いや、何も言わないで……」というやりとりをしていたが、それは見ないふりをしておく……。

由美子《ゆみこ》母の温かい視線がむず痒《がゆ》い……。

大満足の朝食を済ませたあと、ふたりで家事を終わらせてから佐藤《さとう》家を出た。

今日はライブのユニット練習。〝オリオン〟のメンバー全員参加のダンスレッスンだ。

レッスンルームに着くと、既《すで》に飾莉《かざり》、纏《まとい》、ミントが柔軟《じゅうなん》体操をしていた。

そこにトレーナーが加わって、ユニット練習が始まる。

「……………」

トレーナーの指示どおり身体《からだ》を動かしながら、千佳《ちか》は周りのメンバーに目を向ける。

レッスン自体はとても順調だった。

「うん！　ミントちゃん、よく動けてるね！　ケガも大丈夫《だいじょうぶ》そうだし、安心したよ」

「当然ですよ！　前回はオクレをトリましたが、今回は皆《みな》さんを引っ張っていきますからね！

安心してついてきてください！」

トレーナーから褒《ほ》められ、ミントはふふん、と鼻息を荒《あら》くした。細い身体《からだ》で胸を張る。

それを見ていた由美子《ゆみこ》がスッと飾莉《かざり》に近付き、こっそり耳打ちした。

「飾莉《かざり》ちゃんもよく動けてるよ。上達してるしてる」

「は〜？　なにその妙《みょう》なフォロー。上から目線でムカつくしぃ」

「やー、飾莉《かざり》ちゃんも褒《ほ》めてほしいのかなって」

「大きなお世話。本当にそういうのやめてくれない〜？」

小声でつつき合っている。

あれが由美子《ゆみこ》の言うフォローなのか、ただじゃれているのかはわからないが、人間関係は良好そうだ。

飾莉《かざり》も由美子《ゆみこ》相手だと、随分《ずいぶん》と肩《かた》の力を抜《ぬ》いている。

「や、御《お》花《はな》さんもすっごくいいよ！　前より動きがだいぶよくなってる。みんな、次のライブ頑張《がんば》ろう！」

由美子《ゆみこ》たちの会話が聞こえていたのか、トレーナーとしては嬉《うれ》しい限りだよ」

由美子《ゆみこ》たちの会話が聞こえていたのか、トレーナーがそう声を上げる。

飾莉《かざり》は驚《おどろ》いた顔をしたあと、由美子《ゆみこ》を見た。

由美子《ゆみこ》が笑っているのを見て口を曲げたが、ぼそりと呟《つぶや》く。

「……ま、いっぱい練習してないと、なに言われるかわからないので〜」

憎《にく》まれ口《ぐち》を叩《たた》いているのも、きっと照《て》れ隠《かく》しだ。

ユニット内の空気はむしろ良《い》い、と千《ち》佳《か》は感じた。

ライブへの士気は高いし、モチベーションも十分にある。

ただ。

「じゃ、今日のレッスンはここまで！　でも、自主練したい人は残ってもいいよ！」

そうトレーナーが締《し》め括《くく》り、挨拶《あいさつ》を交《か》わしながら部屋を出て行った。

そのあと、残った五人は顔を見合わせる。

「わたしも失礼します。お疲《つか》れ様《さま》でした」

真っ先に頭を下げたのは、纏《まとい》だ。

彼女も一生懸命《いっしょうけんめい》レッスンに励《はげ》んでいたので、荒《あら》い息で汗《あせ》を拭《ぬぐ》っている。

千佳《ちか》も由美子《ゆみこ》も疲《つか》れてはいるものの、せっかく来たので自主練してから帰るつもりだ。

かといって、帰る纏《まとい》を責めるつもりは毛頭ないが……。

それに、ミントが言及《げんきゅう》してしまう。

「む。羽衣《はごろも》さんはもうお帰りですか？　わたしは自主練をやっていきますよ！　まだまだ頑張《がんば》れますからね！」

体操服にダラダラ汗《あせ》を染《し》み込《こ》ませながら、ミントが腰《こし》に手を当てている。

それに纏《まとい》はピリッとした表情を見せ——ることなく、わずかに唇《くちびる》をニヨっとさせた。

まぁ気持ちはわかる。

大人ぶっているときのミントは、いろんな意味で愛らしい。

あんなことを言えば険悪な空気になってもおかしくないが、そこはミントのキャラだろう。

あと多分、纏《まとい》はミントのことがだいぶ好きだ。

微笑《ほほえ》ましい、という表情を必死で押し隠しながら、纏《まとい》は口を開く。

「今日はかなりの時間、レッスンをしましたから。これ以上はオーバーワークになりかねません。ミントちゃ……、双葉《ふたば》さんもあまり無理しないほうがいいですよ」

纏《まとい》がそう答えると、ミントはすぐさま反論しようとした。

しかし、由美子《ゆみこ》がミントの肩《かた》に手を置き、「まぁまぁ」と止める。

「自主練は個人の自由だから。それより、ミント先輩《せんぱい》も帰ったほうがいいよ。纏《まとい》さんの言うとおり、練習時間も長かったし、もう遅《おそ》いしさ。程々《ほどほど》に抑《おさ》えるのも大事だよ」

「む……。まぁ、歌種《うたたね》さんがそこまで言うなら。しょうがないですね、従ってあげます」

ミントも矛《ほこ》を収めてくれて、纏《まとい》といっしょに帰って行った。

飾莉《かざり》は、「せっかくバイトを休んだから」と自主練をやっていくそうだ。

なんだかんだ言いつつも飾莉《かざり》は熱心に練習しているし、ミントも由美子《ゆみこ》がブレーキを踏《ふ》むくらい頑張《がんば》っている。ユニット内の熱は高かった。

このままでも、十分なパフォーマンスはできるだろう。

けれど、本気で〝アルフェッカ〟に勝ちたいのなら。

纏《まとい》の協力は絶対に不可欠だ。

「……飲み物、買ってくるわ」

休憩《きゅうけい》時間に水分補給しようとしたら、ペットボトルが空になっていた。

ふたりに一言伝え、部屋から出て行く。

「どうしたものかしら……」

自販機《じはんき》コーナーに向かってとぼとぼ歩き、ひとりごちる。

まずは、羽衣纏《はごろもまとい》と話をすべきだ。

纏《まとい》に一番近いのは、千佳《ちか》だ。彼女が持つ荷物を減らせるかもしれない。

それができるのは、〝オリオン〟の中ではきっと自分だけ。

「でも、どうすれば……？」

わかってはいても、実行に移せるかは別問題。

由美子《ゆみこ》に格好つけて、「羽衣《はごろも》さんのことは任せてほしい」と口にしながらこの体《てい》たらく。

しかし元々、自分は人と交流することが苦手だ。

由美子《ゆみこ》を観察していろいろ学んでみたものの、彼女のように上手《うま》く話せるわけもなし。

さて、どうしたものか……。

「――ぐえっ」

うーん、と唸《うな》っていると、突如《とつじょ》後ろから強い衝撃《しょうげき》に襲《おそ》われた。背中への強打だ。

完全な不意打ちを喰《く》らい、お腹《なか》の奥から潰《つぶ》れた声が飛び出る。驚《おどろ》きと痛みがすごい。

こんなバイオレンスなことをしてくる相手は、ひとりしか思いつかない。

「……高橋《たかはし》さん。なぜ、無言でタックルしてきたの……？」

事務所の後輩《こうはい》、高橋結衣《たかはしゆい》が千佳《ちか》の腰《こし》に抱《だ》き着《つ》いていた。

〝アルタイル〟のレッスンで見慣れた、中学の体操着姿だ。

袖《そで》を肩《かた》までまくり上げ、裾《すそ》は縛《しば》ってあるので、日に焼けていない肩《かた》とお腹《なか》が見えている。

汗《あせ》で額に髪《かみ》が張り付いていた。

彼女はえへー、と頰《ほお》を緩《ゆる》ませながら口を開く。

「おはようございます、夕陽先輩《ゆうひせんぱい》！　高橋《たかはし》、夕陽先輩《ゆうひせんぱい》にやめろって言われたので、叫《さけ》ばずにタックルしてみました！」

「悪意のありすぎる解釈《かいしゃく》……、抱《だ》き着《つ》くのをやめてって言ってるのよ……。だれも無言で突《つ》っ込《こ》んでこいとは言ってない……」

身構えることもできないので、むしろ性質《たち》が悪い。

もちろん本気でそう解釈《かいしゃく》したわけではなく、結衣《ゆい》は単にじゃれているだけだ。

彼女はなぜか、千佳《ちか》にやたらと懐《なつ》いている。

まとわりつく姿は子犬のようだと思えなくもないが、何事にも限度がある。

「〝オリオン〟もレッスンだったんですね！　〝アルフェッカ〟も全員集合してますよ！　みんなでレッスンって、テンション上がりますよね！」

「あぁそう……。あの、高橋《たかはし》さん、離《はな》れて……？」

なぜか腰《こし》に手を回したまま、結衣《ゆい》は話を続ける。

平然とこの状況《じょうきょう》を維持《いじ》しないでほしい。

ぺったりと背中にくっつき、結衣《ゆい》は肩《かた》に顎《あご》を載《の》せてくる。

千佳《ちか》と結衣《ゆい》はそれほど身長が変わらないので、くっつかれると普通《ふつう》に重い。

というか鬱陶《うっとう》しい。

あと声がうるさい。

「暑苦しいから。離《はな》れなさい」

さすがに嫌気《いやけ》が差し、身体《からだ》を離《はな》そうとする。

すると、結衣《ゆい》はすぐ近くで「ふーん？」と怪《あや》しい笑《え》みを浮《う》かべた。

「えー？　嫌《いや》なら引《ひ》き剝《は》がしてくださいよー。高橋《たかはし》、そんなに力入れてないですよ。どうぞ、腕《うで》を外してください？」

「あなたね……、あぁもういい。それなら自分で……、かったっ！　手ガッチガチじゃない！　ぐ、ぐぐぐ……っ！　こんなの絶対外れない……っ！」

「ふふ、夕陽先輩《ゆうひせんぱい》、意外と非力ですよね……。かわいい……。わたしの中で必死に抗《あらが》う夕陽先《ゆうひせん》輩《ぱい》、なんかこう……、いいですよね……」

「こっわ！　もうやだこの子、普通《ふつう》に怖《こわ》いのよ……！　高橋《たかはし》さん！　これ以上するなら、わたしはあなたのことを嫌《きら》いになるわよ！」

「あごめんなさい嫌《きら》いにならないでください冗談《じょうだん》です」

千佳《ちか》が伝家の宝刀を取り出すと、結衣《ゆい》は脱兎《だっと》のごとく離《はな》れた。

焦《あせ》ったような笑《え》みを浮《う》かべる結衣《ゆい》に、千佳《ちか》は冷ややかな目を向ける。

はあ、とため息を吐《つ》いて、千佳《ちか》は再び廊下《ろうか》を歩き出した。

案の定、結衣《ゆい》はちょこまかとついてくる。

「夕陽先輩《ゆうひせんぱい》、夕陽先輩《ゆうひせんぱい》っ。もしかして飲み物ですか？　高橋《たかはし》もご一緒《いっしょ》します」

「断ってもついてくるんでしょうね、あなたは……。別にいいけれど、あまりやかましくしないで頂戴《ちょうだい》」

「了解《りょうかい》です！」

「声でか……、ぜんぜん人の話聞いてない……」

再度ため息を吐《つ》き、横並びで自販機《じはんき》コーナーに向かう。

ニコニコしている結衣《ゆい》は、警戒心《けいかいしん》の欠片《かけら》もない。

纏《まと》と違《ちが》って彼女なら、「お話でもしましょう？」と誘《さそ》えば、大はしゃぎでついてくるだろう。

そこでふと思いつき、結衣《ゆい》に尋《たず》ねてみた。

「ねぇ高橋《たかはし》さん。ちょっとした質問なのだけれど。話を聞いてみたい相手がいたとしたら、あなたならどうやって声を掛《か》ける？」

「はい？　お話ですか？」

結衣《ゆい》は意外そうにしたあと、満面の笑《え》みで自身を指差す。

「もしかして高橋《たかはし》ですか？　高橋《たかはし》ならいつでも大丈夫《だいじょうぶ》です！　夕陽先輩《ゆうひせんぱい》なら、いくらでもしゃべりますよ！　何が訊《き》きたいですか？　尊敬している先輩《せんぱい》？　夕陽先輩《ゆうひせんぱい》です！」

「声うるさ……。なんで、そんなにひとりで盛り上がれるの……？　あなた相手だったら、こんな相談しないでしょうに。別の人よ。仕事仲間」

「ちぇー。高橋《たかはし》も仕事仲間なんですけどねー」

結衣《ゆい》も本気で言ったわけではないようで、残念そうにしたあと腕《うで》を組んだ。

両目を瞑《つぶ》って、大きく首を傾《かし》げる。

「話の度合いにもよりますけど、高橋《たかはし》ならお茶やご飯に誘《さそ》ってみますかね？」

「まぁその辺が妥当《だとう》よね……」

実際に千佳《ちか》は、結衣《ゆい》にお茶もご飯も誘《さそ》われたことがある。

由美子《ゆみこ》とは何度かいっしょに行ったこともあるらしい。

落ち着いて話をしたいなら、そうすべきだろう。

廊下《ろうか》でちょっと、という内容でもない。

それはわかるものの、千佳《ちか》にとってハードルが高いのも事実。

『羽衣《はごろも》さん、お茶でも行きませんか？』

なんて言葉、絶対に自分の口からは出てこなさそうだ。

それに、由美子《ゆみこ》は前回のファミレスでは纏《まとい》を上手《うま》く丸め込んでいたが、千佳《ちか》にはとてもできない。

体《てい》よく断られるのがオチだ。

「どうやって誘《さそ》えばいいんでしょうね……」

つい、そんなことを呟《つぶや》いてしまう。

すると、結衣《ゆい》がふにゃっとした顔でこちらを見た。

「うーん、夕陽先輩《ゆうひせんぱい》がそういうの苦手なのは高橋《たかはし》でもわかりますよ。だからもう、夕陽先輩《ゆうひせんぱい》らしくストレートでいいと思います」

「わたしらしく？」

「はいっ。もう直球勝負、相手にどう思われようが知らね〜！　ってストレートです！」

「あなた、わたしのことをそんな目で見ていたの？」

何気に……、というか、この後輩《こうはい》は基本無礼である。

とはいえ、その言葉は腑《ふ》に落ちた。

自分があれこれ考えたところで、由美子《ゆみこ》のような振《ふ》る舞《ま》いができるはずもない。

ならば、自分ができることをやるべきだ。

「高橋《たかはし》さん、ん……？」

いいきっかけになった結衣《ゆい》にお礼を言おうとしたが、なぜか結衣《ゆい》はこちらをじぃっと見つめていた。

その目がやけに黒く見える。

「ところで。夕陽先輩《ゆうひせんぱい》が話を聞きたい人、仕事仲間って言ってましたよね」

「えぇ、まぁ……」

「夕陽先輩《ゆうひせんぱい》、普段《ふだん》はそんなこと考えないのに。きっと必要だから、そうするんでしょうね。ということは、〝ティアラ〟の関係者だと思うんですね。リーダーとしての責務からじゃないでしょうか。つまり相手は、羽衣《はごろも》さんか御花《おはな》さんあたりじゃないですか？」

こわ。

きっちり当てないでほしい。

抑揚《よくよう》のないトーンで、淡々《たんたん》と詰《つ》めてくるから余計に怖《こわ》い。普段《ふだん》とのギャップが強いだけに。

結衣《ゆい》はググ……、と顔を近付けてくる。黒い目のままで。

「高橋《たかはし》も連れて行ってもらったことないのに……、ほかの女は誘《さそ》うんですね？」

「……………………」

こわい。なんなの。

何目線？

なんで、ただの後輩《こうはい》にこんな詰《つ》められなきゃいけないの……。

突《つ》き刺《さ》さってくる視線に耐《た》え切《き》れず、思わずこんなことを口走ってしまう。

「わかったわよ……、いずれ高橋《たかはし》さんも誘《さそ》うから」

「本当ですか⁉」

途端《とたん》、ぴょこんと跳《は》ねて黒いオーラも消えていく。

やった、やった、絶対ですよ！　とはしゃぐ結衣《ゆい》に、ため息をひとつ。

余計な荷物を抱《かか》えてしまった。

とはいえ、そこまで悪い気もしない。

「高橋《たかはし》さん、どれ飲む？」

自販機《じはんき》の前までやってきたので、結衣《ゆい》に尋《たず》ねる。

結衣《ゆい》は驚《おどろ》いて、両手を大袈裟《おおげさ》に振《ふ》った。

「い、いいですいいです、そんな……」

「この程度で遠慮《えんりょ》しなくていいから。一応、事務所の後輩《こうはい》なのだし」

呆《あき》れながら言うと、結衣《ゆい》は嬉《うれ》しそうにふにゃっとした顔になった。

えへへ、と笑いながら、彼女はスポーツドリンクを選ぶ。

それを宝物のように抱《かか》えた結衣《ゆい》と、廊下《ろうか》を戻《もど》っていった。

すると結衣《ゆい》は、ニコニコしながらすり寄ってくる。

「夕陽先輩《ゆうひせんぱい》って、昔に比べるとだいぶ雰囲気《ふんいき》変わりましたよね」

「そう……？　昔、がどこを指しているかはわからないけれど」

「高橋《たかはし》が事務所に入ったばかりの頃《ころ》ですかね？　一年以上前です。あの頃《ころ》の夕陽先輩《ゆうひせんぱい》は、正直近寄りがたくて、ちょっと怖《こわ》かったです」

「そうかしら……？」

それを本人に言うんだから、結衣《ゆい》も大した度胸だ。

千佳《ちか》自身は意識したことはないが、何か変化があったのだろうか。

もし本当に、変化があったとするならば。

「お、渡辺《わたなべ》ー。っと、結衣《ゆい》ちゃん。結衣《ゆい》ちゃんもレッスンだったの？」

廊下《ろうか》に出ていた由美子《ゆみこ》が声を掛《か》けてくる。

そして、その表情がにやっとしたものに変わった。

こっちを見ながら、バカにしたように言う。

「ユウが帰ってくるの遅《おそ》いから、迷子になってるんだろうな、と思ってたけど。結衣《ゆい》ちゃんに先導してもらってたのね」

そのからかう口調に、瞬時《しゅんじ》にイラッとする。

考えるよりも先に、言葉を返していた。

「迷子なんてなるわけないでしょうに。そうやって人を子供扱《こどもあつか》いして、優位に立ったつもり？年齢《ねんれい》の高さしか誇《ほこ》れない、愚《おろ》かな老害のようね。そうなる予定だからって予行練習？」

「は？　ちょっと子供扱《こどもあつか》いされただけでそんだけキレんの、図星ってことじゃないの？　怒《おこ》っちゃったんでちゅか～？　こわいでちゅね～」

「出たわ！　あなたのそういうところ、本当に嫌《きら》い……！」
少し切り込みが入っただけで、罵倒《ばとう》の洪水《こうずい》がドバッと溢《あふ》れてくる。
どれだけ繰《く》り返《かえ》しても、本気で苛《いら》つくのだから不思議なものだ。
罵詈雑言《ばりぞうごん》をぶつけ合っていると、結衣《ゆい》がくすっと笑ってその場を離《はな》れていった。
――結衣《ゆい》が言うように、何かが変わったというのなら。
それはきっと、由美子《ゆみこ》の影響《えいきょう》――かもしれないし、そうでないかもしれない。
まぁちょっとは、少しくらい、ある、かも。
おそらく、たぶん、きっと。

佐藤《さとう》家の共同生活、四日目。
既《すで》に折り返しに入った一週間共同生活だが、千佳《ちか》は思うところがあった。
「佐藤《さとう》。ちょっといいかしら」
夕食の最中、由美子《ゆみこ》にそう尋《たず》ねる。
ちょうど彼女はあぐ、とスプーンを口に入れているところだった。
もぐもぐ、と口を動かしたあと、軽く首を傾《かし》げる。
髪《かみ》を後ろで括《くく》っているので、尻尾《しっぽ》がふわっと揺《ゆ》れた。

「どったの。カレー、あんまりおいしくなかった？」

「いえ。このカレーは最高よ。めちゃくちゃおいしい。家カレーが一番ってよく聞くけど、こういうことなんだなって実感したわ。コクがあるのにサッパリしているのが不思議」

「トマト缶《かん》放り込んでるからね。これ、ばーちゃんのレシピでさ」

カレーを褒《ほ》めると、由美子《ゆみこ》は心から嬉《うれ》しそうにしていた。

彼女は料理を褒《ほ》められたとき、とてもやわらかい表情をする。

こういうところは、素直《すなお》に可愛《かわい》らしいと思うのだけれど。

今日の晩ご飯は、カレーライス、マカロニサラダ、ミネストローネ。

このカレーがとにかくおいしいことは由美子《ゆみこ》に伝えたが、マカロニサラダとミネストローネも渋《しぶ》い活躍《かつやく》をしている。

どっちもおいしい……。名脇役《めいわきやく》……。素敵《すてき》……。

いや、料理に心を奪《うば》われている場合ではない。

問題視しているのはこの状況《じょうきょう》だ。

「佐藤《さとう》。わたしたちって、結束を高めるために共同生活をしているわけじゃない」

「そうね。めぐるちゃんと花火《はなび》さんみたいな関係を目指して、ってことだったと思うけど」

「そう。そして、そんな生活も折り返し地点を過ぎたけれど。……なにか、変わった？」

千佳《ちか》の問いに、由美子《ゆみこ》のスプーンがぴたりと止まる。

ゆるゆると皿に戻《もど》して一考。

そうして、答えを口にする。

「……いや？」

「そうよね？」

問題はそこだ。

せっかく共同生活をしているのに、関係が変化した感触《かんしょく》がない。

それというのも、この生活が意外にも上手《うま》くいっているのが原因だと思う。

普段《ふだん》あれだけキャンキャン言い合っている間柄《あいだがら》だ。四六時中いっしょにいれば、大喧嘩《おおげんか》に発展することも覚悟《かくご》していた。

旅行で親友同士の友情が崩壊《ほうかい》した、なんてよくあるらしいし。

友達と旅行に行ったことないから知らないけど。

しかし、今のところ特にトラブルはない。むしろ穏《おだ》やかに暮らしている。

結果、プラスもマイナスもない、という状況《じょうきょう》だ。

「あー、でも。本読みできるのは嬉《うれ》しい」

「それはまぁ……。でもそれは、いっしょに住まなくてもできることでしょうし」

あの日から、夜な夜なふたりで台本を読み合っている。

非常に有意義な時間ではあるが、ひとつ屋根の下じゃなくてもできることだ。

結束を強めることにはなりえない。

なので。

「……それで、この状況《じょうきょう》？」

由美子《ゆみこ》の声が反響《はんきょう》して聞こえる。

ぴちゃん、ぴちゃん、と小さな水音も響《ひび》いていた。

千佳《ちか》はシャカシャカと髪《かみ》を洗いながら答える。

「ええ。日本には裸《はだか》の付き合い、という言葉があるくらいだし。こうすれば、何か変わると思わない？」

「思わない。そもそも、何回かいっしょに風呂《ふろ》入ってるしな？」

由美子《ゆみこ》の反対意見は聞き流しておく。

と、いうわけで。

今、佐藤《さとう》家の家風呂《いえぶろ》にふたりで入っていた。

湯気が揺《ゆ》れる湯船の中で、由美子《ゆみこ》は身体《からだ》をお湯に沈《しず》めていた。

長い髪《かみ》はまとめて、腕《うで》はへりに載《の》せている。へりから落ちた手が、ぷらぷらと揺《ゆ》れていた。

一方、千佳《ちか》は髪《かみ》を洗っている最中だ。

「ほら、初心に返るって意味でもね。ラジオ始めたての頃《ころ》、わたしの家でお風呂《ふろ》に入ったことがあったでしょう。女性声優が、いっしょにお風呂《ふろ》に入るのはラジオでも鉄板だからって」

「あのとき、家風呂《いえぶろ》じゃやんないって言ったはずなんだけどなー……。結局、あの話もラジオでしてないし。特に新鮮味《しんせんみ》もないし」

呆《あき》れたような声が反響《はんきょう》する。

そのあと、「いや、新鮮味《しんせんみ》がないってなんだよ。慣れてるんじゃないよ……」という独り言が聞こえた。

気にせずにシャンプーを洗い流していると、由美子《ゆみこ》がこちらを覗《のぞ》き込《こ》む気配がする。

「ところでお姉ちゃん。ちゃんと纏《まとい》さんと話付けた？」

「いえ……、まだ」

顔を突《つ》き合《あ》わせていれば、その話題になるとは思っていたけれども。

ばつが悪い。

しかし、千佳《ちか》の性格がわかっているのか、由美子《ゆみこ》も殊更《ことさら》に責めることはなかった。

「渡辺《わたなべ》が話すって言うからには、なんか算段があるんだろうけど。でももう、レッスンも始まってるし。無理そうなら、あたしが話すけど」

「それは大丈夫《だいじょうぶ》。ダメそうなら、改めて言うから」

機は窺《うかが》っている。

あとはタイミングを合わせるだけだ。

千佳《ちか》から話したほうがいい、という気持ちも変わっていない。

由美子《ゆみこ》はそれで一応納得《なっとく》したらしく、身体《からだ》をお湯に深く沈《しず》める。

ちゃぽん、という水音と彼女の深い息が混ざった。

千佳《ちか》が身体《からだ》を洗い始めると、由美子《ゆみこ》は独り言のように口を開く。

「ユニット自体はいい感じだけどね。ミントちゃんも飾莉《かざり》ちゃんも、すごく頑張《がんば》ってるし。飾《かざ》莉《り》ちゃんは生活しんどーいってよく愚痴《ぐち》ってるけど。やっぱ、リーダーの背中見てるおかげかな。気合入っているよ。夕暮夕陽《ゆうぐれゆうひ》は、リーダーに相応《ふさわ》しかったって実感してる」

「………………」

しみじみと、恥《は》ずかしいことを恥《は》ずかしげもなく由美子《ゆみこ》は言う。

そんな話をされると、以前、「夕暮夕陽《ゆうぐれゆうひ》なら桜並木《さくらなみき》乙女《おとめ》と渡《わた》り合《あ》える」と熱心に口説かれたことを思い出す。

何だか、気持ちを晒《さら》すことに抵抗《ていこう》なくなってない？

好きって気持ちをお手軽にぶつけないでほしい……。

彼女はお湯に浸《つ》かって、気が抜《ぬ》けているのかもしれない。

ふと、いたずら心が湧《わ》いた。

からかいの言葉を投《な》げ掛けてみる。

「あなた、本当にわたしのこと好きよね」

「そりゃねー……」

「……………………………………………………」

否定しなさいよ……。気を抜《ぬ》きすぎでしょ……。

ぼんやりとお湯に浸《つ》かってるからって、本音を漏《も》らさないでほしい……。

いや、あれが彼女の本音だなんて、思っているわけじゃ、ないけども……。

むずむずした気持ちを、咳払《せきばら》いで打ち消す。

千佳《ちか》は真面目に答えた。

「まとまってきているけれど、一丸じゃない。全員揃《そろ》って、っていう気迫《きはく》には欠けてる」

「そうね。全員の気持ちを合わせなきゃダメだ、とは思うよ」

そのためにも、千佳《ちか》はリーダーとして動かなければならない。

由美子《ゆみこ》は約束したとおり、フォローに回っている。

飾莉《かざり》とミントをまとめているのも、実際は由美子《ゆみこ》だ。

少なくとも、彼女たちとは上手《うま》くいっている。

身体《からだ》を洗い終えたので、千佳《ちか》も浴槽《よくそう》に足を突《つ》っ込《こ》んだ。

由美子《ゆみこ》が窮屈《きゆうくつ》そうに身じろぐ。

「やっぱ、ふたりで入るには狭《せま》いって」

「あら、わたしは気にならないけれど」

しれっと言いながら、千佳《ちか》は足を折りたたんで肩《かた》まで浸《つ》かる。

はあ〜、という声が無意識に喉《のど》から出ていった。

由美子《ゆみこ》は口をへの字にして、ジトっとした目を向けてくる。

こちらの足を足でつっついてきたので、こちらも負けじとつっつき返した。

ぺちぺちぺち……、とお互《たが》いの足でひとしきり遊んだところで。

「佐藤《さとう》。そろそろ」

そう告げると、彼女は露骨《ろこつ》に嫌《いや》そうにする。

「えぇ……、なにその通の注文みたいなの……、やだよ……」

「いいから。お湯から出しなさいな。これはもうセットみたいなものでしょう？」

「そんなハッピーセット始めたつもりないんだけどなあ……」

由美子《ゆみこ》は大きなため息を吐《つ》いていたが、結局は願いを聞いてくれるようだ。

その場で正座し、お湯から上半身を出す。

自分で要求しておいて何だが、あっさり差し出しすぎだろ、と思わないでもない。

白い肌《はだ》になめらかな肩《かた》、形のいい鎖骨《さこつ》。視線を下に落とすと、お湯が滴《したた》り落《お》ちる中に確かな双丘《そうきゅう》がそこにはあった。

相変わらず、綺麗《きれい》な形と結構な大きさだ。拝みそうになる。

苦しゅうない、と彼女の胸に手を伸《の》ばし、感触《かんしょく》を楽しんだ。

これ一生触《さわ》ってようかな……。

「……いや、待て。いつもは一応理由があったのに、今回は無条件で揉《も》まれてるな？　無料おっぱいは、変だな？」

「ちっ。気付いたのね。でもまぁ、いいじゃない。そんな些細《ささい》なことは」

「些細《ささい》じゃないっつーの。ほら、手ぇ離《はな》せ。雑なノリで人の胸を揉《も》むんじゃないよ」

ぺちん、と手を払《はら》いのけられてしまう。

案外、そこは厳しいらしい。

非常に残念ながら、すぐにお開きになってしまった。

手に残った感触《かんしょく》を名残《なごり》惜しみつつ、次回はきちんと理由を用意しようと心に誓《ちか》う。

チャンスはある。次もきっと。

翌日。

佐藤《さとう》家共同生活、五日目。

午前中、千佳《ちか》はひとりで自主練に向かっていた。

てっきり今日も、由美子《ゆみこ》とふたりで行くものと思っていたけれど。

「家のことでちょっとやることあるから。先に行ってて」と言われてしまった。

手伝うと申し出たが、そこまでじゃない、と断られている。

なので、今日はひとりだ。

なんだか、ひとりで家を出るのが久々な気さえしてくる。

玄関《げんかん》で「いってらっしゃい」と由美子《ゆみこ》に送り出されたのも、妙《みょう》にくすぐったかった。

そんな気持ちを持て余しながら、レッスンルームの扉《とびら》を開く。

先客はひとりだ。

「あ……、おはようございます、夕暮《ゆうぐれ》さん」

ぎこちなく挨拶《あいさつ》してくるのは、纏《まとい》だった。

彼女に挨拶《あいさつ》を返しながら、千佳《ちか》はレッスンルームに入っていく。

纏《まとい》とふたりきりになるのは久しぶりだ。

それは纏《まとい》も感じているのか、振《ふ》り付《つ》けの確認《かくにん》をしながらそっと口を開く。

「今日は、歌種《うたたね》さんといっしょじゃないんですね」

「はい、まぁ……」

いっしょにいるのが当然、と思われるのは複雑だが、纏《まとい》がそう言うのも仕方がない。

ここ最近は常にセットだった。

意図してともに過ごしているのだが、やはり口にされるとむず痒《がゆ》さが勝《まさ》る。

「…………」

「…………」

しかし、会話があったのはせいぜいその程度。

元々、纏《まとい》は口数が多いタイプではないし、ほかの人に紛《まぎ》れて黙《だま》っていることが多い。

彼女は人に「色素が薄《うす》い」という印象を与《あた》えるが、いい意味で存在感も希薄《きはく》だ。

千佳《ちか》は沈黙《ちんもく》が全く苦にならないし、むしろ、好ましいとさえ思う。

だが、せっかくのチャンスだ。話を繋《つな》げるべきだ。

思い出す。

千佳《ちか》自身、何度もバカにしてきた行為《こうい》ではあるものの、踏《ふ》み込《こ》むためにはやむを得ない。

そばで見てきた、彼女のやり方を真似《まね》させてもらう。

「羽衣《はごろも》さん。今度、ご飯いっしょに行きませんか」

「え。わたしと、ですか？」

まさか千佳《ちか》に誘《さそ》われるとは思っていなかったようで、纏《まとい》は露骨《ろこつ》にびっくりしていた。

しかし、いつもの気まずそうな表情に戻《もど》ると、断り文句を口にする。

「……いえ、あの。わたしと行っても、絶対楽しくないですよ。やめておいたほうが……」

気弱な拒絶《きょぜつ》をされるが、その気持ちはわかる。

このふたりで食事に行って、盛り上がるとは思えない。

きっと由美子《ゆみこ》なら、心から彼女といっしょに行きたいことを伝え、食事の席では会話を弾《はず》ませるんだろう。

もしかしたら、そこで心の壁《かべ》を壊《こわ》せるかもしれない。

相手が嫌《きら》ってこようが、するりと相手の懐《ふところ》に入り込み、いつの間にか好意を抱《いだ》かせる。

佐藤由美子《さとうゆみこ》はそういう女だ。

彼女の真似事《まねごと》をしても、その特異な魅力《みりょく》までは再現できない。

だから千佳《ちか》は、自分のできることをしようと思った。

やたらとうるさい後輩《こうはい》に、そうしたほうがいいと言われたからだ。

「そうでしょうね。楽しい食事をしようとは思いません。ただ、羽衣《はごろも》さんとは話をしなくちゃいけない、と思って誘《さそ》っています。お互《たが》いに、仕事みたいなものです」

「…………」

正直に胸の内を晒《さら》すと、纏《まとい》は眉《まゆ》をぴくりとさせた。

駆《か》け引《ひ》きも何もない、ただただ要求を投げつけるシンプルなストレート。

けれど、義務感からの誘《さそ》いであること、仕事という言葉は思いのほか効いたらしい。

纏《まとい》は自身の腕《うで》を抱《だ》くようにし、息を吐《は》いた。

「今時とは言えないですけど、飲みも仕事の内と言われれば断りづらいですね。……わかりました。お時間合わせましょう」

今度は、千佳《ちか》が息を吐《は》く番だった。

上手《うま》くいった。

とてもスマートとは言えないけれど、約束は取り付けた。

安堵《あんど》すると同時に、ずしりと肩《かた》が重くなる。

慣れないことを前に、どうやら緊張《きんちょう》していたらしい。

精神的負担が限界を迎《むか》える前に、さっさと話をつけよう。

「羽衣《はごろも》さん、いつなら行けそうですか？」

「そうですね……。夜なら割といつでも大丈夫《だいじょうぶ》ですが……」

「それは今日の夜にでも？」

一気に片付けたくて、ついそんなことを言ってしまう。

纏《まとい》は面喰《めんく》らって、「今日ですか。突然《とつぜん》ですね……」と苦笑《くしょう》した。

「でも、わたしは今日でも大丈夫《だいじょうぶ》……、あ！　いえ。すみません、明日でもいいでしょうか」

そのまま了承《りょうしょう》しそうだったが、彼女は慌《あわ》てた様子で撤回《てっかい》した。

別に明日の夜でも構わないけれど。

「大丈夫《だいじょうぶ》です。今日は何か予定が？」

「というより、外で食べるならあらかじめ……、あぁ、いや。今日は夕ご飯の仕込みを終えているので……」

なるほど、と思う。

ほとんど料理をしない千佳《ちか》にはわからない世界だが、普段《ふだん》から自炊《じすい》する人は食事の準備や食材のコントロールをしているのかもしれない。

そういうところは、自立している大人、と感じる部分である。

「わかりました。では、明日の夜にでも。どこに集合しましょうか――」

改めて、予定を詰《つ》めていく。

♥

そこで声を掛《か》けられる。

佐藤由美子《さとうゆみこ》は、キッチンでいそいそと家事をしていた。

「佐藤《さとう》、ちょっといい？」

パジャマに身を包んだ千佳《ちか》が、にゅっと顔を出した。

普段《ふだん》の生活の中に千佳《ちか》がいるのは、まだドキッとしてしまう。慣れない。

いや、慣れるわけにもいかないが。

素早《すばや》く手を拭《ふ》きながら、彼女のほうに向き直った。

「んー、大丈夫《だいじょうぶ》。長くなりそう？　お茶淹《い》れる？」

「いえ、そのまま聞いてくれればいいわ。明日、羽衣《はごろも》さんとご飯に行くことになったから」

お、と口から声が漏《も》れる。

どうやら、一歩目を踏《ふ》み出《だ》せたらしい。

「纏《まとい》さん、ご飯行ってくれるんだ」

「ええ。最初は断られそうだったけど、仕事の内だから、って言ったら納得《なっとく》してくれたわ」

その殺し文句には苦笑《くしょう》してしまう。いかにも千佳《ちか》らしい。

つい、からかうようなことを言ってしまう。

「ふうん。ちゃんと誘《さそ》えたんだ。千佳《ちか》ちゃん、頑張《がんば》ったねぇ」

「……出たわ。あなたのそういうところ、本当に嫌《きら》い。子供扱《こどもあつか》いしないで頂戴《ちょうだい》。とにかく、そういうことだから。明日の夕食、わたしの分は用意しなくていいわ」

「あいよー」

それだけ、と言い残し、千佳《ちか》は部屋に戻《もど》っていった。

その背中を見送り、彼女の気配が消えてから天井《てんじょう》を仰《あお》ぐ。

「そっかー……、渡辺《わたなべ》、明日はご飯いらないのかー……」

由美子《ゆみこ》は、キッチンカウンターに目を向けた。

途中《とちゅう》までしっかりと進んでしまった、明日の夕食の下ごしらえ。

ここからメニューの変更《へんこう》は難しい。

このまま作り終えるしかない。

『あ！　佐藤《さとう》、わたしアレ食べたい！　ビーフシチュー！　ビーフシチューがいいわ！』

『また地味に時間が掛《か》かるものを……、はいはい、気が向いたらね』

そんな会話をしたのがつい先日で、まさしく気が向いたのが本日だった。

家のことをしたい、と千佳《ちか》を送り出したのも、こっそり買い出しをしたかったから。

素知らぬ顔をしていたが、ビーフシチューは由美子《ゆみこ》の得意料理のひとつ。

お肉をやわらかぁくしたおいしいビーフシチューを出し、頰《ほお》を緩《ゆる》ませる千佳《ちか》を見たかった。

ビーフシチューは絶対、じっくりじっくり煮《に》込んだほうが旨《うま》い。

だから前日からしっかり仕込んでいたのに、空振《からぶ》りに終わってしまった。

「はー、やれやれ。お母さんってこんな気持ちなのかねえ……」

千佳《ちか》がいないからといって、今更《いまさら》やめるわけにもいかない。

明日は母に、たらふく食べてもらうことになりそうだ。

――ちなみに。

後々、「あ、翌日に食べてもらえばいいじゃん」と気付いて、千佳《ちか》の分を冷蔵庫に残し、ウキウキしながら帰りを待っていたものの。

千佳《ちか》が外でビーフシチューを食べてきたので、出すに出せなくなったのは別の話。

「みなさん、ティアラーっす！　今回パーソナリティを務める、海野レオン役の歌種やすみです。そしてそしてー？」

「みなさん、ティアラーっす。同じくパーソナリティを務めます、芹川苺役の羽衣纏です。よろしくお願いします」

「よろしくお願いしまーす。や、纏さんとふたりきりなんて初めてですね。どうですか、ラジオ。もう慣れました？」

「いえ、なかなか……。普段、こんなふうに人様に向かって話すことなんてないので、緊張します。面白いこと言わなきゃいけないのかな、とか」

「やー、難しいですよね。まぁ何話していいかわからないときは、メールでも読みましょう。で、面白くなかったらメール送った人のせいにすればいいんです」

「いや……、それは……？　合ってます……？大丈夫ですか……？」

「じゃ、この辺で一通読んでみます？　えー、ラジオネーム、〝ナタデココ今ココ〟さん。『羽衣さんに訊きたいことがあります！』」

「え、あ、なんでしょう……？」

「『羽衣さんは名古屋県出身だそうですね！ぜひ名古屋のエピソードを聞きたいです！普段、方言とか出ますか？　やっぱりトンカツには味噌じゃなきゃダメですか？』」

「あの、名古屋は名古屋県じゃなくて、愛知県です」

「いやこれボケです。可哀想なんで殺さないであげてください。……えー、方言。どうなんですか、纏さん。あんまり方言出てるイメージないですけど」

ティアラ☆スターズ☆レディオ!

「そうですね……。わたしはほとんどないと思います。特にこっちに来てからは、完全に消えたかもしれないですね……。ご期待に沿えず、申し訳ないですが」

「声優やってたらイントネーションも直さなきゃいけないですしねぇ。でも、纏さんの方言聞いてみたかったな。あ、纏さんこれは？　やっぱトンカツには味噌？」

「いや、そんな……。普通に何でも食べますよ？　味噌じゃなきゃダメってことはないです」

「ま、そんなもんですよね。あぁでも、名古屋とこっちじゃ味噌カツも味違うんでしたっけ。味噌が違うとか、聞いたような」

「らしいですね。わたし、こっち来てから味噌カツ食べてないので、あまり詳しくはないのですが……」

「纏さん、本当に名古屋人？」

「名古屋人だからって、味噌摂取しなきゃ死ぬわけじゃないですよ……？」

Tiara★Stars Radio

to be continued……

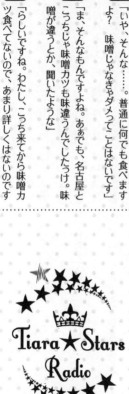

◆

渡辺千佳《わたなべちか》は、待ち合わせの十分前にはそこに辿《たど》り着《つ》いていた。

駅前の大きな時計の下。定番の待ち合わせスポットだ。

時刻は夕方に差《さ》し掛《か》かっているが、かなりの賑《にぎ》わいを見せている。

それに紛《まぎ》れるように、纏《まとい》が既《すで》に立っていた。

彼女は黒いブラウスにベージュのパンツを合わせた格好で、スッと背筋を伸《の》ばしている。ヒールを履《は》いているため、普段《ふだん》より背が高く見えた。

腰《こし》の高さ、すらりと伸《の》びる脚《あし》があまりに決まりすぎて、ちょっと怯《ひる》む。

纏《まとい》は千佳《ちか》に気付くと、ぺこりと頭を下げた。

「お疲《つか》れ様《さま》です」

「お疲《つか》れ様《さま》です」

お互《たが》い、物凄《ものすご》くビジネスライクな挨拶《あいさつ》を交《か》わす。

「…………」

「…………」

そこから、何も言葉が続かずに見合ってしまった。

……やはり、こういうのは得意ではない。千佳《ちか》は強くそう思う。

声優と店で話をする機会は何度かあったが、今までは隣《となり》に由美子《ゆみこ》がいた。彼女がいれば、こういったことは万事《ばんじ》解決する。気まずい空気なんて、簡単に吹《ふ》き飛《と》ばしてしまうのに。

ないものねだりをしていると、纏《まとい》がおそるおそる尋《たず》ねてきた。

「あの、夕暮《ゆうぐれ》さんってまだ高校生でしたよね……？　十八歳……？」

なぜ、このタイミングで年齢《ねんれい》を訊《き》いてくるのだろう。

そう疑問に思いつつも、素直《すなお》に答えた。

「あぁ、いえ。まだ十七歳です。早生まれなので」

「じ、十七歳……。若いですね……」

こちらをじぃっと見ながら、しみじみと言う。

いいですね……、と続けるその瞳《ひとみ》には、素直《すなお》な羨望《せんぼう》の色が見えていた。

カラッとした「羨《うらや》ましいな～……」という表情なので嫌《いや》ではないが、反応には困る。

さらに纏《まとい》は、なぜか周りの人に視線を向け始めた。うろうろと警戒《けいかい》するように。

なんなんだろう……、摑《つか》めない人だ……。

もしかしたら、彼女も慣れない状況に緊張《きんちょう》しているのかもしれない。

千佳《ちか》は、ごほん、と咳払《せきばら》いをしてから、周りに目を向けた。

「まずは、お店に向かいましょうか。なに食べますか」

千佳《ちか》が尋《たず》ねると、纏《まとい》は鞄《かばん》からスマホを取り出した。

操作しながら、こちらを窺《うかが》う。

「この近くに、いいお店があるんです。お魚のおいしい店で……、そこでどうでしょうか」

「はい。大丈夫《だいじょうぶ》です」

纏《まとい》は頷《うなず》くと、駅に背を向けて歩き出した。

馴染《なじ》みの店があるのも、さらりと先導してくれるのも、正直に言えばとてもありがたい。

えー、ご飯どこいくー？　何食べたいー？　うーん、肉はビミョーかな～。

そんな会話が周りから聞こえてくるが、同じことを纏《まとい》と上手《うま》くできる気がしない。

纏《まとい》はスマホの地図アプリを見つめながら、千佳《ちか》の前を歩いていった。

ただ時折、こちらを見ては気まずそうに視線を逸《そ》らす。

千佳《ちか》としては会話がないほうが楽だが、その視線はなんだろう。

その答えが出ないまま、目的地に辿《たど》り着《つ》く。

「ここです」

結構な距離《きょり》を歩いた先に、そのお店はあった。

駅から離《はな》れているせいか、周りは静かで人気《ひとけ》も少ない。

そこにひっそりと佇《たたず》むのは、雰囲気《ふんいき》のいい小料理屋さん、といった風貌《ふうぼう》の店だ。

確かに外観は、とてもよさそうに見えるけれど……。

「それでは、行きましょうか」

「あ、ちょっと」

纏《まとい》がさっさと足を踏《ふ》み出《だ》すせいで、千佳《ちか》の制止が空ぶる。

纏《まとい》は扉《とびら》に手を掛《か》けるが――、開くことはなかった。

「………？」

ガッガッ、と力を入れるが、扉《とびら》が開く様子はない。

「なぜ……？」

不思議そうにお店を見上げる纏《まとい》に、千佳《ちか》は扉《とびら》の一部を指差した。

「羽衣《はごろも》さん。今日、定休日です」

「えっ？」

まるで初めて聞いた言葉のように、纏《まとい》は固まってしまう。

しかし、扉《とびら》にはしっかりとわかりやすく、定休日の案内が書かれていた。

本日は定休日。

その瞬間《しゅんかん》、纏《まとい》はぱんっ！　と音が出るくらい、勢いよく両手で顔を覆《おお》った。

その状態でしばらく固まっていたが、顔を隠《かく》したままぼそぼそと謝罪の言葉を口にする。

「すみません……。こんな初歩的なミスを……。申し訳ありません……」

「……いえ、そんなに気にしなくても」

「す、すぐ、すぐ代わりのお店を調べますから……！」

纏《まとい》は大慌《おおあわ》てで、スマホをわたわたと取り出した。

意外な姿だった。うっかりミスをするところも、それに慌《あわ》てるところも。

普段《ふだん》はあまり隙《すき》を見せないというか、気を張っている印象があるからだろう。

とにかく、お店は探さないといけない。

駅前なら飲食店はいくらでもあったが、だいぶ離《はな》れてしまった。この辺りにはその手の店は少なそうだ。

そう考えていると、纏《まとい》はスマホを見ながら早口で問いかけてきた。

「ゆ、夕暮《ゆうぐれ》さんっ。ええと、ここから九キロ歩いた先に評価の高いお店があるんですが……」

「落ち着いてください。九キロは歩いて行く距離《きょり》じゃないです」

「そ、そうですよね……。ええと、なに食べたいとかありますか……。あ、夕暮《ゆうぐれ》さんはお酒は大丈夫《だいじょうぶ》ですか？」

「大丈夫《だいじょうぶ》なわけないでしょう。未成年です」

未成年飲酒は今度こそ声優生命が終わる。こんなラフに終わらせないでほしい。

不慮《ふりょ》の事態には弱いのか、纏《まとい》は随分《ずいぶん》とあわあわしていた。

そんな纏《まとい》を眺《なが》めていて、千佳《ちか》はそれに「あ」と気付く。

纏《まとい》の肩越《かたご》しに、飲食店が見えたのだ。

「羽衣《はごろも》さん、洋食屋さんがあります。あそこはどうですか」

「……あ、本当ですね。で、ではそこにしましょう……」

それでようやく、纏《まとい》も落ち着きを取《と》り戻《もど》す。そそくさとそのお店に向かった。

店に入る前から躓《つまず》いてどうしようかと思ったが、何とかなりそうだ。

洋食屋はごくごく普通《ふつう》のお店で、店内にお客さんの姿もそこまで多くはなかった。

話をするにもちょうどよさそうだ。

端《はし》っこのテーブル席に腰掛《こしか》け、各々《おのおの》メニューを開く。

古ぼけたメニューに写真の類はなかったが、並んでいる文字列は十分に魅力的《みりょくてき》だった。

「………………。びーふしちゅー……」

そのひとつに、視線が吸い寄せられる。

つい、味を想像してしまう。

やわらかなお肉とコクと深みのあるルー、それらを引き立てるホクホクの野菜たち……。

食べたいな。食べていいかな。

「………………」

でもビーフシチューなら、由美子《ゆみこ》が作ってくれるかもしれない。リクエストしたし。

なんだかんだで、彼女は希望を叶《かな》えてくれることが多い。

でも、気が向いたらって言っていたし、時間が掛《か》かるとも言っていたし……。

「夕暮《ゆうぐれ》さん。決まりましたか」

声を掛《か》けられ、はっとする。

いつの間にか店員さんがそばにいて、「お決まりですか？」と笑《え》みを浮《う》かべていた。

「すみません、このビーフシチューをセットで」

あるかもしれない遠くのビーフシチューより、目の前のビーフシチューだ。

纏《まとい》も「あ、わたしも同じものを……」と注文していた。

しばらく待つと、期待どおりのものがテーブルに運ばれてくる。

湯気とともに、香りを昇《のぼ》らせるビーフシチュー。匂《にお》いだけでもうおいしい。大きなお肉が入っているのも嬉《うれ》しいが、ゴロゴロした野菜がいっぱい入っているのも堪《たま》らなかった。

バゲットにサラダ、食後に飲み物もついている。嬉《うれ》しい。

「いただきます」

手を合わせて、早速《さっそく》ビーフシチューを口に運んだ。

濃厚《のうこう》ながらもサッパリとしたデミグラスソースが、熱々のまま口の中に広がる。

ここ数日、由美子《ゆみこ》の料理で舌が肥えているから不安だったが、とてもおいしい。

千佳《ちか》は大満足で食べ進めていたが、纏《まとい》はなぜか自分のビーフシチューをじっと見ていた。

見下ろしたまま、動かない。

「どうかしたんですか、羽衣《はごろも》さん」

「……いえ。わたし、野菜全般《ぜんぱん》が苦手で……」

「や、野菜全般《ぜんぱん》が苦手……？」

豪快《ごうかい》すぎる好《す》き嫌《きら》いに目を見張る。

嫌いな野菜があってもおかしくはないが、野菜自体が苦手だなんて。

大袈裟に言っているわけではないようで、纏《まとい》は深刻そうに額に指を当てていた。

そんなに？

纏《まとい》の容姿なら、むしろ野菜ばかり好んで食べていそうなのに……。

纏《まとい》はのろのろとスプーンを動かし、緩慢《かんまん》な動作で野菜を口に運んでいる。

嫌《いや》そうだ。

「野菜が嫌《きら》いでも、そんなに背が伸《の》びるものなんですか」

「少なくともわたしは、好《す》き嫌《きら》いをしていても背はすくすく伸《の》びましたが……」

羨《うらや》ましい話である。いや、好《す》き嫌《きら》いはよくないが。

しかし、いくら野菜が嫌《きら》いとはいえ、残さない常識はあるようだ。

一生懸命《いっしょうけんめい》口を動かしていた。辛《つら》そうに。

こんなにおいしいのに。野菜もお肉も。

纏《まとい》の意外な一面に面喰《めんく》らいはしたものの、食事自体は進んでいく。

食べながら話す内容でもないと思ったので、一旦《いったん》、本題は置いておいて。

差しさわりのない会話（これも難しい……）を挟《はさ》みながら、食べ進めていった。

しばらくして、ふたりとも食べ終えて、人心地《ひとごこち》ついて。

食後のオレンジジュースと纏《まとい》のアイスコーヒーも運ばれてきて。

店内のお客さんが増えることもなく、話しやすい環境《かんきょう》は整った。

千佳《ちか》はオレンジジュースを口に含《ふく》み、頭の中で反芻《はんすう》する。

纏《まとい》に訊《き》きたいことは、それほど多くはない。

それを言葉にするだけだ。

「──率直《そっちょく》に訊《き》きますが。羽衣《はごろも》さんは、なぜアイドル声優の仕事をやりたくないんですか」

千佳《ちか》がまっすぐに尋《たず》ねると、纏《まとい》は目を見開いた。

纏《まとい》自身が以前はっきりと口にした、『アイドル声優はやりたくない』という言葉。

千佳《ちか》はそれがずっと引《ひ》っ掛《か》かっていた。

羽衣纏《はごろもまとい》を理解するには、その理由を知る必要があると千佳《ちか》は思う。

纏《まとい》は苦笑いしながら、口を開いた。

「随分《ずいぶん》とストレートな質問ですね」

「回りくどく話をするのは苦手なので」

正直に答えると、纏《まとい》の苦笑《くしょう》がさらに濃《こ》くなる。

纏《まとい》はちらりと視線を外してから、コーヒーに目を落とした。

真っ黒な水面に視線を固定して、ぽつぽつと答える。

「誤解されたくないのですが、アイドル声優を否定するつもりはないですよ。素敵《すてき》なお仕事だと思います。キラキラして、可愛《かわい》くて……、夢を与《あた》えられるお仕事だと感じています」

「………………」

しみじみと言う彼女の言葉に、偽《いつわ》りはないように感じた。

しかし、それならばなぜ「やりたくない」と口にしたのか。

それに答える前に、彼女の瞳《ひとみ》が薄《うす》く曇《くも》る。目の奥に、鈍《にぶ》い光が佇《たたず》むのがわかった。

その瞳《ひとみ》をこちらに向けて、纏《まとい》は無感情に語る。

「ですが、それを自分でやるのなら話は別です。正直、やりたくありません。自分には似合わない、というのもありますが……。わたしには、遠まわりをしている時間がないからです」

「遠まわり……？」

その言葉に違和感《いわかん》を持つ。

アイドル声優はむしろ、『ある程度の近道を可能にしてしまう荒業《あらわざ》』だと、千佳《ちか》は思う。

以前はアイドル声優をやめたがっていた千佳《ちか》だが、その恩恵《おんけい》がいかに大きかったかは身をもって知っている。もし千佳《ちか》の希望どおり、声の演技だけに専念していたら、今ここまで仕事をもらえていない。

千佳《ちか》も由美子《ゆみこ》も、アイドル声優をやっていなければ、今の地位は絶対になかった。

伴《ともな》うデメリットはあれど、決して遠まわりではないはずなのに。

その疑問に、纏《まとい》はとうとうと答えた。

「わたしは、もう二十五歳です。けれどようやく、一年目です。夕暮《ゆうぐれ》さんや、皆《みな》さんとはスタートからして違《ちが》います。声優に年齢《ねんれい》は関係ない、と言いたいところですが……。そんなことはないですよね。アイドル声優なら、さらに影響《えいきょう》が大きいのは夕暮《ゆうぐれ》さんもわかるでしょう」

「…………」

なんと答えるべきか、迷う。

しかし、千佳《ちか》が答える前に、纏《まとい》は話を続けた。

「もし〝ティアラ〟がヒットし、長く続くコンテンツになったとします。それでわたしがアイドル声優としての道を歩んだとしても……、すぐに三十代が迫《せま》ってきます。今の声優はどんどん若い子が出てきますよね。十代や二十代前半が当たり前の世界で、わたしはアイドル声優として末永く応援《おうえん》されるでしょうか？　……難しいと思いませんか？」

淡々《たんたん》としながらも、纏《まとい》はしっかりと言葉を繋《つな》げていく。

年齢《ねんれい》に対するシビアな見解は、軽々に自虐《じぎゃく》だとは切り捨てられない。

こう言っては何だが、千佳《ちか》も納得《なっとく》してしまう部分があった。

アイドルは、若いほうが好まれる傾向《けいこう》にある。

世間的にもそうだが、業界的にも。

もちろん三十代になっても四十代になっても、ファンが支えてくれるアイドル声優はたくさんいる。だが、多くはある程度の年齢《ねんれい》でアイドルらしいことから離《はな》れていく。

それに、そういうファンは昔からずっと応援《おうえん》していたパターンも多い。

「十代の頃《ころ》だったら、たぶん何の疑問も抱《いだ》いてません。でも、今のわたしがアイドル声優を始めるには、遅《おそ》すぎるんです。きっと数年後には無駄《むだ》になってしまう……」

千佳《ちか》の考えを読んだかのように、纏《まとい》はそう告げる。

反論しづらかった。

実際に『ティアラ☆スターズ』は、新人や若手の起用が優先的に行われている。

『これから』を期待して、選ばれている。

もちろん纏《まとい》も世間的には完全な若者だが、その括《くく》りが長く続くわけではない。

新人でも十代の飾莉《かざり》、二十代でも芸歴のある花火《はなび》たちとは状況《じょうきょう》が違《ちが》う。

纏《まとい》はこちらをまっすぐに見て、さらに言葉を付け足した。

「アイドル声優の仕事は、限りがあります。いずれなくなるなら、最初から演技の仕事に集中したい。これから先、何十年と役者をやっていきたいなら、なおさらです。夕暮《ゆうぐれ》さんだって、ずっとアイドル声優を続けるわけじゃないですよね。それなら……」

後押《あとお》しとばかりに、纏《まとい》は続ける。

「目先の仕事にとらわれず、長い目で見ませんか」と以前と同じことを言った。

いつかなくなる仕事よりも、死ぬまで役者であるための努力をしたい。

その考えに、どんな言葉を返せばいいのか。

もし由美子《ゆみこ》がここにいれば、明確な答えを出せただろうか。

纏《まとい》は悔《く》いるように、懺悔《ざんげ》でもするかのように、俯《うつむ》きながら言葉をこぼした。

「わたしは……、声優になりたかった。でも、なれなかった。だから、一度は諦《あきら》めて就職をして……。それでも諦《あきら》めきれずに、お金を貯《た》めて養成所に行きました。今でも随分《ずいぶん》と遠まわりをして、ようやくここに立っています」

彼女はすうっと顔を上げて、はっきりと告げる。

「わたしは、演技をするために声優になったんです。アイドルをやるためじゃありません」

それはかつて、千佳《ちか》が抱《いだ》いていた悩《なや》みと同じもの。

声の仕事に専念したい。アイドル声優なんてやりたくない。

そんな彼女に何を言うべきか、何を伝えるべきか。

——そもそも。

伝える言葉を持っているのか。

この短い時間では、掛《か》ける言葉は見つからなかった。

♥

「ん」

佐藤由美子《さとうゆみこ》は、ガバッと身体《からだ》を起こす。

ぴんぽーん、と間延びした音が響《ひび》いたからだ。

ひとりきりの食事を終え、なんとなく机に突《つ》っ伏《ぷ》してダラダラしていた頃合《ころあ》いだった。

「はいはいはい」

パタパタパタ、と玄関《げんかん》に向かい、扉《とびら》の鍵《かぎ》を開ける。

そこには、顔に疲《つか》れを滲《にじ》ませた千佳《ちか》が立っていた。

「おかえり」

「……ただいま」

ため息とともに、千佳《ちか》が挨拶《あいさつ》を返す。

気難しい後輩《こうはい》とふたりきりの食事なんて、彼女が最も苦手とする分野だろう。

苦笑《くしょう》しながら、「お疲《つか》れ」と心から労《ねぎら》いの言葉を掛《か》けた。

「疲《つか》れたでしょ。お風呂《ふろ》入る？」

由美子《ゆみこ》の提案に千佳《ちか》は頷《うなず》きかけたが、小さく首を振《ふ》った。

「その前に、話を聞いてもらいたいわ。羽衣《はごろも》さんに言われたことを、あなたにも伝えたい」

「ん。おっけ」

由美子《ゆみこ》も気になっていたことだ。断る理由はない。

二人分のアイスカフェオレを入れて、リビングに持っていく。

千佳《ちか》はソファに膝《ひざ》を曲げて座り、胸にクッションを抱《かか》えていた。

小柄《こがら》な身体《からだ》がより小さく見えて、かわいい。

カフェオレを並べると、千佳《ちか》はお礼を言って早速《さっそく》口を付けた。

かなり甘めにしておいたが、そのおかげで満足そうにしている。

「それで？　纏《まとい》さんとどういう話をしたの？」

きっと千佳《ちか》のことだ。小細工なしのド直球で話したに違《ちが》いない。

こういうところは、彼女の不器用な性格がむしろ頼《たの》もしい。

「ええ。まず――」

そして千佳《ちか》は、纏《まとい》の持つ悩《なや》みや問題を教えてくれた。

すべての話を聞き終えて、由美子《ゆみこ》は思わず頭を掻《か》く。

「アイドル声優をやっていても無駄《むだ》になる、それなら演技の仕事に集中したい……、と……」

ある意味、クレバーな纏《まとい》らしい、というか。

いろいろなものを見据《みす》えた結果、現状の活動に積極的になれない。

それは以前、ファミレスで纏《まとい》が主張していたことと根幹は同じだ。

彼女の主張が間違《まちが》っているとは言えないだけに、由美子《ゆみこ》も難しい顔になってしまう。

千佳《ちか》は隣《となり》で、ぼそりと呟《つぶや》いた。

「気持ちはわかるのよ。わたしもきっと、同じ状況《じょうきょう》なら焦《あせ》って仕方がないと思うわ。アイドル声優をしている場合じゃない、と感じてもおかしくない」

遠まわりをした、と纏《まとい》は言っていたらしい。

その気持ちを抱《いだ》きながら、事務所の方針で望まぬ仕事を続ければ、焦《あせ》って当然だ。

それに加えて、千佳《ちか》は残酷《ざんこく》な現実を口にする。

「それに、羽衣《はごろも》さんの意見は的外れでもなんでもないわ。アイドル声優のコンテンツに集中しすぎて、それらが終わった途端《とたん》に仕事を失う人だっているもの」

「あぁ……」

極端《きょくたん》な例だが、そういう先輩《せんぱい》も実際に見たことがある。

〝ティアラ〟は稼働《かどう》が多くて、とてもありがたい仕事だ。

逆に言えば、稼働《かどう》が多いだけにそれに集中する時間はどうしても長くなる。

この手のコンテンツが長期的に続いた場合、優先的に参加し続けることで、断続的に仕事を得られる。しかし数年後、コンテンツが終了《しゅうりょう》したら。演じ続けたキャラの完成度ばかりが高くなり、ほかのことに時間を割《さ》けなかったしっぺ返しを喰《く》らうこともある。

纏《まとい》の不安は、そういったことも含《ふく》んでいるのだろう。

「纏《まとい》さん、アフレコのときは活《い》き活《い》きしてたしな……。今、演技できることが楽しくて仕方ないんだろうなー……」

普段《ふだん》の気まずそうな表情から解き放たれ、纏《まとい》はマイクの前で晴れやかな演技を見せた。

準備に多大な時間を注《つ》ぎ込《こ》んでいることも見て取れた。

遠まわりしたと感じているなら、今、演技ができることは堪《たま》らなく嬉《うれ》しいはず。

そんな彼女が、「アイドル声優をやりたくない、やっている暇《ひま》はない」と感じていても、それはむしろ自然なことだとさえ思えた。

「…………………………」

沈黙《ちんもく》が下りて、由美子《ゆみこ》は思わず考えてしまう。

纏《まとい》の悩《なや》みは、以前の千佳《ちか》が持つ悩《なや》みと同じもの。

アイドル声優をよしとせず、声の演技に集中したいと何度も繰《く》り返《かえ》していた彼女。

でも、今は。

今の千佳《ちか》は、どうなんだろう。

夕暮夕陽《ゆうぐれゆうひ》とは、一年以上もいっしょに仕事をしてきた。

アイドル声優らしい仕事も随分《ずいぶん》やってきた。

正体がバレる前からハートタルトとして活動し、今は〝ティアラ〟のような仕事もさせてもらえるようになった。

キラキラしたステージの上で歌って踊《おど》って、お互《たが》いに負けたくないと競《きそ》い合《あ》って。

そして。

前回のライブで泣《な》き崩《くず》れた由美子《ゆみこ》を支えてくれたのは、隣《となり》にいる千佳《ちか》だったのだ。

由美子《ゆみこ》は、楽しかった。千佳《ちか》とアイドル声優をやることが。

だけど千佳《ちか》は——、今の、千佳《ちか》は。

どうなんだろうか。

「ね、ねぇ、渡辺《わたなべ》」

声が震《ふる》えそうになって、自分で驚《おどろ》く。

でも、しょうがないと思う。今まで訊《き》きたくても、ずっと訊《き》けずにいたことだ。

だって。

だってもし、否定されてしまったら。

今も昔と変わらず、「やりたくない」と言われてしまったら。

そのとき、自分がどんな気持ちになるのか、考えたくもなかった。

だけど勇気を出して、初めてその問いを口にする。

「渡辺《わたなべ》も、前はアイドル声優やめたいって言ってたけどさ……。今は……、どうなの？」

声が徐々《じょじょ》に小さくなってしまったのは、仕方がない。

由美子《ゆみこ》にとって、それだけ怖《こわ》い質問だったから。

千佳《ちか》はゆっくりとこちらを見て、互《たが》いに見つめ合う。

彼女はすぐに返事をしなかった。

部屋が静寂《せいじゃく》に包まれ、由美子《ゆみこ》の心臓の音がドクドクと強くなっていく。

千佳《ちか》は口を開きかけ、しかし、すぐに閉じる。

そうしてから、小さく笑った。

「そうね……。以前ほどの抵抗《ていこう》はないけれど、できればやりたくはないわね。声の仕事に集中したい、って思いはずっとあるわよ。もし選べる立場だったら、アイドル声優の仕事は選ばないでしょうね。今は難しくても、いつかは声の仕事に専念したいわ」

落ち着いた口調で、静かに千佳《ちか》は答えた。

そこに強い感情はない。

以前見せたような強烈《きょうれつ》な拒絶《きょぜつ》も、塞《ふさ》ぎ込《こ》むこともなく、ごく普通《ふつう》な「いつかは声の仕事に専念したい」という穏《おだ》やかな願望に変わっている。

それはきっと、昔の千佳《ちか》に比べれば大きな大きな変化だ。

喜ぶべき変化だ。

少なくとも、突《つ》っぱねているわけでも、否定しているわけでもないのだから。

けれど。けれど。

だからこそ。

感情的になられるより、辛《つら》かった。

それが、千佳《ちか》の行き着いた先であること。

千佳《ちか》の中で、『結論づいたもの』として終わってしまったようで。

胸がちくりと痛んだかと思うと、その痛みがじくりじくりと大きく広がっていく。

穴の空いた箇所《かしょ》から、何かがとぽとぽとこぼれ落ちていった。

「そっか……」

恐《おそ》れていたことが現実になっても、それを否定する権利があるわけではない。

由美子《ゆみこ》は、力なく答えることしかできなかった。


「それが、やすみちゃんはショックだった、と」

「いや、わかってるんだよ？　あたしのエゴだーってさ。勝手に違《ちが》うんじゃないかって期待してただけだし……。でもさぁ、わかっててもショック受けちゃうのは仕方ないじゃん……」

「まぁ、そこで夕陽《ゆうひ》ちゃんに自分勝手なことを言わないだけでも、立派だったんじゃない？」

ここは、由美子《ゆみこ》お気に入りのパンケーキ屋さん。

平日だけあって普段《ふだん》より行列は短かったが、店内は夏休みの学生たちで溢《あふ》れている。

賑《にぎ》やかな話し声を耳にしながら、由美子《ゆみこ》は生クリームたっぷりのパンケーキをひょいひょいと口に運んでいた。

その向かいに座っているのは、放送作家の朝加美玲《あさかみれい》だ。

今日は珍《めずら》しく彼女が休みだったので、久しぶりに外で会うことにしたのだ。

普段《ふだん》はおでこに冷えピタを貼《は》り付《つ》け、スウェット姿でうろうろしている朝加《あさか》だが、今日はまともな格好をしている。

薄《うす》いベージュのノースリーブに、下は濃《こ》いブラウンのワイドパンツを穿《は》き、普段《ふだん》は着けないイヤリングやネックレスがかわいい。

赤い眼鏡もとても似合っており、メイクだって丁寧《ていねい》に施《ほどこ》している。

オシャレな大人の女性、といった感じだ。

「朝加《あさか》ちゃん、今日の格好かわいい〜。普段《ふだん》からオシャレすればいいのに」

「絶対やだ」

といったお決まりのやりとりをしたのは、少し前。

今は由美子《ゆみこ》の相談に付き合ってもらっている。

ひとりで抱《かか》えるには思った以上に辛《つら》くて、かといって言《い》い触《ふ》らしていい内容ではない。

口の堅《かた》い朝加《あさか》に他言無用であることを伝え、助けてもらった。

朝加《あさか》は苦笑《くしょう》しながらアイスコーヒーを口に含《ふく》み、そのあとフルーツたっぷりのパンケーキにかぷっ、とかぶりつく。

表情を緩《ゆる》ませながらむぐむぐと口を動かしたあと、こちらに尋《たず》ねてきた。

「やすみちゃんは、なんて答えてほしかったの？」

その問いに、しばし頭を悩《なや》ませる。

由美子《ゆみこ》もコーヒーを一口含《ふく》んでから、ふっと息を吐《は》いた。

「今はアイドル声優も楽しいよって、言ってほしかったんだろうね。いや、あたしは期待してたんだろうなー……。わたな……、ユウも、あたしといっしょにアイドル声優を楽しんでると思いたかった。あたしからは、そう見えてたから……」

考えれば考えるほど、自分勝手なエゴでしかない。

しかし、そう願ってしまったのだから仕方ないではないか。

以前は違《ちが》ったけれど、今は楽しくやっている、後ろ向きな気持ちなんてない。

だから、まっすぐに、楽しみながら頑張《がんば》っていこう。

そう言ってほしかった。

彼女の中で、そう変わっていてほしかったんだ。

だけど千佳《ちか》は、「できればやりたくない」と感じたまま。

それに悲しくなったというか、落ち込んじゃったのだ。

時間が経《た》てば経《た》つほど、心の穴が広がっていくくらいに。

「ちょっとだけ、楽しくなったって言ってくれたじゃんかよ……」

机に顎《あご》を載《の》せて、朝加《あさか》にも聞こえない声量で呟《つぶや》く。

乙女《おとめ》が出られなくなったハートタルトのミニライブで、ふたりだけで立ったとき。

〝ティアラ〟のライブで、リーダー同士で並んだとき。

そして、今回だって。

隣《となり》にいて、歌って、踊《おど》って、歓声《かんせい》を浴びて。

そうやって、ふたりで並べたのが嬉《うれ》しくて、楽しかったっていうのに。

そう感じていたのは由美子《ゆみこ》だけで、千佳《ちか》は何とも思っていなかったなんて。

寂《さび》しいじゃないか。

――そう、寂《さび》しかったのだ。

自分勝手だと承知しながらも、由美子《ゆみこ》はすごく寂《さび》しかった。

「こればかりは、その人の考え方だからねえ……」

どうしようもない問題だと朝加《あさか》も感じているのか、気まずそうに頬杖《ほおづえ》を突《つ》く。

由美子《ゆみこ》が落ち込んでいると、朝加《あさか》は「ただ」と続け、眼鏡の位置を直した。

「それでもやすみちゃんが何かしたいって思うなら、『アイドル声優は、こんなにもいいものなんだぞ』って景色を見せてあげることじゃない？」

「景色？」

由美子《ゆみこ》が言葉を返すと、朝加《あさか》はパンケーキに載《の》っていた苺《いちご》にフォークを突《つ》き刺《さ》す。

それをふわりと持ち上げた。

「たとえば、てっぺんからの景色とか。今回のライブは、乙女《おとめ》ちゃんとも張り合うんでしょ？　で、やすみちゃんたちは勝つ気で頑張《がんば》ってる。努力して努力して、本物の強敵に打ち勝ったときの景色はきっとすごいよ。もしかしたら、夕陽《ゆうひ》ちゃんの意識も変わるかもしれない」

「あー……、景色、か……」

ステージからの景色は、価値観をたやすくひっくり返すほどの破壊力《はかいりょく》がある。

溢《あふ》れる歓声《かんせい》、星空のようなサイリウムの光、お客さんたちの嬉《うれ》しそうな笑顔《えがお》。

たっぷりの拍手《はくしゅ》が、自分たちに降り注ぐあの瞬間《しゅんかん》。

その日のためにずっとレッスンをしていただけに、異様なほどの充実感《じゅうじつかん》と昂揚感《こうようかん》。

もし、今回のライブで乙女《おとめ》たちに打ち勝つことができれば。

千佳《ちか》の考えがどうにかなるほどの、すごい景色が見られるかもしれない。

ここに居られてよかった、ここに立ててよかった。

アイドル声優を、やっていてよかった、と。

感じてくれるかもしれない。

そう思った瞬間《しゅんかん》、大きく広がっていた心の穴が、わずかに埋《う》まった気がした。

「ん」

由美子《ゆみこ》は最後の一口になったパンケーキを頬張《ほおば》り、フォークを置く。

現金なもので、力が満ちていく感覚があった。

ごくん、と飲み込み、由美子《ゆみこ》は力強く宣言する。

「おっけ、わかった。あたしがユウをそこに連れてく。最高の景色を見せてやる。やっぱり、やることはひとつだな。全力で姉さんたちを倒《たお》しにいかなきゃ」

残りのアイスコーヒーをぐいーっと飲み切り、ふうと息を吐《は》く。

朝加《あさか》はやさしい表情でこちらを見つめたあと、満足そうに笑った。

「うん。そっちのほうがやすみちゃんらしいよ」

結局、やることはひとつだ。

今までどおり、がむしゃらに頑張《がんば》る。頑張《がんば》り続ける。

勝ちたい理由が増えたから、より気合を入れていくだけだ。

しかしそうなると、大きな壁《かべ》が改めて立ちはだかるのだが。

「朝加《あさか》ちゃん。どうやったら、乙女《おとめ》姉さんたちに勝てると思う？」

結局はそこにぶつかる。

勝ちたい。負けたくない。その思いは強くなるばかり。

しかし、このままで本当に勝てるのだろうか。

由美子《ゆみこ》は必死で練習しているし、ユニットの熱も高いが、それだけだ。

纏《まとい》の問題だって、解決していない。

かといって、本当に纏《まとい》の心が変わったとしても、それで勝機が見えてくるだろうか。

ただがむしゃらにぶつかるだけで、いいのだろうか。

不安は消えない。

朝加《あさか》なら何かヒントをくれるかも、と期待したが、彼女は苦笑いを浮《う》かべた。

「難しいことを聞くねえ……。今や、乙女《おとめ》ちゃんの勢いはすごいからなあ」

朝加《あさか》は視線を宙に向けながら、ぽつぽつと続ける。

「乙女《おとめ》ちゃんの人気もすごいし、めくるちゃんや花火《はなび》ちゃんだってラジオ方面は絶好調だしね。結衣《ゆい》ちゃんの話も耳に入ってくるし。あの四人に勝つ、かぁ……」

朝加《あさか》はうーん、と悩《なや》んでくれるものの、やはり答えは出ないようだ。

ずっと悩《なや》んでいる由美子《ゆみこ》が答えを出せないように、これは大きな難問である。

けれど、いよいよライブも迫《せま》ってきている。

纏《まとい》のことも含《ふく》めて、もっと気合を入れなければならない。

「……ところで。やすみちゃん、ライブに向けてダイエットしてたんじゃないの？　こんなの食べて大丈夫《だいじょうぶ》？」

「ダメでーす。完全なやけ食い！」

投げやり気味に声を上げると、朝加《あさか》はおかしそうに笑った。

「そういえばわたし、羽衣さんとはあんまり絡みないかも」

「そうなの？　あ、そっか。柚日咲さんって、前のライブも次のライブも、ひとりだけ纏さんとは別ユニットか」

「そうそう」

「ひとりだけ……」

「いやそこ強調しないで。別に避けられてるわけじゃないから。で、この前、偶然羽衣さんのファンを見掛けたの。いっしょにいた人にめっちゃ布教してた」

「お、ファンの人だ。聞きたい聞きたい。どんなこと言ってたの？」

「前のライブに来てた人らしいんだけど、とにかくギャップに驚いたって言ってたかな。ほら、苺って、こう、弱気で自信がない女の子じゃない」

「あぁ、そうね。アイドルなんて無理です～！ってよく言ってる」

「そうそれ。羽衣さんからあの声が出てるのが不思議で、なんとなく見ているうちに雰囲気に惹き込まれた、って言ってた」

「あ！　あー、なるほどねえ。わかるわかる。纏さんの雰囲気って、なんかこう儚いというか、色素が薄いっていうか……。不思議な空気感があるよね」

「ね。わたしも隣で『わかる』って言いそうになっちゃった。羽衣さんって背も高くてスタイルいいから、ファッション雑誌の表紙とかやってても違和感ないのよね」

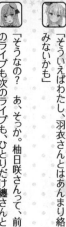

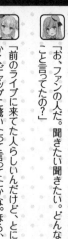

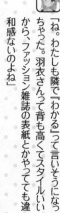

ティアラ☆スターズ☆レディオ！

「そうねぇ。纏さんって、家……、おほん。普通にしてるだけで、モデルっぽいっていうか。格好いいよね」

「……？　そうね。だからまぁ、惹かれるのもわかるなって。話をするときも静かで落ち着いてるし、大人っぽいな～って感じる」

「あぁ、うん、なるほど？　や、うん。そうだよね。大人っぽいというか、あの感じがね。わかるわかる」

「なに？　どうかした？　なにか解釈違い起こしてる？　それとも同担拒否？」

「いや、厄介なファンじゃないんだから……。あたしも、あれくらい身長欲しかったなー、って思ってただけ。纏さん、背が高いの羨ましい」

「やすみちゃんも身長あるほうだからいいじゃん。それならわたしのほうが身長欲しいよ」

「や、柚日咲さんはそのままでいいよ」

「なんで身長ある奴ってそういうこと言うの？　それ、花火にも何万回も言われてるんだけど？」

Tiara★Stars Radio

to be continued……

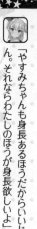

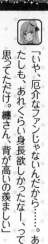

千佳《ちか》との一週間共同生活は、途中《とちゅう》で由美子《ゆみこ》が落ち込むことがありつつも、それ自体は驚《おどろ》くほど平穏《へいおん》に終わった。

……と、言いたいところだが。

最後の最後で、ちょっとしたハプニングに見舞《みま》われた。

「いやいやいやいや由美子《ゆみこ》ちゃんのお母さんこれはあの、本当に受け取って頂かないと」

「いやいやいやいや千佳《ちか》ちゃんママ、普段《ふだん》は由美子《ゆみこ》がお世話になってますし、お家《うち》にお邪魔《じゃま》したこともあるので」

「それを言うなら千佳《ちか》がお邪魔《じゃま》する頻度《ひんど》のほうが明らかに多いんですよなので本当に」

最終日。

千佳《ちか》の母が再びお土産《みやげ》を持って挨拶《あいさつ》に来たのだが、そこで生活費の話が出た。

由美子《ゆみこ》もお世話になっているからお金は受け取らずにいたい由美子《ゆみこ》母、いやいやそれは絶対にダメですきっちり払《はら》いますの千佳《ちか》ママ、受け取るにしてもこれは多すぎですうちは旅館か何かですか、一週間連泊《れんぱく》食事つきなんですよ旅館でしょうもう、という、母親同士の押し合いへし合いが玄関先《げんかんさき》で勃発《ぼっぱつ》している。

「あの――……、あたしら仕事あるから、もう出るね？」

「あの、お世話になりました……」

待っていても埒《らち》が明かない、と判断した由美子《ゆみこ》たちは、ふたりの母親にそう声を掛《か》けた。

「あ、ユウちゃんまたね、いつでもおいでね！」「千佳《ちか》！　使わない荷物は車に置いていきなさい持って帰るから！」と早口で返ってきたものの、すぐにバトルに戻《もど》っている。

活動休止の件で事務所に集まったときも、ここまでヒートアップしなかったと思うが。

果たして決着がつくのはいつになるのやら。

その日はコーコーセーラジオの収録だったのでふたりで家を出たが、取り残されていたら悲《ひ》惨《さん》だったかもしれない。

ラジオの収録が終わったあとも、ふたりいっしょにスタジオを出た。

しかし、由美子《ゆみこ》は帰路の途中《とちゅう》ではたと気付く。

普段《ふだん》なら朝加《あさか》たちと雑談して、千佳《ちか》とは帰るタイミングが別になることが多い。

帰る家は別々なのだから、いっしょに帰る必要はもうなかった。

だというのに、夕方の街を当然のようにふたり並んで歩いている。

「？　どうかしたの、佐藤《さとう》」

「いや別に……」

千佳《ちか》は気付いてないようなので、そっと飲み込んでおく。

あの共同生活で変な癖《くせ》が残っていないか、気を付けておかないと……。

「あ。渡辺《わたなべ》、あたしスーパー寄ってくわ」

スーパーの前を横切ったら、買うものを思い出した。店を指差して伝える。

「あぁそう？」

千佳《ちか》はそう返事をすると、ごく当たり前のように店内までついてきた。

別に、彼女が買い出しに付き合う理由はないのだが。

おかしな癖《くせ》がついているのは、何も自分だけではないようだ。

横に並ぶ千佳《ちか》に、思わず笑いを嚙《か》み殺《ころ》してしまう。

千佳《ちか》を引き連れて、スーパーの中を歩く。夕方だけあってお客さんも多い。

夕食の買い物をしている家族連れも多いのか、献立《こんだて》に関する話も聞こえてきた。

「理央《りお》、理央《りお》、理央《りお》！　今日は餃子《ぎょうざ》食べたい、餃子《ぎょうざ》～。ねぇ、作って？」

「えぇ？　今から包めって？　やだよ、面倒《めんどう》くさい。冷凍《れいとう》でいい？」

「冷凍《れいとう》の餃子《ぎょうざ》、おいしくないもん。理央《りお》が作ってくれる餃子《ぎょうざ》がいい～」

「わがままな……。じゃあねぇね、包むの手伝ってくれる？」

「ね、ねぇねはお仕事で疲《つか》れてるし、家でもやることあるもん……」

「じゃあやだ。冷凍《れいとう》でいいなら買ったげるけど」

「ねぇねもやだ～。理央《りお》の手作りがいい。ほら、いつも野菜摂《と》れって言ってるでしょう？　理《り》央《お》の餃子《ぎょうざ》ならお野菜たっぷりだし。ねぇ、作ってよ～。食べたい食べたーい」

「えぇ……。マジでやなんだけど……。つーか、身体《からだ》が資本なんだから野菜くらい食べなよ。ねぇねの偏食《へんしょく》、その辺の二歳児《さいじ》よりひどいよ？」

何やら、献立《こんだて》で揉《も》めているようだ。

まぁ餃子《ぎょうざ》は時間掛《か》かるしな……。包むのは好きだけど、今からやれって言われたら嫌《いや》かも。家族に偏食《へんしょく》がいるのも、ご飯作る側からすると嫌《いや》だよなあ。ママも渡辺《わたなべ》も、好《す》き嫌《きら》いなくてよかったな……、なんて。

由美子《ゆみこ》がぼんやり考えているときだった。

「さ、佐藤《さとう》……」

千佳《ちか》に袖《そで》をくいくい、と引っ張られる。

「なに？　お菓子《かし》？　一個だけだからね？」

冗談《じょうだん》を口にしながら千佳《ちか》を見たが、彼女はそれどころではないようだった。

啞然《あぜん》とした表情で、店の奥を見ている。

つられて、由美子《ゆみこ》もそちらに目を向けた。

「――は？」

おそらく、由美子《ゆみこ》も千佳《ちか》と同じ表情をしたはずだ。

そこには、おおよそ予想のできない光景が広がっていた。

「だから野菜を摂《と》るために、餃子《ぎょうざ》作ってって言ってるのにー。やだやだ、今日はもう餃子《ぎょうざ》の口ー。理央《りお》の餃子《ぎょうざ》以外、お腹《なか》に入りませーん」

若い女性ふたりが、じゃれあっている。

食材を詰《つ》め込《こ》んだカートを押しているのは、まだ少女と言っていい年齢《ねんれい》の女の子だ。オーバーサイズの黒いシャツに、白のショートパンツが夏らしさを感じる。キャップも被《かぶ》っていて、爽《さわ》やかな印象を与《あた》えた。

彼女自体には何の問題もない。問題は、隣《となり》に立つ女性だ。

カートを引く子の背が低く見えるのは、隣《となり》の女性の背が高いから。

まるでモデルのような体型で、どこか色素を感じさせない女性。

彼女はその子の肩《かた》に顎《あご》を載《の》せて、「餃子餃子《ぎょうざぎょうざ》～」と催促《さいそく》し、「あぁもう鬱陶《うっとう》しいっ」と怒《おこ》られている。

傍《はた》から見れば、仲が良さそうな姉妹《しまい》だ。

しかし、その姉らしき人に、由美子《ゆみこ》たちは見覚えがあった。

「――纏《まとい》さん？」

思わず声を掛《か》けると、その人の口が「餃子《ぎょうざ》」の「ざ」で止まった。

目がぱっちりと合う。

ここ数日、しょっちゅう顔を合わせていた相手だ。見間違《みまちが》えようもない。

さっきから妹らしき人にウザ絡《がら》みしていたのは、羽衣纏《はごろもまとい》その人だった。

「――――あっ」

彼女は目を大きく見開いたあと、可哀想《かわいそう》なくらい狼狽《ろうばい》した。

身体《からだ》を思い切り跳《は》ねさせ、そのせいでカートにぶち当たり、「うわあああ、ねぇね何やってんの!?」と怒《おこ》られているが、纏《まとい》の視線はこちらに固定したままだ。

びっくりした表情で、固まっていた。

「……う、歌種《うたたね》さんに、夕暮《ゆうぐれ》さん……。……き、奇遇《きぐう》、ですね？　おふたりで、お買い物、ですか？　わ、わたしもそうなんですけど……」

彼女は慌《あわ》てふためきながらも、何とか取《と》り繕《つくろ》おうとしていた。

ここからごまかすのは無理だろう……、と思ったが、単に混乱しているだけかもしれない。

由美子《ゆみこ》たちも、どう対応していいかわからなかった。千佳《ちか》と顔を見合わせる。

家族にしか見せない表情を、他人に見られたときの気まずさは覚えがある。

さすがに、あそこまで露骨《ろこつ》に違《ちが》うと反応に困るが……。

「ねぇね、って呼ばれてるんですね、纏《まとい》さん」

「餃子《ぎょうざ》、そんなにおねだりするほど好きなんですか」

「…………ッ」

口々に告げると、纏《まとい》の色白の肌《はだ》が真っ赤に染まる。

パンッ！　と勢いよく両手で顔を覆《おお》った。

「ご勘弁《かんべん》を……」

顔を隠《かく》したまま、ごにょごにょと声を絞《しぼ》り出《だ》している。

　これ以上は、何も言わずに立ち去ったほうがいいだろうか。

　家族相手にどう接していようと、その人の自由だし……。

　そう考えていると、纏《まとい》のそばにいた少女が不思議そうに首を傾《かし》げた。

「ん？　ねぇねの知り合い？」

　こちらを窺《うかが》ってくる妹さんらしき人。

　由美子《ゆみこ》たちが制服を着ていないとはいえ、纏《まとい》と同年代には見えないだろう。

　由美子《ゆみこ》が説明しようとすると、先に彼女がぱあっと表情を明るくした。

「あ！　もしかして、姉の仕事先の方ですか⁉　声優さん……？」

　声優、の部分だけ声を落として、こちらに問いかけてくる。

　やはり、纏《まとい》の妹で間違《まちが》いないらしい。

　少し前に話に出た、同居している高校生の妹さんだ。

　纏《まとい》は「いや、あの、理央《りお》、ちょっと」と慌《あわ》てているが、由美子《ゆみこ》たちは挨拶《あいさつ》を返す。

「あ、そうそう。あたしたち、同じ作品に出てる声優。歌種《うたたね》やすみです。よろしくね」

「夕暮夕陽《ゆうぐれゆうひ》です」

　ふたりして名前を告げると、彼女の表情がさらに輝《かがや》く。

　両手を合わせて、ぐいっと顔を寄せてきた。

「わっ！　お名前、聞いたことあります……！　あ、わたし妹の理央《りお》です。姉がいつもお世話になっております」

深々と彼女——、理央《りお》は頭を下げた。

年齢《ねんれい》は由美子《ゆみこ》たちと変わらないだろうに、完全に保護者のような振《ふ》る舞《ま》いだ。

纏《まとい》は隣《となり》で手をうにうにと動かし、苦しそうな表情をしている。

家族と知り合いがしゃべっているハラハラ感はわかるが、ぜひ話は聞きたい。

由美子《ゆみこ》は笑《え》みを浮《う》かべながら、理央《りお》に尋《たず》ねた。

「纏《まとい》さんから聞いてるよー。高校生なんだよね。お姉さんといっしょに暮らしてるって」

「あ、そうです！　今、高二です。なにねぇね、そんなことまで先輩《せんぱい》に話してるのー？」

キャッキャッと笑いながら、纏《まとい》の肩《かた》を小突《こづ》く理央《りお》。

纏《まとい》はますます顔を赤くして、俯《うつむ》いてしまった。

そこで、理央《りお》が「ん？」と首を傾《かし》げる。

「夕暮夕陽《ゆうぐれゆうひ》……、あ！　夕暮夕陽《ゆうぐれゆうひ》さん⁉」

理央《りお》がはっとして、興奮気味に目を輝《かがや》かせた。

纏《まとい》がさらに焦《あせ》った表情を見せたが、構わずに理央《りお》は口を開く。

「ねぇねとご飯行ってくれたんですよね。ねぇね、夕暮《ゆうぐれ》さんのことを特に尊敬しているみたいで、間近で演技を見られることを喜んでるんです。すごい人だ、っていっつも言ってて。ご飯も、緊張《きんちょう》したけど楽しかった〜、って！」

嬉《うれ》しそうに笑いながら、理央《りお》はそんなことを口にする。

それに千佳《ちか》は目をぱちくりさせていた。

由美子《ゆみこ》も千佳《ちか》から食事の話は聞いたが、そんな感じではなさそうだったのに。

「……渡辺《わたなべ》。そうだったの？」

「いえ、そんな素振《そぶ》りは全く」

小声で尋《たず》ねてみても、千佳《ちか》は首を振《ふ》っている。

一方、纏《まとい》は湯気が出そうなくらい顔を赤くしていた。

理央《りお》の肩《かた》を掴《つか》んで、ぼそぼそと抗議《こうぎ》している。

「あの、理央《りお》、し、失礼でしょ……、こ、これ以上は、ね？　ね？」

「？　どうしたの、ねぇね。急に口数減っちゃってさ。先輩《せんぱい》、とってもいい人そうでよかったね！　すみません、姉はいろいろと迷惑《めいわく》を掛《か》けているでしょう？　さっきのももしかして聞こえてました？　わがままな姉で、職場でもこんな調子じゃないかと心配で～」

ニコニコと笑う理央《りお》はとても愛嬌《あいきょう》があるが、纏《まとい》の肩《かた》がどんどん小さくなっていく。

しかし、恥《は》ずかしいだけで、本気で嫌《いや》がっているわけではなさそうだった。

ならばこれは、千載一遇《せんざいいちぐう》のチャンスではないか。

「ねぇ、理央《りお》ちゃん。よかったら、お茶でもしない？　お姉さんのこと、いろいろ話したいし、聞いてみたいし」

「え、いいんですか？」

このときの反応は、わかりやすかった。

ぱっと顔を明るくさせる理央《りお》と、目を見開いて驚《おどろ》く纏《まとい》と千佳《ちか》。

けれどそこで初めて、纏《まとい》が普段《ふだん》の表情に戻《もど》った。

慌《あわ》てて、口を開く。

「いえ、そんな。申し訳ないです。そんなご迷惑《めいわく》……」

「ぜひぜひ！　うち近いんですけど、よかったら来ませんか？」

纏《まとい》が断ろうとしたところで、理央《りお》が纏《まとい》の腕《うで》に抱《だ》き着《つ》く。

纏《まとい》は明らかに困った顔をして、「理央《りお》、ご迷惑《めいわく》でしょう」と咎《とが》めるような声を出した。

そこは姉っぽく見えるところだが。

誘《さそ》ったのは由美子《ゆみこ》だ。もちろん、社交辞令でもない。

「出たわ……」と呟《つぶや》いている隣《となり》の女が気にならないでもないが、由美子《ゆみこ》は話を進める。

「お邪魔《じゃま》していいんだったら、ぜひ行きたいです。纏《まとい》さんが嫌《いや》じゃなければ、ですけど」

纏《まとい》に話を振《ふ》ると、理央《りお》が「ほら」という顔で見上げる。

纏《まとい》は気まずそうに理央《りお》を見下ろし、迷っている様子だった。

けれど、しばらくしてから小さく息を吐《は》く。

「何もお構いはできませんが……、歌種《うたたね》さんたちがよろしければ……」

「実際、ねぇねはお構いしないしね」

理央《りお》がさらっと言って、纏《まとい》が言葉を詰《つ》まらせる。

このときは、それがどういう意味かわからなかった。

羽衣《はごろも》姉妹《しまい》に連れられて、彼女らが住むマンションにやってきた。

スーパーから程近《ほどちか》い、ごくごく普通《ふつう》のマンションだ。

「どうぞどうぞ、狭《せま》いですが」

「お邪魔《じゃま》しまーす」

「お邪魔《じゃま》します」

理央《りお》に先導され、部屋の中に入っていく。

綺麗《きれい》な部屋だった。生活感はありつつも、クッションやソファに可愛《かわい》らしいものが使われている。理央《りお》の趣味《しゅみ》だろうか。リビングダイニングは物が多かったが、丁寧《ていねい》に整頓《せいとん》されている。

キッチン周りが清潔に使われていて、住民のマメさが窺《うかが》えた。

しかし、よく片付けられた部屋に異分子がある。

ソファの上に、パジャマが脱《ぬ》ぎ捨《す》てられていた。

「あっ、あっ、あっ、ちょ、ちょっと失礼します……！」

纏《まとい》がパタパタとパジャマを回収して、洗面所に逃《に》げ込《こ》んでいった。

思わず、千佳《ちか》といっしょに目を丸くする。

纏《まとい》さん、家ではだらしないんだな……。

スーパーでも妹にわがまま放題してたけど……。

洗面所まで視線が引き寄せられていると、理央《りお》が大きなため息を吐《つ》いた。

「ご覧のとおり、ズボラな姉でして……。いくら言っても、すぐ脱《ぬ》ぎっぱなしにするんです」

「はぁー……。纏《まとい》さん、靴下《くつした》裏返しのままで洗濯機《せんたくき》に入れてそうだね」

冗談《じょうだん》で言ったつもりだったが、理央《りお》には「なんでわかるんですか？」と言われてしまった。

そんな話をしているうちに、纏《まとい》が恥《は》ずかしそうに洗面所から出てくる。

理央《りお》が手早くお茶の準備をしてくれたが、彼女が言ったとおり纏《まとい》は何もしていなかった。

あの会話から察するに、家のことはほとんど理央《りお》がやっているのかもしれない。

しゅんとしているのが可哀想《かわいそう》になってきて、思わず由美子《ゆみこ》は口を開く。

「纏《まとい》さんたちは、いつからいっしょに住んでるんですか？」

「あ……、去年からです。妹といっしょに上京してきまして」

「ふたり揃《そろ》って東京二年生でーす」

理央《りお》がおどけて、両手でピースサインを作ってみせる。

それに、千佳《ちか》が興味を示した。

「どうして、姉妹《しまい》で住もうと思ったんですか？」

「元々、わたしは養成所に通うために上京する予定だったんです。それに、理央《りお》が乗っかってきたと言いますか……」

纏《まとい》はいつもの調子に戻《もど》り、静かな口調でそう言う。

けれどその答えに、理央《りお》が唇《くちびる》を尖《とが》らせた。

「それは間違《まちが》ってないけど。でも、ねぇねに独り暮らしなんてさせられないよ。夕暮《ゆうぐれ》さん、姉ってば本当何もできないんですよ。わたしが数日家を空けようものなら、家の中、ぐっちゃんぐっちゃんになりますから。ついてきてよかったー、って心から思いますもん」

「り、理央《りお》……、そんなことまで言わなくても……」

せっかく整えた体裁《ていさい》が、一瞬《いっしゅん》で崩《くず》れ去《さ》ってしまう。

泣きそうな顔で纏《まとい》が理央《りお》の肩《かた》に触《ふ》れるが、彼女は素知らぬ顔だ。

どうやら、理央《りお》は本当に纏《まとい》の保護者役らしい。

この纏《まとい》の姿は意外でならないが、仲良し姉妹《しまい》、といった感じで微笑《ほほえ》ましかった。

まるでそれを証明するように、理央《りお》はニコッと笑う。

「でも、嬉《うれ》しいんですよ。ねぇね、いつも楽しそうだから。上京してよかった」

照れくさそうにしながらも、理央《りお》は笑う。纏《まとい》もそれで、静かに微笑《ほほえ》みを返した。

わざわざ東京でいっしょに暮らすくらいだ。本当に仲がいいんだろう。

そうじゃなきゃ、共同生活なんてできやしない。

そこまで考えてから、慌《あわ》ててその思考を振《ふ》り払《はら》う。

そんなことはない……、仲良くなくても共同生活はできる……、うん……。

「……あ。前、晩ご飯に行けなかったのは、ふたりで生活してるからですか」

千佳《ちか》が納得《なっとく》したような声を上げた。

話を聞くと、以前千佳《ちか》が食事に誘《さそ》った際、「夕飯の用意があるから当日は無理だ」と断られ、食事は翌日になったそうだ。

その話を聞いて、理央《りお》はすまなそうに笑う。

「あらら、それはすみません。でも当日、急にご飯いらないって言われるのは困るんですよ。朝ならまだいいんですけど……、夕方には準備しちゃってるので」

「わかる」

由美子《ゆみこ》は大きく頷《うなず》く。ご飯がいらないなら、あらかじめ言ってほしい。

それで思い出す。以前ファミレスで話し合いをしたとき、纏《まとい》が慌《あわ》てて帰ったことがあった。

もしかしたらあのとき、理央《りお》から「はよ帰ってこい」とでも言われたのかもしれない。

理央《りお》は、千佳《ちか》たちを見ながら表情を明るくさせた。

「さっきも言いましたけど、ご飯のときの姉はすごく嬉《うれ》しそうでした。いっつも家で、おふたりの話をしてますよ。まだ高校生なのにすごい、尊敬できる先輩《せんぱい》だー、って」

理央《りお》は本当に嬉《うれ》しそうに言って、纏《まとい》は隣《となり》で肩《かた》を縮ませている。

「お恥《は》ずかしい……」と顔を赤くしていた。恥《は》じ入《い》っていても、否定する様子はない。

「…………」

違和感《いわかん》は、それだ。

言ってしまえば、纏《まとい》が家でだらしなかろうが、妹に甘え切っていようが、別段おかしくはない。家と外で態度が違《ちが》うのは、だれしもがそうだ。

けれど、理央《りお》が見ている『声優の纏《まとい》』と由美子《ゆみこ》たちの知る『声優の纏《まとい》』は違《ちが》いすぎる。

いつも気まずそうに、自分たちから距離《きょり》を取っている纏《まとい》から、尊敬や嬉《うれ》しい、なんて言葉が出てくるなんて。

そして、纏《まとい》自身も否定していない。

ここに、何か誤解が生じているような気がしてならなかった。

「あたし、纏《まとい》さんから嫌《きら》われているのかと思ってました」

「わたしも」

由美子《ゆみこ》が本心を告げると、千佳《ちか》も言葉を重ねた。

すると、羽衣《はごろも》姉妹《しまい》は同時に「えっ」と声を上げる。

……纏《まとい》自身も、驚《おどろ》いている。

「そ、そうなの？　ねぇね、もしかして、わたしに心配掛《か》けないために嘘吐《うそつ》いてた……？」

理央《りお》が不安そうな表情を見せると、纏《まとい》は慌《あわ》てて首を振《ふ》った。

家の外では、自分は上手《うま》くいっている。家族にそう見栄《みえ》を張る人はいるかもしれない。けれど、纏《まとい》はそれともまた違《ちが》うようだ。

「嫌《きら》われている、は言いすぎにしても。羽衣《はごろも》さん、わたしたちを避《さ》けてはいますよね」

直球はお手の物、とばかりに千佳《ちか》が尋《たず》ねる。

纏《まとい》はわずかに考え込んでから、答えた。

「避《さ》けている、と言われると強い言葉に聞こえますが……。距離《きより》は取るようにしていますよ。そこは間違《まちが》いありません」

いつもの様子で、ごく平然と言葉を並べる纏《まとい》。

距離《きより》を取るのも避《さ》けるのも、大した違《ちが》いはない気がするけど。

「え、なんで⁉」

案の定、理央《りお》は頓狂《とんきょう》な声を上げた。

それに、纏《まとい》はゆっくりと答える。

「先輩《せんぱい》に気を遣《つか》わせたくないもの。ねぇねは二十五歳で、しかも新人。でも、ほかのメンバーはみんな十代だから。理央《りお》だって、学校の友達だけで遊んでいるときに、七つも八つも年上の人がひとりでまざってきたら嫌《いや》でしょう」

「あー……、まぁ、それはやだ……」

「ね？　それに、ねぇねは年上の後輩《こうはい》だから。どうしたって、やりにくい相手なの。それなら、いないほうがマシでしょう？　ほかの人たちは、とっても仲が良さそうだったし」

「あー……、それは、そうかも、しれない……」

纏《まとい》の説明に、理央《りお》が難しい表情で納得《なっとく》している。

いやいや、待ってほしい。

慌《あわ》てて、由美子《ゆみこ》は待《ま》ったを掛《か》ける。

「え、纏《まとい》さん。あたしたちに気を遣《つか》ってたから、あんなよそよそしかったんですか？」

「よそよそしい、と言われてしまうと、申し訳ないですが……。そうなります。せっかく、若い人たちが集まってるんですから。いつも遠くから、若いって羨《うらや》ましいなぁって見てますよ」

ふふ、と笑う纏《まとい》。

いや、そこでそんなやさしく笑われても。

「若い人たちだけで、って。あれ断り文句じゃなかったのね……」

千佳《ちか》が眉《まゆ》を顰《ひそ》めて、ぽつりと呟《つぶや》く。

由美子《ゆみこ》も体《てい》よく断られているだけかと思っていた。

まさか、本心だなんて。むしろあっちが、気を遣《つか》っていたなんて。

確かに彼女は、年齢《ねんれい》に対して過敏《かびん》なきらいがあるけれど……。

「そういえばねぇね、夕暮《ゆうぐれ》さんとご飯行く前も不安そうだったもんね」

「ええ……。まず、高校生の子とふたりでご飯という構図が、もうハラハラしたもの。悪いことしてるわけじゃないけど、周りの人にどう思われているのかな、とか……」

「そっちの心配？　いや、そうじゃなくてさ。夕暮《ゆうぐれ》さんに……」

姉妹《しまい》がおかしな方向に話を進めている。

このまま脱線《だっせん》するわけにはいかない。

誤解が生じているのなら、絶対に解いておくべきことがひとつある。

由美子《ゆみこ》は机に手を置き、はっきりと物申した。

「纏《まとい》さん！　そういう気遣《きづか》いは今後一切《いっさい》、やめてくれませんか」

声が大きくなってしまったからか、纏《まとい》はびくりと身体《からだ》を揺《ゆ》らす。

いつもの気まずそうな表情に戻《もど》り、さっと視線を逸《そ》らした。

いやでも、と言葉を続けようとしたので、遮《さえぎ》って話を進める。

「あたしは、纏《まとい》さんと仲良くしたいです。歳《とし》の差なんて関係ないですし、そもそも纏《まとい》さんとそこまで歳《とし》が離《はな》れているとも思いませんっ。遠くから見るんじゃなくて、いっしょに仲良くやりたいです。せっかく、同じユニットにもなれたんですから」

その言葉に、理央《りお》は目を輝《かがや》かせた。

しかしその反面、纏《まとい》の顔は暗い。

表情を変えることなく、ぼそぼそと答える。

「いえ……、そういったところが既《すで》に、気を遣《つか》ってもらってるわけですし……」

由美子《ゆみこ》の気持ちが届かない。建前として処理されてしまっている。

由美子《ゆみこ》たちが「若い人たちだけで」という言葉を、額面どおり受け取らなかったように。

纏《まとい》は大人として、由美子《ゆみこ》たちから距離《きょり》を取ろうとしている。

それは、纏《まとい》が会社員だったことと関係しているのかもしれない。

理央《りお》も納得《なっとく》したが、高校生が二十代中盤《ちゅうばん》の女性と仲良くしている姿はあまり見掛《みか》けない。

由美子《ゆみこ》もこの仕事じゃなければ、歳《とし》の離《はな》れた人と遊ぶことはなかったかもしれない。

由美子《ゆみこ》たちがズレている可能性はある。

けれど、纏《まとい》は既《すで》に声優だ。同じ仲間だ。仲良くなりたい。

どう説明しようか迷っていると、千佳《ちか》がさらりと口を開いた。

「わたしたちは、仕事で年上の人と接することが多いです。普通《ふつう》の高校生とは違《ちが》いますし、気を遣《つか》われるほどの歳《とし》の差でもないです。それに、この女は本当に仲良くしたいと思っていますよ。そういう女です」

口は悪いが、千佳《ちか》が由美子《ゆみこ》のフォローに回っていた。

ふたりからそう言われ、纏《まとい》の表情は戸惑《とまど》いに変わる。

理央《りお》がそこで纏《まとい》の腕《うで》に抱《だ》き着《つ》き、嬉《うれ》しそうに頷《うなず》いた。

それでもなお纏《まとい》は迷っていたようだが、弱々しく口を開く。

「わたしは……、おふたりを尊敬しています……。まだお若いのに、十代なのに、すごいなと……。本当に、気遣《きづか》いなしで接して頂けるのなら嬉《うれ》しい、ですけど……」

迷いと葛藤《かっとう》を見せながらも、纏《まとい》はそんな言葉を絞《しぼ》り出《だ》していた。

マンションから出ると、外はすっかり暗くなっていた。

暗い道に電灯が灯《とも》り、人の気配も薄《うす》まっている。

遠くでセミがまだ鳴いているのを聞きながら、千佳《ちか》と駅に向かって歩いていた。

開口一番で触《ふ》れるのは、纏《まとい》のことだ。

「纏《まとい》さんが、家ではあんなキャラだったなんてなー……」

「驚《おどろ》いたわね。妹さんにべったり……、って表現で合っているのかしら。おかげで、いろいろと知ることができたけれど」

「ね。いやぁ、びっくりした。でも、これで纏《まとい》さんとも仲良くできそう。纏《まとい》さんのほうが変な気遣《きづか》いしてたなんてなー。それがわかってたら、もっと早く仲良くなれたのに」

小さく笑いながら、歌うように言葉を並べる。

由美子《ゆみこ》にとって、それが一番の収穫《しゅうかく》だ。

纏《まとい》は摑《つか》みにくい雰囲気《ふんいき》を持っていたし、あちらが意図的に距離《きょり》を取ろうとしていた。

そのせいで、由美子《ゆみこ》でもなかなか関係を深められなかった。

そこに、誤解があったから。

それがなくなった今、きっと纏《まとい》とは仲良くなれる。

そのうちにユニットメンバーとも距離《きょり》が縮まるだろう。

そうなってくれれば、ライブのパフォーマンス向上にだって繋《つな》がってくるはず。

いいこと尽《ず》くめだ。

ご機嫌《きげん》に鼻歌でも歌いたいくらいだったが、千佳《ちか》に釘《くぎ》を刺《さ》されてしまう。

「言っておくけれど。ただ、羽衣《はごろも》さんと接しやすくなっただけよ。あの人が『無理をしてライブの練習をすること』にも『アイドル声優』にも否定的なのは変わらない。何も解決していないんだから、浮《う》かれるのもほどほどにしなさいな」

「わ、わかってるよ……」

咎《とが》められたとおり、楽観視できる状況《じょうきょう》ではない。

纏《まとい》との考え方の違《ちが》いは依然《いぜん》としてあるし、あちらは誤解でも何でもない。

それに、纏《まとい》が全面的に考えを改めてくれたところで、〝アルフェッカ〟に勝てるのか、という難題の回答にはならなかった。

「ほんと、どうすりゃいいんだろうね……」

どうすれば、乙女《おとめ》たちに勝てるのか。

それを考えるだけで、浮《う》かれた気持ちはすぐに霧散《むさん》していく。

ふたりして黙《だま》り込《こ》んでいると、後ろから足音が聞こえてきた。

それが急接近したかと思うと、女性の声が飛んでくる。

「歌種《うたたね》さん！　夕暮《ゆうぐれ》さん！」

振《ふ》り返《かえ》ると、そこには理央《りお》がひとりで立っていた。

急いで走ってきたのか、息を荒《あら》くしている。

「どうしたの、理央《りお》ちゃん。あたしたち、なんか忘れ物でもした？」

纏《まとい》の姿はないし、彼女が追ってくる理由がそれくらいしか思いつかない。

けれど、理央《りお》の表情は「ちょっと忘れ物を届けにきた」というものではなかった。

思《おも》い詰《つ》めた表情で、額の汗《あせ》を拭《ぬぐ》っている。

さっきまで、纏《まとい》といっしょに明るく笑っていたのに。

「……本当にどうしたの、理央《りお》ちゃん」

「おふたりに話を聞きたくて……。あの……。夕暮《ゆうぐれ》さんたちは、姉といっしょにライブの練習をしてるんですよね。次のライブに向けて、自主練も」

「えぇ。この数週間、いっしょに練習しているけれど……。それが、どうかしたの」

千佳《ちか》が問いかけると、理央《りお》の表情に迷いが生じる。

しかし、意を決したように口を開いた。

「あの。ねぇね、無理してるんじゃないかと思って……、それが心配で……」

　おかしなことを言う。

　纏《まとい》はむしろ、無理はすべきではない、と主張していた。

　その言葉どおり、彼女のスケジュールの入れ方は無理のないものだ。

　いっしょに暮らす理央《りお》なら、それも把握《はあく》できていそうなものだけど。

　千佳《ちか》が眉《まゆ》を顰《ひそ》め、こちらをちらりと窺《うかが》った。

　彼女の視線に小さく首を振《ふ》り、理央《りお》に向き直る。

「ええと、理央《りお》ちゃん。纏《まとい》さんはその辺り、気を付けてコントロールしてると思うよ。むしろ、あたしらがちょっと怒《おこ》られたくらいでさ。ライブの練習で無理はすべきじゃない、それは合理的じゃない、って言われちゃったんだ」

　普段《ふだん》はあまり意見を言わない纏《まとい》が、あのときははっきりと物申した。

　それを由美子《ゆみこ》たちは否定できなかったし、纏《まとい》が練習量を調整しているのも事実だ。

　由美子《ゆみこ》は、理央《りお》を安心させるつもりでそれを伝えたのだが……。

　理央《りお》は、手で顔を覆《おお》った。

「やっぱり……、ねぇね、無理してる……」

「…………？」

　どういうことだろう。

話が噛《か》み合《あ》わない。

由美子《ゆみこ》たちが困惑《こんわく》していると、理央《りお》はゆっくりとかぶりを振《ふ》った。

「……あの。ふたりに、聞いてもらいたい話があるんです。姉の……、わたしたちのことです。聞いて、くれますか」


すぐ近くに公園があったので、そこのベンチに三人で腰掛《こしか》けていた。

こぢんまりとした公園で、わずかな遊具とベンチくらいしか設置されていない。

既《すで》に陽《ひ》が落ちていることもあって、人の気配は皆無《かいむ》だった。

人の声もセミの鳴き声も聞こえない中、重い空気が満たされていく。

「姉は、本当はもっと早く声優になりたかったんです」

しばらくしてから、理央《りお》がぽつりと呟《つぶや》いた。

千佳《ちか》がこくりと頷《うなず》く。

「それらしいことは、羽衣《はごろも》さんから聞いたわ。具体的ではなかったけれど」

「具体的……、そうですね。なろうと決めたのは、姉が高校二年生のときです」

「そんなに早く？」

由美子《ゆみこ》はつい口を挟《はさ》んでしまう。

高校生で声優を目指すならむしろ普通《ふつう》だろうし、由美子《ゆみこ》たちはそれより早かった。

だが、纏《まとい》は現在二十五歳だ。

八年も前から声優になりたかった。今の由美子《ゆみこ》たちよりも、年下のときの纏《まとい》が。

八年は、長い。

その間、纏《まとい》はずっと「声優になりたい」という思いを抱《かか》え、過ごしていたのだろうか。

その答えを、理央《りお》が口にしていく。

「当時の姉は、進路に迷っていました。大学に進学するのか、それとも夢を追って声優の養成所に行くのか。姉は、その悩《なや》みをわたしにだけ打ち明けてくれました。わたしはねぇねの夢を応援《おうえん》したくて、もし親に反対されたらいっしょに説得する、と言っていたんです」

懐《なつ》かしそうに、理央《りお》は小さく笑う。

けれどすぐに、辛《つら》そうに息を吐《は》いた。

「でも説得する前に、それどころじゃなくなりました。親が身体《からだ》を壊《こわ》してしまったんです」

「…………」

背筋に冷たいものが走る。

進路で遠くを見て悩《なや》む最中、生活を支えてくれる親が崩《くず》れてしまうのは、一体どれほどの恐《きょう》怖《ふ》だろう。

肉親が倒《たお》れたときの苦しみや悲しみは、由美子《ゆみこ》も祖母のときに味わっている。

心臓が嫌《いや》な音を立てるのを感じながら、理央《りお》の話に耳を傾《かたむ》けた。

「うちは元々、母が病気を抱《かか》えてて。父がひとりで働いて、わたしたちを養ってくれました。治療費《ちりょうひ》の負担も大きかったのに、わたしたちに不自由ない生活をさせるために、一生懸命《いっしょうけんめい》働いてくれて。父は、『家族のためなら、いくらでも無理できる』といつも言っていて……」

そこで理央《りお》は、目を伏《ふ》せてしまう。

「その『無理』がたたりました。父が身体《からだ》を壊《こわ》してしまって……。しばらく、生活の先行きが見えなくなってしまいました。それが、姉が高校二年生のときです。でも、ねぇねは……、自分のことだけ考えていれば、大学進学も、養成所も、何とかなったと思うんです……」

理央《りお》は膝《ひざ》に置いた手をきゅっと握《にぎ》る。

呻《うめ》くように続きを口にした。

「姉が選んだのは、就職することでした。大学も声優も諦《あきら》めて、働き始めました。それはきっと、わたしのためなんです。働けば家計を助けられる。もし父に何かあっても、わたしを守っていける。自分ひとりなら好きに生きていけるのに、ねぇねはそうしてくれたんです……。家事や生活面が疎《おろそ》かなのも、結局自分のことを後回しにしてきたからなんです……」

まるで懺悔《ざんげ》でもするかのように、理央《りお》は苦しそうな表情で述べていく。

重い息を吐《は》いて、目をぎゅうっと瞑《つぶ》っていた。

由美子《ゆみこ》は自身も息苦しくなるのを感じながら、そっと尋《たず》ねる。

「じゃあ、纏《まとい》さんが『無理をすべきじゃない』って言ってるのは……」

「父のことがあったからだと思います。無理をして、身体《からだ》を壊《こわ》せば元も子もない、と」

それならば、あの頑《かたく》なな態度も納得《なっとく》できる。

纏《まとい》にとって、『無理をする人』はトラウマなのだ。

「お父さんは……。大丈夫《だいじょうぶ》だったんですか」

千佳《ちか》がおそるおそる尋《たず》ねると、理央《りお》はふっと力を抜《ぬ》いた。

小さく笑《え》みを浮《う》かべながら、こくりと頷《うなず》く。

「一時はどうなることかと思いましたが、おかげさまで。時間が掛《か》かりましたが、母も快復しました。だから姉も仕事を辞《や》め、改めて夢を追うことができたんです」

「そっか……。それはよかった」

ほっとする。

思えば理央《りお》が上京しているくらいだし、今はある程度の余裕《よゆう》があるのかもしれない。

八年という歳月《さいげつ》は、環境《かんきょう》が大きく変化してもおかしくないほどの時間だ。

それにきっと、そこに至るまでの数年間は大変だったはず。

纏《まとい》の数年間は、由美子《ゆみこ》が想像しているよりもよっぽど重かった。

もう遠まわりしたくない、という感情も、年下の少女たちに『無理をするな』と言いたくなる気持ちも、理解できてしまう。

けれど、同時に。

諦《あきら》めきれなかった数年間の想《おも》いと、現在の状況《じょうきょう》を考えると、むしろ——。

「……本当は羽衣《はごろも》さん、もっと、必死になりたいんじゃないかしら」

千佳《ちか》がぽつりと呟《つぶや》く。

そうだ。

纏《まとい》の声優に対する想《おも》いや憧《あこが》れは、数年分も積み重なっている。

台本を完全暗記するほどの熱意も、その現れだろう。

だからこそ、本当はもっとがむしゃらになりたいのではないか。

今までの分を取り返すためにも、もっと必死に。

チリチリとした焦燥感《しょうそうかん》に耐《た》えながら、自制するのはおそろしいほどの苦痛ではないか。

千佳《ちか》の言葉に理央《りお》は大きく頷《うなず》いて、すがるような目で由美子《ゆみこ》たちを見た。

「そうなんです……！　そうなんですよ……。だから、姉は『無理をしている』と思ったんです。ねぇねは、もっと、もっともっと、頑張《がんば》りたいはずなんです。むしろ、無理したいんです。限界のギリギリまで、力いっぱい。でも、多分わたしが——」

「勝手なことを言わないで」

突然介入《とつぜんかいにゅう》してきた声に、三人がはっとする。

冷たい声を響《ひび》かせたのは、纏《まとい》だった。

話をするのに夢中で、近付いてくる纏《まとい》に気付かなかったようだ。

彼女は無表情で、理央《りお》を見つめていた。

理央《りお》は不安そうに立ち上がる。

「ねぇね……」

「なかなか帰ってこないと思ったら……。先輩《せんぱい》に、変なことを吹《ふ》き込《こ》まないで。ふたりとも、失礼しました。ほら、理央《りお》。ねぇねといっしょに帰ろう」

多少は打ち解けたと思っていたのに、今の纏《まとい》の顔はひどく強張《こわば》っていた。

それは理央《りお》も同じだ。その場から動かず、揺《ゆ》れる瞳《ひとみ》をこちらに向けた。

由美子《ゆみこ》は頷《うなず》いて、ベンチから立ち上がる。

「纏《まとい》さん。それでいいんですか」

「なにがです」

「このままで、ってことです。理央《りお》ちゃんが心配するくらい、今の纏《まとい》さんは無理してる。必死にブレーキを掛《か》けてる。だけどそれって――」

「やめてください！」

纏《まとい》は辛《つら》そうに頭を振《ふ》り、由美子《ゆみこ》の言葉を遮《さえぎ》った。

暗い夜に、纏《まとい》の悲痛な声が溶《と》けていく。

彼女は顔を伏《ふ》せ、感情を抑《おさ》えた声で続けた。

「それ以上は、言わないでください。もう二度と、理央《りお》にあんな思いをさせたくないんです。心配させたくないんです」

纏《まとい》の言葉に、理央《りお》の顔がますます強張《こわば》る。

彼女がブレーキを掛《か》けるのは自分のためではなく、理央《りお》のため。

纏《まとい》はどこまでいっても、お姉ちゃんなんだろう。

もし、纏《まとい》までも身体《からだ》を壊《こわ》してしまえば、きっと理央《りお》にも大きなダメージが及《およ》ぶ。

乙女《おとめ》が倒《たお》れたとき、由美子《ゆみこ》があそこまで取り乱したのは、祖母のことがあったからだ。

失う辛《つら》さや不安は、重ねれば重なるほど大きくなる。

だからこそ、由美子《ゆみこ》は何も言えなくなってしまったが――。

「それで、いいんですか」

千佳《ちか》は、静かに言葉を突《つ》き付けた。

纏《まとい》は一瞬《いっしゅん》、怯《ひる》んだような表情になる。

しかし、ふっと息を吐《は》き、ゆっくりと頷《うなず》いた。

「それでいいんです。わたしはそれでも――」

「よくないよっ……！」

声を上げたのは理央《りお》だ。

先ほどの纏《まとい》と同じくらい、いや、それよりも。

彼女の声は悲痛に染まっていた。

理央《りお》は胸に手を当てて、懸命《けんめい》に訴《うった》える。

「ねぇね、ずっと諦《あきら》めてくれたじゃん。声優になりたかったのに、大学進学と迷っていたのに、就職してくれてさ。それは、わたしがいたからでしょ？　わたしのためなんでしょ？　でももういい、もういいんだよ。自分のために、無理して、頑張《がんば》っていいんだよ……」

理央《りお》は声を震《ふる》わせながら訴《うった》えていたが、胸に当てた手をぎゅっと握《にぎ》った。

まっすぐに纏《まとい》を見据《みす》える。

力強い瞳《ひとみ》を纏《まとい》に向けて、はっきりと告げた。

「ねぇねがわたしを支えてくれたように、今度は、わたしがねぇねを支えるから」

理央《りお》の瞳《ひとみ》に強い光が宿り、纏《まとい》を射抜《いぬ》く。

それを受けて、纏《まとい》は困惑《こんわく》の表情を浮《う》かべた。

理央《りお》は纏《まとい》の返事を待たずに、落ち着いた口調で続ける。

「もし、ねぇねが無理をして限界を迎《むか》えそうになったら、わたしが止める。わたしがそばでずっと見張ってるから。だからねぇねは、もう無理していいんだよ。頑張《がんば》っていいんだよ。そのために、わたしはねぇねについてきたんだから」

「理央《りお》……」

「ねぇねが一番わかってるはずでしょ？　生半可な努力で、どうにかなる世界じゃないって。

ねぇねだって本当は悔《く》いのないよう、全力で、全力以上を出し切りたいはず。違《ちが》う？」

「わたしは……、でも……」

理央《りお》の声の温度は高く、心から纏《まとい》を慮《おもんぱか》ったものだった。

だれよりも纏《まとい》を思っての言葉だ。

纏《まとい》が理央《りお》のために道を変えたように、理央《りお》もまた、纏《まとい》のために道を変えている。

理央《りお》の想《おも》いは心を温かくさせるには十分なものだったし、彼女の提案はとても魅力的《みりょくてき》なはずだった。

がむしゃらに、何も考えず、目標に向かって突《つ》っ走《ぱし》れるのは幸福なことだ。

由美子《ゆみこ》に加賀崎《かがさき》がいるように、ミントに由美子《ゆみこ》がいるように。

だれかが保険になってくれるのなら、これ以上頼《たの》もしいことはないはずなのに。

それでも纏《まとい》は、迷いの表情を隠《かく》そうともしなかった。


この日から数日間、由美子《ゆみこ》は纏《まとい》の姿を見ることはなかった。

レッスンも自主練もタイミングが合わず、会いたいのに会えない日が続く。

あれから理央《りお》とどうなったのか、纏《まとい》の気持ちに変化があったのか。

それが気になって仕方がなく、もどかしい思いをするばかり。

ただ、千佳《ちか》はレッスンルームで纏《まとい》と会えたそうだ。

様子はどうだった？　大丈夫《だいじょうぶ》だった？　何か変わった？

そう尋《たず》ねてみたものの、千佳《ちか》の返事は何ともいい加減なものだった。

「まぁ、大丈夫《だいじょうぶ》なんじゃない？」

しれっと答える千佳《ちか》にイラッとする。

なぜそこまで楽観的なのか。まだまだ問題を抱《かか》えているのに。

やかましい口喧嘩《くちげんか》に発展したものの、それでも千佳《ちか》は纏《まとい》のことを口にしなかった。

しかし千佳《ちか》も、何も考えていないわけではない。

纏《まとい》のことは別として、ユニットのためにこんな提案を持ち出してきた。

リーダーとしての提案だ。

「――〝アルフェッカ〟の、敵情視察に行きましょう」

それが実行されたのは、千佳《ちか》がそう申し出た週の土曜日。

そこは駅から少し歩いた先にある、イベント会場。

街中にある大きな建物のひとつで、広いエントランスの前にスタッフが立っている。

由美子《ゆみこ》、千佳《ちか》、ミント、飾莉《かざり》の四人は、会場のすぐそばに集合していた。

「ふーん……。結構、大きな会場でするんですね……。〝アルフェッカ〟の四人だけなのに。

ズルい……。ズルい！　ズルですよ、ズル！」

「まー、あっちには桜並木《さくらなみき》さんもいるんだし。このくらいのキャパは妥当《だとう》じゃないー？」

ミントと飾莉《かざり》は、会場周りを興味深そうに眺《なが》めていた。

お客さんやスタッフさんの流れにつられるように、視線があっちこっちにいっている。

ふたりは、この会場に来るのは初めてだそうだ。

声優イベントやアニメイベントでよく使われる会場なので、由美子《ゆみこ》と千佳《ちか》は何度か足を運んだことがある。

ふたりが浮《う》き立《た》って周りを観察している中、千佳《ちか》はスマホでこのイベントの公式サイトを眺《なが》めていた。由美子《ゆみこ》も便乗し、肩《かた》をくっつけて画面に目を落とす。

〝アルフェッカ〟のキャラライラストや声優が並び、イベントの詳細《しょうさい》が載《の》っていた。

由美子《ゆみこ》たちが観《み》に来《き》たのは、『ティアラ☆スターズ』のイベント……、というより、〝アルフェッカ〟のイベントだ。

イベント名も『ティアラ☆スターズ〝アルフェッカ〟ファンミーティング』。

登壇《とうだん》するのも、〝アルフェッカ〟の四人だけだ。

大規模のイベントではないものの、ユニットメンバー四人によるトークショーに加え、ミニライブまであるらしい。

〝オリオン〟にはそういったイベントの予定はないため、かなりの優遇《ゆうぐう》である。

とはいえ、これは彼女たちの集客力あってこそ。

その差を埋《う》めるためにも、由美子《ゆみこ》たちは会場までやってきたのだ。
『〝アルフェッカ〟を直接現場で見られる、いい機会です』
千佳《ちか》はそう言って、〝オリオン〟のメンバーに声を掛《か》けた。
だから敵情視察、というわけだ。
〝アルフェッカ〟がどれほどのパフォーマンスをするのか、どれだけ盛り上げるのか。
それを客席から見られる、絶好の機会だ。
きっと〝オリオン〟の刺激《しげき》にもなる。
もしかしたら、千佳《ちか》は纏《まとい》のためにこの提案をしたのかもしれない。
きっと、纏《まとい》はまだ迷っている。
その迷いに影響《えいきょう》を与《あた》えられるかもしれない。
だから、由美子《ゆみこ》もこの集まりには賛成だったのだが……。
「ねぇ、渡辺《わたなべ》。纏《まとい》さん、今日来るんだよね」
「そう聞いているけれど」
千佳《ちか》はスマホの画面に目を向けたまま、そっけなく答える。
時刻はちょうど、待ち合わせ時間に差《さ》し掛《か》かった頃《ころ》。
開場時間を過ぎたため、スタッフさんが列を成《な》したお客さんを捌《さば》き始めていた。
しかし、纏《まとい》は姿を見せない。

ミントが不満げに辺りを見回した。

「羽衣《はごろも》さん、まだ来てないんですか？　まったく、遅刻《ちこく》はカンシンしませんね！　遅刻《ちこく》するにしても、アレが足りないですよ！　えー、あの、あれ、チンゲンサイ……？」

「……ホウレンソウのこと〜？　言葉も使い方も間違《まちが》われるともうお手上げなんだけどぉ」

報告、相談はともかく、連絡《れんらく》がないのは心配だ。

もしかして、自分たちと顔を合わせることに抵抗《ていこう》があるのだろうか。

由美子《ゆみこ》が心配でそわそわしていると、千佳《ちか》が「ん」と声を上げた。

纏《まとい》からメッセージが来たらしい。

「羽衣《はごろも》さんから。寝坊《ねぼう》したから遅《おく》れます、だって」

千佳《ちか》がスマホ画面を見せてくる。

そこには誤字脱字《だつじ》だらけで、遅刻《ちこく》する旨《むね》が書かれていた。

それを見て、飾莉《かざり》が意外そうな声を上げる。

「羽衣《はごろも》さんって、寝坊《ねぼう》とかするんだ〜。隙《すき》がなさそうな人だなあ、と思ってたけど」

気持ちはわかる。

纏《まとい》が寝坊《ねぼう》し、慌《あわ》てて布団《ふとん》から飛び出す姿は、以前なら想像できなかった。

今なら、理央《りお》に怒《おこ》られながら布団《ふとん》を剝《は》がされる様まで頭に浮《う》かぶ。

とりあえず、纏《まとい》がこっちに向かっていることにほっとした。

「御花《おはな》さんは、寝坊《ねぼう》多そうですよね」

「ミントちゃん、それどういう意味～？」

飾莉《かざり》がミントの頬《ほお》を引っ張ろうとして、ミントが全力で抵抗《ていこう》している。

その姿を微笑《ほほえ》ましく見ながら、纏《まとい》が来るのを待った。

それからしばらくして、ようやく纏《まとい》がやってくる。

彼女は走ってきたようで、ぜえぜえひいひい、と息を荒《あら》くしての登場だ。

「も……っ、申し訳……、あ、ありませ……っ、げほげほげほっ！」

「い、いや大丈夫《だいじょうぶ》です大丈夫《だいじょうぶ》です。開演まで余裕《よゆう》ありますから」

もとより責めるつもりはなかったが、膝《ひざ》に手を突《つ》き、湯気が出そうなほど汗《あせ》だくの彼女をどうして責められようか。

しかしその状態でも、纏《まとい》は謝罪の言葉を繰《く》り返《かえ》している。

「ね、寝坊《ねぼう》、しまして……、す、すみませ……っ」

「いえあの、連絡《れんらく》はもらっているので。大丈夫《だいじょうぶ》です」

息も絶え絶えな纏《まとい》に、千佳《ちか》も戸惑《とまど》いながら対応している。

「今日は、休み、だから、起こして、もらえなくて……っ、いえ、声は掛《か》けてもらったんですが、一回しか……っ」

酸素が頭に回っていないのか、そんな迂闊《うかつ》なことを言う。

幸い、由美子《ゆみこ》と千佳《ちか》にしか聞こえなかったようだが。

なんとなく予想していたが、普段《ふだん》は理央《りお》に起こしてもらっているようだ。

しかも、なんか寝起《ねお》き悪いっぽい。

『ねぇね！　もう朝だよ！　起きなくていいの⁉』

そんな理央《りお》の声が想像できる。スーパーでの彼女らを見るに、的外れでもなさそう。

そういったトラブルはありつつも、なんとか全員集まることができた。

既《すで》にふらふらの纏《まとい》が落ち着くのを待ってから、会場に入っていく。お客さんがチケットを渡《わた》して進む中、千佳《ちか》はスタッフさんにそっと近付き、関係者であることを告げていた。

興味津々《きょうみしんしん》、とばかりにミントと飾莉《かざり》がその光景を眺《なが》めている。

その間に、由美子《ゆみこ》は纏《まとい》の隣《となり》にスッと滑《すべ》り込《こ》んだ。

ずっと訊《き》きたかったことを訊《き》くためだ。

「纏《まとい》さん。あれから、大丈夫《だいじょうぶ》でした？」

先日の理央《りお》の件だ。

纏《まとい》も思い出したようで、静かに頭を下げた。

「すみません、歌種《うたたね》さん。いろいろとご迷惑《めいわく》を……」

「いや、ぜんぜん迷惑《めいわく》なんかじゃないし、楽しかったですけど。理央《りお》ちゃんと喧嘩《けんか》してたら、やだなって思って」

理央《りお》とは連絡先《れんらくさき》をうっかり交換《こうかん》し忘れていたし、纏《まとい》とも会えなかったので、いろいろ気を揉《も》んでいた。

もし由美子《ゆみこ》たちのせいで、ふたりが気まずくなっていたらどうしよう、と。

彼女たちの問題は、あの日何も解決していない。

纏《まとい》がどういう選択《せんたく》を取ったのか、それもわからない。

だから由美子《ゆみこ》もそわそわしているのだが、纏《まとい》は表情をふっとやわらかくした。

穏《おだ》やかに答える。

「大丈夫《だいじょうぶ》ですよ、歌種《うたたね》さん。心配なさらずとも」

その表情は、今まで見てきた纏《まとい》のどの顔とも違《ちが》っていた。

もしかして、答えが出たのだろうか。問題はないんだろうか。

詳《くわ》しく話を聞いていいのか迷っていると、千佳《ちか》が受付を終わらせたようだ。

手招きしている。

「やす。早く」

慌《あわ》てて、纏《まとい》といっしょに受付を通った。

千佳《ちか》はあらかじめ、プロデューサーの榊《さかき》に話を通していたようだ。

おかげで問題なく、関係者として中に入れた。

「……すごいな」

受付を振《ふ》り返《かえ》り、ぼそりと呟《つぶや》くのは飾莉《かざり》だ。

関係者として入場するのは、初めてなのかもしれない。

チケットが必要な場所なのに、受付でいくつか文言を交《か》わせば入れてしまう。その特別な体験に、由美子《ゆみこ》も感動したのを覚えている。

一方、ミントは露骨《ろこつ》に嬉《うれ》しそうな顔をしていた。

「んふふふ。これはもう完全に大人ですね。大人な体験ですね。あぁ困りました、わたしはまだ小学生なのに！　こんな待遇《たいぐう》を受けてしまって、参っちゃいますねぇ」

何が参るのかさっぱりわからないが、とにかく浮《う》かれていた。

お客さんがたくさんいるのに、ふわふわされては困る。

纏《まとい》に話を聞きたかったが、ミントに迷子になられては敵《かな》わない。

急いで、ミントの手をぎゅっと握《にぎ》った。

「ちょっとミント先輩《せんぱい》。あんまりはしゃがないでよ」

「む！　歌種《うたたね》さん、失礼ですね！　わたしのどこがはしゃいでるんですか！」

むっとした顔で見上げてくるが、彼女は素直《すなお》に手を握《にぎ》り返《かえ》してきた。

ミントと仲良く手を繋《つな》いで、千佳《ちか》の先導についていく。

ホールの中は、既《すで》に席がだいぶ埋《う》まっていた。開演前の静かな活気に満たされている。

その中に、ガバッと空席になっている一角が目に入った。

関係者席だ。

由美子《ゆみこ》たちはガッツリ出演者ではあるので、こそこそと席に向かう。

千佳《ちか》、由美子《ゆみこ》、ミント、飾莉《かざり》、纏《まとい》の順で席を埋《う》めていくが、千佳《ちか》の奥の席には先客がいた。

その人を見て、由美子《ゆみこ》はつい声を上げてしまう。

「あれ？　秋空《あきそら》さん？」

「……え。あ、歌種《うたたね》さんに夕暮《ゆうぐれ》さん？」

驚《おどろ》いた表情でこちらを見たのは、秋空紅葉《あきそらもみじ》だった。

乙女《おとめ》と同期で、同じトリニティ所属の声優。

かつて乙女《おとめ》とライバル関係にあったものの、体調のトラブルで声優業をほぼ引退し、今は会社員をしている女性だ。

服装は薄手《うすで》の白いテーラードジャケットに、同じく白のフレアスカート。黒のトップスが白を引《ひ》き締めている。品のいい黒縁《くろぶち》眼鏡と、流れるような黒髪《くろかみ》が目を惹《ひ》いた。胸元《むなもと》に光るネックレスが、彼女の美貌《びぼう》を引き立てている。

彼女とは以前、いっしょに食事に行ったこともある。

「えー、秋空《あきそら》さんだ秋空《あきそら》さんだ。おはようございます！　わー、嬉《うれ》しい」

「おはようございます。お久しぶりです」

「ふふ、おはようございます。歌種《うたたね》さんたちも来ていたんですね」

由美子《ゆみこ》と千佳《ちか》が挨拶《あいさつ》すると、秋空《あきそら》は口元に手を当てて笑った。

初めて会ったときよりも、彼女はやわらかく笑うようになったと思う。

「あ。挨拶《あいさつ》……」

ぱっと思い出して、ミントたちに目を向ける。彼女たちは「知り合いかな？」という表情をしていて、どうすればいいか窺《うかが》っていた。

秋空《あきそら》は先輩《せんぱい》だ。後輩《こうはい》たちは挨拶《あいさつ》するべきだろう。

「歌種《うたたね》さん」

名前を呼ばれて顔を向けると、秋空《あきそら》はゆっくり首を振《ふ》った。

いいんです、と微笑《ほほえ》む。

その表情に悲観的な色はなく、単に気を遣《つか》わせたくないようだった。

彼女がそうしたいなら、そうしよう。

纏《まとい》たちに「知り合いがいたから喋《しゃべ》ってるけど、気にしないで」と伝え、秋空《あきそら》に視線を戻《もど》す。

「乙女《おとめ》姉さんに誘《さそ》われたんですか？」

由美子《ゆみこ》が問いかけると、秋空《あきそら》は静かに頷《うなず》いた。

「はい。前にライブに誘《さそ》われて行ったんですが、そこから楽しくなってしまって。今日はこっそりお邪魔《じゃま》しようとしたんだけど、チケットが取れなくて……、桜並木《さくらなみき》さんの好意に甘えてしまいました。今回は、ほら。同期ばかりでしょう？　どうしても観《み》たくて」

「あぁ、なるほど。高橋《たかはし》さん以外は、全員同期ですものね」

千佳《ちか》が頷《うなず》いたように、〝アルフェッカ〟は乙女《おとめ》、めくる、花火《はなび》の三人が同期だ。

そして、秋空《あきそら》もその三人とは同期である。

花火《はなび》は昔、乙女《おとめ》と秋空《あきそら》が先に売れて悔《くや》しかった、と口にするほど意識していたらしい。

事務所は違《ちが》えど、同期はやはり気になるものなんだろう。

秋空《あきそら》は笑《え》みを浮《う》かべながら、静かに続けた。

「次の、〝オリオン〟VS〝アルフェッカ〟も観《み》に行《い》きますよ」

「え、そうなんですか。へぇー……。これは気合入りますね」

由美子《ゆみこ》はつい、嬉《うれ》しくなってしまった。

秋空《あきそら》は声優を続けることを諦《あきら》め、今は普通《ふつう》の会社員として働いている。

『合わせる顔がない』と言って、乙女《おとめ》と決して会おうとしなかった時期もあった。

そんな彼女が、「同期が出ているから」という理由で、会場にまで足を運んでいる。

その姿に、心が温かくなっていた。

けれど、微笑《ほほえ》んでいた秋空《あきそら》が表情を曇《くも》らせる。そっと声を潜《ひそ》めた。

「だけどふたりとも、大変なことになりましたね。次は〝アルフェッカ〟と対決ライブでしょう？　あれとやるなんて、わたしだったら御免《ごめん》だな」

冗談《じょうだん》まじりではあるものの、半分以上は本音だろう。

思わず、苦笑いしてしまう。

「ええ。わたしたちも御免《ごめん》なんですが」

千佳《ちか》が肩《かた》を竦《すく》めると、秋空《あきそら》がくすくすと笑った。

そして、顔を寄せてくる。

「でも、あなたたちはやるんでしょう？　わたしの同期たちと、歌種《うたたね》さんたち若い子の対決。どういう展開になるのか、楽しみにしてます」

穏《おだ》やかな口調で、そんなことを口にした。

それが嬉《うれ》しくて、由美子《ゆみこ》は笑顔《えがお》になる。

「秋空《あきそら》さん、またご飯行きましょうよ」

「ええ。ぜひ」

秋空《あきそら》との会話に花を咲《さ》かせているうちに、いつの間にか開演時間を迎《むか》えていた。

アナウンスが流れ、ずっと掛《か》かっていたBGMが切《き》り替《か》わる。

乙女《おとめ》たちが袖《そで》からステージに出てきて、一斉《いっせい》に拍手《はくしゅ》が巻き起こった。

乙女《おとめ》たちが手を振《ふ》ると、お客さんも手を振《ふ》り返《かえ》し、拍手《はくしゅ》の音がさらに強くなる。

今回のイベントはフリートーク、ライブの振《ふ》り返《かえ》り、告知、そしてミニライブの予定だ。

四人は並んだ椅子《いす》に腰掛《こしか》け、今はライブの振《ふ》り返《かえ》りをしていた。

「乙女《おとめ》先輩《せんぱい》のサプライズ出演は盛り上がってましたねー！　すごかったです！」と結衣《ゆい》。

「や。あれ本当どうかと思うよ、乙女《おとめ》ちゃん。なんてことしてくれたの？」とめくる。

「そうだそうだー、ぜーんぶ持っていっちゃってさ。あたし、あれ根に持つからね。最後に総取りで掻《か》っ攫《さら》いやがって」と花火《はなび》。

「待って、それわたしのせいじゃないでしょ？　構成、構成の問題！」と乙女《おとめ》。

フリートークでも振《ふ》り返《かえ》りでも、めくると花火《はなび》は相変わらずの安定感だ。

彼女たちが丁寧《ていねい》に場を回し、客席からは常に笑いが起きていた。

あのふたりがいれば、どんなイベントでも盛り上げてしまいそうだ。

さすがだなあ、と思って見ているうちに、会場はどんどん温まっていく。

「さ、それではそろそろ。時間も迫《せま》ってきたし、やっておきますか」

「そうさねえ。〝アルフェッカ〟の初お披露目《ひろめ》といかないとねえ」

イベントが進んでいき、めくると花火《はなび》が思わせぶりなことを言うと、観客が色めき立つ。

結衣《ゆい》が椅子《いす》からぴょん、と勢いよく立ち上がり、元気よく声を上げた。

「さて！　次はお待ちかねのライブコーナーです！　が！　ライブには準備が要《い》るというもの！　高橋《たかはし》たちも、一旦《いったん》引っ込みますね～！」

結衣《ゆい》の言葉とともに三人も席を立ち、手を振《ふ》りながら袖《そで》に捌《は》けていった。

会場が暗転する。

暗闇《くらやみ》の中で、早くもサイリウムが光り始めていた。観客も既《すで》に立ち上がっている。

会場を熱気が満たし始め、肌《はだ》がざわざわしてきた。

「ここから、だな」

「そうね」

小声で、千佳《ちか》と言葉を交《か》わす。

由美子《ゆみこ》たちの一番の目的は、〝アルフェッカ〟のライブを観《み》ることだ。

桜並木乙女《さくらなみきおとめ》率いる〝アルフェッカ〟が具体的に、どれほど観客を沸《わ》かせるのか。

彼女たちに本気で勝つというのなら、最低でも今日以上の盛り上がりを〝オリオン〟は見せなければならない。

緊張《きんちょう》する。じっとりと手に汗《あせ》をかく。

落ち着かない気持ちで、ただステージに目を向けていた。

スタッフさんたちが、ステージの上をごそごそと動いていたが――。

――音楽が流れ始める。

それで、一気に会場内の熱が上がった。

今までじっくりと温めた空気に、満を持して火を付けたかのよう。

四つのスポットライトが突如《とつじょ》輝《かがや》き、四人の姿を暗闇《くらやみ》から浮《う》き彫《ぼ》りにした。

『――――――――――ッ！』

その瞬間《しゅんかん》ビリビリと空気が震《ふる》え、熱と歓声《かんせい》が会場内を一瞬《いっしゅん》で駆《か》け抜《ぬ》ける。

めくるたちが歌い始めると、その熱は天井《てんじょう》知らずで高まり始めた。

これを観《み》に来《き》たんだ！　と言わんばかりの興奮が渦巻《うずま》き、歓喜《かんき》に震《ふる》える様子が観客の背中からでも伝わる。

ただ、ステージ上のパフォーマンスが完璧《かんぺき》かと言えば、そんなことはなかった。

同じくレッスン中の身からすれば、振《ふ》り付《つ》けの完成度がどこまでかは大体わかる。

結衣《ゆい》は完璧《かんぺき》と言っても過言ではないが、彼女に比べると三人はまだ粗《あら》いように感じた。

しかし、それでも。

否応《いやおう》なくボルテージが上がる。興奮がのたうち回る。

未完成のパフォーマンスでも、会場は大きく震《ふる》えていた。

「…………っ」

客席にいるせいで、お客さんの昂《たかぶ》りを全身に感じる。熱が肌《はだ》を焦《こ》がしていく。

……まだ完璧《かんぺき》じゃないのに、ここまで盛り上げるのか。

これからもっとすごくなる相手に、自分たちは挑《いど》むのか。

「……くそ」

嫌《いや》な想像をしてしまった。

もし、自分たちがこれ以上ないほど練習して。

完璧《かんぺき》なパフォーマンスができたとしても――、これほどまでに盛り上げられるだろうか。

正直なことを言えば、それさえも自信はなかった。

現状の乙女《おとめ》たちにも勝てるビジョンが見えないのに、どうやって完成した彼女たちを超《こ》えろと言うのだろう。

つい、ミントたち三人の様子を窺《うかが》ってしまう。

ミントは歯を食いしばって悔《くや》しそうにして、飾莉《かざり》は「うげー」といった表情を浮《う》かべ、纏《まとい》は眩《まぶ》しそうに見つめていた。

「こんなのにどうやって勝てって言うの？」

飾莉《かざり》の表情が、そう物語っている。

焦《あせ》る。

焦《あせ》る、焦《あせ》る。

由美子《ゆみこ》たちだってレッスンを頑張《がんば》っている。努力している。手なんて抜《ぬ》いていない。

だというのに、ここまでの差に絶望的な気持ちになった。

目を逸《そ》らして、項垂《うなだ》れたくなる。

勝ちたい。どうしても、勝ちたいのに。

千佳《ちか》に最高の景色を見せたいのに。

彼女の心に届いてほしいのに。

もし完膚《かんぷ》なきまでに叩《たた》き潰《つぶ》されたら、彼女の心はもっと遠くにいってしまうのではないか。

チリチリとした焦燥感《しょうそうかん》が全身を蝕《むしば》んでいく。

由美子《ゆみこ》は、千佳《ちか》にそっと視線を向けた。

千佳《ちか》は、ただまっすぐにステージを見つめている。

その奥にいる秋空《あきそら》が、不安そうな目でこちらを一瞥《いちべつ》するのが見えた。


イベントが終了《しゅうりょう》した。

最後まで大いに盛り上がり、たくさんの拍手《はくしゅ》に包まれて四人はステージ袖《そで》に捌《は》けていった。

お客さんも大満足の表情で、会場の外へ流れていく。

そして今、由美子《ゆみこ》たちは控《ひか》え室《しつ》に向かっていた。

乙女《おとめ》たちに挨拶《あいさつ》をするためだ。

〝アルフェッカ〟の四人と会えるのは楽しみだったのに、普段《ふだん》なら弾《はず》む足取りで挨拶《あいさつ》に行くのに、今はどうしても気が重かった。

「顔、強張《こわば》ってるわよ」

いつの間にか千佳《ちか》が隣《となり》にいて、そう指摘《してき》してくる。

そりゃ顔も強張《こわば》る。

乙女《おとめ》たちが強敵なのはわかっていたが、改めて現実を思い知らされた。

凄《すさ》まじい差を感じた。

だというのに、〝アルフェッカ〟に勝つ具体的な方法は何も見つかっていない。

「…………」

けれど、今考えるべきではないかもしれない。

今から乙女《おとめ》たちと会うのに、気落ちした顔を見せてどうするのか。

軽く頬《ほお》を叩《たた》いて、とにかく頭を切《き》り替《か》えた。

「お疲《つか》れ様《さま》でーす！」

控《ひか》え室《しつ》の扉《とびら》を開いて、元気よく声を掛《か》ける。後ろにいたミントたちも挨拶《あいさつ》を重ねた。

「あ、みんな来てくれたんだ！　ありがとー！」

真っ先に声を上げたのは、乙女《おとめ》だ。

「姉さん、お疲《つか》れー」

「やー、やすみちゃん！　お疲《つか》れお疲《つか》れーい！」

乙女《おとめ》がこちらに駆《か》け寄《よ》ってきて、嬉《うれ》しそうに手を差し出してくるので、由美子《ゆみこ》も手のひらを向けた。パタパタと叩《たた》き合う。イベント終わりだからか、乙女《おとめ》もテンションが高い。

「お疲《つか》れ様《さま》でーす！　夕陽《ゆうひ》先輩《せんぱい》、来てくださってありがとうございますー！」

「ぐえっ」

さらにテンションが高かったのは、結衣《ゆい》だ。

勢いよく走ってきたかと思うと、千佳《ちか》の腹に抱《だ》き着《つ》いている。その衝撃《しょうげき》で千佳《ちか》が呻《うめ》き声《ごえ》を上げるのも、見慣れた光景だ。

その後ろで、飾莉《かざり》が控《ひか》え室《しつ》内をきょろきょろと見回していた。

「あれ～？　柚日咲《ゆびさき》さんたち、いない？　もう帰ったの～？」

「あ、おふたりは用事があったみたいで。ササーって帰っちゃいましたよ」

飾莉《かざり》の疑問に、抱《だ》き着《つ》いたままの結衣《ゆい》が答える。

それは残念だ。会いたかったのもそうだが、同期同士の会話も聞いてみたかった。

何せ。

「あ！　紅葉《もみじ》ちゃん～！　来てくれてありがとう！　ね、今日のわたし、どうだった？」

「ええ、よかったわ。さすがね、桜並木《さくらなみき》さん」

秋空《あきそら》もいっしょに挨拶《あいさつ》に来たからだ。

乙女《おとめ》と楽しそうにキャッキャしている。彼女たちはこれからご飯に行くそうだ。

ここに、花火《はなび》とめくるがいたらどんな感じになるんだろう。

そんな光景を想像していると、纏《まとい》がするりと乙女《おとめ》に近付いた。

「桜並木《さくらなみき》さん。先日はありがとうございました」

「え？　あぁ、いえいえ。わたしは何もしてないですよ～」

纏《まとい》が頭を下げて、乙女《おとめ》は朗《ほが》らかに笑っている。

なんだか意外な組み合わせだ。

話にまぜてもらおうと思ったが、先に乙女《おとめ》が「あっ」と声を上げた。

乙女《おとめ》は秋空《あきそら》の手をにぎにぎと握《にぎ》って彼女を困らせていたが、身体《からだ》ごとこちらに向き直る。

さらにおほん、と咳払《せきばら》いをひとつ。

「せっかく〝オリオン〟のみんなが来てくれたんだから、言っておかないとね」

「？　どうしたの、姉さん」

彼女には珍《めずら》しく、何やら思わせぶりだ。

乙女《おとめ》は笑《え》みをたたえながら、ゆっくりと由美子《ゆみこ》たちを見回す。

腰《こし》に手を当てて、深く頷《うなず》いた。

「今日、みんなは〝アルフェッカ〟のライブを観《み》てくれたけど。次のライブは、こんなものじゃないから。わたしたちは、もっとも－っと上手《うま》くなるし、盛り上げてみせる。〝オリオン〟の子たちには、絶対負けないからね」

「……！」

それは、桜並木《さくらなみき》乙女《おとめ》からの宣戦布告だった。

こんなふうにまっすぐ、乙女《おとめ》から「負けないよ」と宣言されるのは初めてのことだ。

それが想像以上の重圧を生む。

こちらが一方的に張り合っているわけじゃなく、彼女たちも勝利を意識している。

負けるものか、と感じている。

油断も慢心《まんしん》もなく、自分たちと同じようにしっかりと努力をしたうえで、同じ土俵に立つと宣言している。

あの、桜並木《さくらなみき》乙女《おとめ》が。

千佳《ちか》の「敵情視察」という言葉に納得《なっとく》し、いい案だ、と感じてみんなで観《み》に来《き》たけれど。

もしかしたら、本当に。

自分たちは、この場に来るべきじゃなかったのかもしれない。


ただ、一点だけ。

いいこともあった。

イベントから数日後。

レッスンルームに自主練に来て、その光景に驚《おどろ》いた。

そこに、必死に身体《からだ》を動かす纏《まとい》の姿があったからだ。

目の奥に炎《ほのお》を宿らせながら、がむしゃらにレッスンに励《はげ》んでいる。

流れ落ちる汗《あせ》の量で、彼女がどれだけ一心不乱に練習しているかが伝わった。

纏《まとい》は由美子《ゆみこ》に気付くと、肩《かた》を上下させながら足を止める。

「おはようございます、歌種《うたたね》さん」

「お、おはようございます……」

纏《まとい》はタオルで汗《あせ》を拭《ふ》き取《と》りながら、息を整えている。

今までも手を抜《ぬ》いていたわけではないだろうが、ここまでの必死さはなかった。

強い熱が感じられる。

その豹変《ひょうへん》ぶりに面喰《めんく》らい、思わずその場に立《た》ち尽《つ》くしてしまった。

纏《まとい》はすぐに練習に戻《もど》り、溌溂《はつらつ》とした表情でステップを刻んでいる。

まるで憑《つ》き物《もの》が落ちたようだ。

「ちょっと、佐藤《さとう》。邪魔《じゃま》なのだけれど。うどの大木を体現してるの？　変なところで役者魂《やくしゃだましい》を見せないでほしいわ」

あとから入ってきた千佳《ちか》が、怪訝《けげん》そうな顔で由美子《ゆみこ》の身体《からだ》をグイグイと押す。

そんな減らず口に付き合う余裕《よゆう》はなく、すぐさま千佳《ちか》に耳打ちした。

「わ、渡辺《わたなべ》。纏《まとい》さんがすごく頑張《がんば》ってる。ど、どれが効いたんだろ……」

アイドル声優の仕事も、無理をすることも否定していた纏《まとい》が、まるで別人のようだ。

きっと、今までの何かが彼女を変えたのだ。

それは理央《りお》の言葉なのか、先日のライブか、それとも乙女《おとめ》の宣戦布告か。

由美子《ゆみこ》にはわからない。

千佳《ちか》は纏《まとい》に目を向ける。

そこには全力で身体《からだ》を動かす纏《まとい》の姿。

さぞかし驚《おどろ》くだろうと思っていたが、千佳《ちか》は「あぁ」と呟《つぶや》く程度の反応だった。

「何が効いたかはわからないけれど。羽衣《はごろも》さんが本気になってくれたなら、よかったんじゃないの？　これでようやく、一丸となれるじゃない」

「いや、それはそうだけどさ……」

そのこと自体は嬉《うれ》しいが、疑問は残る。

かといって、「どれが効いて本気になったんですか？」なんて訊《き》けるはずもない。

しかし千佳《ちか》は気にした様子もなく、纏《まとい》と挨拶《あいさつ》を交《か》わしていた。

なんだか、ぽかんとしてしまう。

それとも気にしているのは、自分だけなのだろうか。

ただ、千佳《ちか》の言うとおり、ようやく全員の気持ちが揃《そろ》ったのかもしれない。

けれど。

ひとつの悩《なや》みが消えてくれても。

大きな大きな問題が。

由美子《ゆみこ》の足に指を掛《か》けていた。

NOW ON AIR!! 第72回

「ユウちゃん！」

「やっちゃんの！」

「ココーコーセーラジオー！」

「おはようございます～、ユウちゃんですよ～」

「おはようございます！　やっちゃんです！　ねぇねぇ、ユウちゃん！　大変だよ！」

「え？　どうしたのぉ、やっちゃん。そんなに慌てて」

「だってだって！　夏休みが！」

「夏休みが？」

「終わっちゃったよ～！」

「あ、そうだねぇ、終わっちゃったねぇ。確かにそれは大変だね！　も～、今年の夏休みはあっという間だったから～」

「本当だよ！　やすみ、ビックリしちゃった！　あっという間！　もういくつ寝ると、って感じだったよ～」

「もぉ～、やっちゃん！　それはお正月でしょ！」

「あ、そっか！　もうやすみったら、うっかりうっかり！　それで、ユウちゃん。夏休みはどうだった？　楽しかった？」

「楽しかったよ～！　なんだかんだで、いろんなことがあったかなあ。レッスンも多かったし、受験勉強もあって忙しかったけど、楽しい夏休みだったよ～」

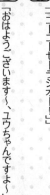

「それならよかった！　うーん、やすみも楽しかったな！　いつもと違って、あんまり遊べなかったけど、楽しいことはいっぱい！　充実してたよ！」

「やっちゃんったら、いろんなことを楽しむ達人さんだね！　あ、そうだ。夏休みはレッスンばかりだったんですけど、そのライブがもう目の前なんですよ～」

「あ、そうなの！　こっちも楽しみだな～！　い～っぱいレッスン頑張ったから、ぜひぜひ観てほしいです！」

「そうだよねぇ。本当に一生懸命頑張りました～。その成果を出せると思うと、楽しみだね！」

「そうだね！　ユウちゃん、いっしょに頑張ろうね！」

「うん、やっちゃん！　ふたりで、最高のライブにしちゃおう～！」

夕陽とやすみのコーコーセーラジオ!
YUHI to YASUMI no KOUKOUSEI RADIO!

to be continued……

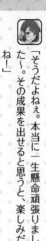

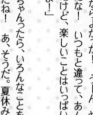

纏《まとい》は、必死に練習を頑張《がんば》るようになった。

それがユニット全体の熱になり、今まで以上にみんながレッスンに力を入れていた。

本気で〝アルフェッカ〟に勝つため、ひたむきに努力している。

そこから数週間が経《た》ち、夏休みが終わってからも、その熱は維持《いじ》されたままだった。

いい空気の中で、練習を続けられたと思う。

だから。

だからこそ。

いよいよライブ本番が近付いてきたせいで、重い重い現実が見えてくる。

由美子《ゆみこ》たちは懸命《けんめい》にレッスンに励《はげ》んだのだ。

それだけに──、〝アルフェッカ〟との絶望的な差をはっきりと感じてしまう。

このままでは、勝てない。

確実に、勝てない。

なのにどうすればいいのか、答えは全く見えなかった。

焦《あせ》りばかりが募《つの》っていく。

自分たちが全力で、完璧《かんぺき》な状況《じょうきょう》で進んでいけば、少しは光明が見えると思っていたのに。

巨大《きょだい》な光がそれを潰《つぶ》してしまった。

『勝ち負けなんて、些細《ささい》なこと。お客さんもそこまで気にしない。〝ミラク〟VS〝アルタイル〟のときだってそうだった。お互《たが》い、最高のパフォーマンスをすれば、それでいいんだ』

あるいはそんなふうに、思えてもよかったかもしれない。

だけど、由美子《ゆみこ》は勝ちを欲《ほっ》してしまった。

渇望《かつぼう》していた。

もしかしたら、〝ミラク〟VS〝アルタイル〟のときよりも。

だって。

千佳《ちか》に見てほしいからだ。

いっしょに最高の景色を見て、努力が報《むく》われるのをこの身で感じて。

少しでもいいから、「悪くないわね」なんて思ってくれることを——。


「佐藤《さとう》。起きなさい」

ぽこん、と頭にやわらかいものが当てられて、慌《あわ》てて顔を上げた。

丸めた教科書を持った呆《あき》れ顔《がお》の教師と、口元を緩《ゆる》めて注目するクラスメイトたち。

身体《からだ》のだるさとまとわりつく眠気《ねむけ》で、どうやら居眠《いねむ》りしていたことに気付く。

今は、授業中だ。

慌《あわ》てて、謝る。

「ん。仕事と学業、両立は大変だと思うけど、あなたは受験生だってことを忘れないように」

「す、すみません……」

先生に注意され、もう一度謝罪の言葉を口にする。

授業が終わると、真っ先に若菜《わかな》が声を掛《か》けてきた。

「由美子《ゆみこ》、どしたん？　あんなガッツリ居眠《いねむ》りって、珍《めずら》しいね。仕事、忙《いそが》しいの？」

「んー……、まぁ。仕事ってより、自主練なんだけど。最近、根詰《こんつ》めてるかも……」

歯切れ悪く答える。

今できることと言えば、自主練くらいのものだ。

不安に追われるままに、そこから逃《の》がれるように、練習に精を出している。

そのせいで、無理をしているかもしれない。

このままじゃいけない、という不安は、身体《からだ》を動かしているだけでは消えてくれなかった。

「……あ。渡辺《わたなべ》。ちょっといい？」

トイレにでも行こうとしていたのか、千佳《ちか》がそばを通りかかる。

彼女はふい、と視線をこちらに向けた。

「なに」

「あのさ……。今日の放課後、教室に残ってくんない？　ユニットのことで話がしたくて」

そう伝えると、千佳《ちか》は怪訝《けげん》そうな表情になる。

「教室に？　今日はレッスンがあるのだから、行く途中《とちゅう》か、あっちで話せばいいじゃない」

「いや……。ほかの人に聞かれたくない話だからさ。リーダーとふたりで話がしたくて」

弱々しく訴《うった》えると、千佳《ちか》は目を細めた。

しばらくこちらを見つめてから、静かに返事をする。

「……ふうん。まぁ、いいけれど」

千佳《ちか》は短く頷《うなず》くと、その場を離《はな》れていった。

焦燥感《しょうそうかん》を抑《おさ》えながら、その背中を見送る。

「なに、由美子《ゆみこ》。渡辺《わたなべ》ちゃんと何かあったの？」

「そういうわけじゃないけど……」

若菜《わかな》は空気の違《ちが》いに気付いたらしい。

千佳《ちか》はいつもどおりの、愛想《あいそ》なくそっけない態度だった。いつもと変わらない。

違《ちが》うとしたら、きっと由美子《ゆみこ》のほうだ。

そして、放課後。

千佳《ちか》は着席したまま、ぼうっと窓の外を見ていた。動く様子はない。

由美子《ゆみこ》も自分の席で、教室からだれもいなくなるのを見計らっていた。

話を聞いていた若菜《わかな》はさっさと教室をあとにし、由美子《ゆみこ》も帰り始める子たちと挨拶《あいさつ》を交《か》わしながら、その時間をただ待っていた。

しばらくして、ようやく教室に静寂《せいじゃく》が満ちる。

日が暮れ始め、夕暮《ゆうぐれ》の色が教室いっぱいを塗《ぬ》り潰《つぶ》していった。

「佐藤《さとう》」

声を掛《か》けられて、顔を上げる。

夕焼けを背にして、千佳《ちか》がすぐそばに立っていた。

教室にはもう、自分たちしかいない。

彼女はこちらを見下ろしながら、するりと口を開いた。

「それで？　わざわざ呼び出して、どんな話がしたいっていうの」

普段《ふだん》なら憎《にく》まれ口《ぐち》を叩《たた》いたり、茶化すようなことを言ってもおかしくない。

そうしなかったのは、リーダーという文言が効いたのか、由美子《ゆみこ》の表情が暗いからか。

由美子《ゆみこ》は己《おのれ》の指を見つめながら、小さく言葉を並べた。

「あのさ……、ライブ、もうすぐじゃん。あたしたち、かなりレッスンを頑張《がんば》ってきたと思うんだよ。自主練もいっぱいやってさ」

「そうね。最初はどうなることかと思ったけれど、今はユニットもまとまっているし、熱量も高い。いい空気になってると思うけど」

「うん……。でも、このままじゃまずいと思うんだ」

ちらり、と千佳《ちか》の様子を窺《うかが》う。

彼女の眉《まゆ》がぴくりと上がる。すっと目を細めて、こちらを見下ろしていた。

由美子《ゆみこ》は再び、視線を落とす。

は、と息を吐《は》いてから、話を進めた。

「確かにユニット内の空気はいいし、レッスンも上手《うま》くいってる。でも、それだけじゃ乙女《おとめ》姉さんたちに勝てないと思う……。だって前のライブ、すごい盛り上がりだった。あれ以上を目指すんなら……、今のままじゃ、ダメだと思うんだ」

「……そうかもしれない。でも、あなたはどうしろって言うの？　練習以外で、何をしろって言うの」

千佳《ちか》の追及《ついきゅう》に、由美子《ゆみこ》は言葉に詰《つ》まる。

「それは……、何も思いついてないから、相談したい、んだけど」

何も策がないのに、ただ「まずいんじゃないか」と言いにきただけ。

それが後ろめたくて、由美子《ゆみこ》は顔を上げられなかった。

でもこれ以上、胸にある焦《あせ》りが膨《ふく》らむのは避《さ》けたい。

それに、千佳《ちか》といっしょなら何かいいアイディアが浮《う》かぶかも、と思ったのだ。

今までみたいに。

千佳《ちか》といっしょなら。

しかし、千佳《ちか》はきっぱりと言った。

「わたしは、このままでいいと思う。勝てない、と感じるのなら、歌や振《ふ》り付《つ》けの質を上げる方向で考えるべき。それは絶対に無駄《むだ》にならないから」

迷いなく、千佳《ちか》は言葉を繋《つな》いでいく。

「慌《あわ》てて突飛《とっぴ》なことを考えるよりも、質を上げる努力をしたほうが建設的だわ」

「それは、そう、だと思うけど……」

千佳《ちか》の正論に口ごもる。

彼女が正しい。勝ちにこだわりすぎるあまり、基本を疎《おろそ》かにすれば本末転倒《ほんまつてんとう》だ。

このまま頑張《がんば》り続けていれば、もし負けたとしても、質のいいライブをお客さんに見せることができる。それが一番必要なことだ。その結果の先に、勝利を求めるべきだ。

理屈《りくつ》ではわかる。

頭ではわかっている。

それでも、由美子《ゆみこ》は勝ちにこだわってしまう。

千佳《ちか》に、見てほしい景色があるから。連れて行きたい場所があるから。

けれどそれは、驚《おどろ》くほど身勝手な由美子《ゆみこ》の願いでしかない。

それを彼女に伝えるわけにはいかなかった。

由美子《ゆみこ》が押し黙っていると、千佳《ちか》は大きなため息を吐《つ》く。

「焦《あせ》るのもわかるけれど。焦《あせ》ってどうにかなる問題じゃないでしょうに。必勝法なんてないのだから、地道に努力すべきだわ。そうして最高のパフォーマンスで、〝アルフェッカ〟に勝つ。それを目指すべきでしょう？」

違《ちが》う。

そうじゃないんだ、渡辺《わたなべ》。

そんなことはわかっているし、そうするべきだって、とっくにわかっているんだ。

けれど。

それでもし、負けてしまったら。

負けたら結局、あんたはもう――。

「……先に行ってるから。頭を冷やしてから、来たら」

千佳《ちか》は由美子《ゆみこ》の頭にぽん、と手を置いたあと、教室を出て行ってしまう。

追いかける気にはなれなかった。

千佳《ちか》が正しい。彼女の考えが正しい。

自分が間違《まちが》っているのは、百も承知だ。

自分勝手に「勝てる方法をほかに探そう」と主張して、諭《さと》されただけ。

彼女は立派にリーダーをやっている。

でも、欲しいのはそんな言葉じゃなかった。

子供みたいに、バカみたいに、普段《ふだん》の千佳《ちか》みたいに。

ただまっすぐに、「絶対に勝つ」と言ってほしかった。

その眩《まぶ》しい姿を見て、由美子《ゆみこ》は目を細めて笑っていたかった。

しょうがないなあ、なんて言いながら。

今みたいに、物わかりのいい千佳《ちか》は正しいのかもしれないけど。

そうじゃ、ないんだ。


「あぁ――」


そこで、最悪な考えが浮《う》かんでしまった。

千佳《ちか》が自分ほど勝ちにこだわらないのは――、アイドル声優の仕事だから、ではないか。

進んでやりたい仕事じゃないから、勝つことに執着《しゆうちやく》しなくなったのではないか。

なんて、あり得ない妄想《もうそう》をした。

千佳《ちか》が仕事に手を抜《ぬ》くような人じゃないのは、嫌《いや》というほど知っているのに。

彼女はまっすぐな思いを抱《いだ》きながら、「〝アルフェッカ〟に勝ちたい」と言っていたのに。

なのに、少し思いどおりにならなかっただけで、こんなことを考えてしまうなんて。

夕暮夕陽《ゆうぐれゆうひ》を侮辱《ぶじよく》してしまうなんて。

心のどこかに穴が開き、そこから何かがとぽとぽとこぼれていく。様々な何かが自分の中から流れていって、いろんな力がゆっくりと消えていくのを感じた。

情けなかった。

恥《は》ずかしかった。
「渡辺《わたなべ》……」
彼女の名前を呼ぶ。
結局自分は、寂《さび》しい、と泣《な》き喚《わめ》く子供でしかない。
千佳《ちか》がアイドル声優を「やりたくはない」と思っていること。
いっしょにアイドル声優をやるのが楽しい、と感じていたのは由美子《ゆみこ》だけだったこと。
それが寂《さび》しくて、悲しくて、やりきれなくて。
彼女の変化から目を逸《そ》らして、こんな八つ当たりみたいなことをしている。
自分勝手なエゴを振《ふ》り回《まわ》して、押しつけがましい願望を抱《いだ》いて。
本当に、なんて勝手なんだろう。
勝手に期待して、勝手に想像して、勝手に失望して。
一方的な千佳《ちか》の幻想《げんそう》に、夢を見ていたなんて。
堪《こら》えきれずに由美子《ゆみこ》は一粒《つぶ》の涙《なみだ》を流し、小さく肩《かた》を震《ふる》わせた。

何かが、大きく変わったわけではない。
ただ、少しだけズレてしまった。

あの日を境に、由美子《ゆみこ》と千佳《ちか》の関係が。

由美子《ゆみこ》は、以前と変わらない接し方をしている……、つもりだ。

きっとそれは、千佳《ちか》も同じ。

前と何ら変わりはないはずだった。

仕事でも、学校でも、レッスンルームでも。

普通《ふつう》に話していたし、あの日のことを蒸《む》し返《かえ》すこともなかった。

だというのに、一部の人間は気付いてしまう。

「ねぇ、由美子《ゆみこ》。どしたん？　渡辺《わたなべ》ちゃんと何かあった？」と心配そうにする若菜《わかな》。

「やすみちゃん、どうかしたの。問題ありそうだったら話聞くよ？」と耳打ちしてくる朝加《あさか》。

「よくわかんないけど、このタイミングで揉《も》めるとかやめてよ〜」と嫌《いや》そうにする飾莉《かざり》。

そのたびに、何でもないよ、と空っぽの笑顔《えがお》を見せてきた。

ただ、落ち込んだだけだ。

言葉では言い表せないほどに。

そもそも、自分勝手な願いだと自覚しているのだから、さっさと捨ててしまうべきだ。

千佳《ちか》との関係がズレてしまっているのに、それでも執着《しゅうちゃく》してどうする。

大体、何の保証もない。

〝アルフェッカ〟に勝ったところで、千佳《ちか》に何も変化はないかもしれないのに。

――でも。

そんな状況《じょうきょう》になっても。

『最高の景色を見れば、何かが変わってくれるんじゃないか』と未《いま》だに期待してしまうのだから、自分は言い訳できないほどの大バカ者だ。

「……なぁ。由美子《ゆみこ》。そろそろ、上がったらどうだ」

レッスンルームで自主練をしていると、壁《かべ》にもたれかかった加賀崎《かがさき》にそう声を掛《か》けられた。

部屋には由美子《ゆみこ》と加賀崎《かがさき》しかおらず、みんなは先に帰ったようだ。

今が何時なのかもわからない。

ただ夢中で身体《からだ》を動かしていたら、いつの間にか加賀崎《かがさき》が様子を見に来ていた。

「うん……、でも、もうちょっと」

荒《あら》い息で返答すると、加賀崎《かがさき》は怪訝《けげん》な表情を浮《う》かべる。

ため息を吐《つ》きながら、険のある声を出した。

「あたし、何度も言ったよな。無理はするな、って。あたしが、お前の練習量を把握《はあく》していないと思っているのか。明らかに許容量を超《こ》えてるんだが」

怒《いか》りの声に心配の色を隠《かく》して、加賀崎《かがさき》はそう言う。

由美子《ゆみこ》は一度、身体《からだ》の動きを止めた。熱い息が口から漏《も》れていく。

汗《あせ》が後から後から溢《あふ》れてきて、トレーニングウェアをぐっしょりと濡《ぬ》らした。

汗《あせ》を拭《ぬぐ》いながら、由美子《ゆみこ》は加賀崎《かがさき》に目を向ける。

「わかってる。わかってるけど、加賀崎《かがさき》さん。今回ばかりは、無理させてほしいんだ」

「…………」

よくない傾向《けいこう》だとわかっている。視野が狭《せま》くなっていると自分でも感じる。

それでも、無理をするのなら、今だと思えた。

今しかないと思った。

今を重ねていっても、乙女《おとめ》たち〝アルフェッカ〟に勝てるのかどうか、それはわからない。

けれど、もしかしたら。

限界の限界を超《こ》えていけば、届くこともあるかもしれない。

ブレーキを壊《こわ》して、突《つ》き進《すす》んでいけば。

最高の景色を浴びるために、少しでも可能性があるのならそれに賭《か》けたかった。

「はぁ……、もう。こうなると頑固《がんこ》だよなぁ、由美子《ゆみこ》は……」

加賀崎《かがさき》は頭を抱《かか》えて、心底呆《あき》れた声を出した。

大きな大きなため息を吐《つ》いたあと、その場にどかっと座り込む。

バッグを引き寄せて、そこからノートパソコンを取り出した。

「………？」

「あたしは仕事やってるから。終わったら声掛《か》けて。送ってく。あ、ちょっとでも様子がおかしいと思ったら、すぐに止めるからな」

見張っててやる、ということらしい。

理央《りお》が纏《まとい》にそうすると言ったように。

その心遣《こころづか》いが嬉《うれ》しいのと、多忙《たぼう》な加賀崎《かがさき》を縛《しば》る罪悪感が、同時に心を満たしていく。

「ありがとう、加賀崎《かがさき》さん」

「ほんとだよ。りんごちゃんがメンタル崩《くず》したら、由美子《ゆみこ》のせいだからな」

ノートパソコンの画面に目を向けたまま、口を曲げる加賀崎《かがさき》。

由美子《ゆみこ》は笑顔《えがお》を見せたあと、再び集中した。

保護者が見張ってくれているのは、すごく頼《たの》もしい。

さぁもうひと踏《ふ》ん張《ば》り、と身体《からだ》を動かし始めた。

「え？　あぁ……、わかりました。了解《りょうかい》です。そうですね、歌種《うたたね》は……」

音楽に身を委ねながらも、加賀崎《かがさき》が電話に出ているのは気が付いていた。

気にせずに練習していたが、どうやらその電話が自分に関係あることだとわかる。

しかも、何やら深刻そうで、加賀崎《かがさき》が何度も「あぁ大丈夫《だいじょうぶ》です、いえ、はい、大丈夫《だいじょうぶ》です」と繰《く》り返《かえ》している。

さすがに気になり、由美子《ゆみこ》も足を止めた。

通話を終えた加賀崎《かがさき》が、渋《しぶ》い顔をしている。

彼女はしかめっ面《つら》のまま、電話の内容を伝えてきた。

「うーん。由美子《ゆみこ》。悪いんだが……」

「どうしたの、加賀崎《かがさき》さん」


「ほんっとすみません……、こんな急に。しかも、このためだけに来てもらうなんて……」

あの電話から数日後、何度目かわからない謝罪を受けた。

由美子《ゆみこ》と加賀崎《かがさき》がやってきたのは、ゲーム版〝ティアラ〟のボイス収録をしたスタジオだ。

これから再び、〝ティアラ〟の収録をする。

しかしそれは、一度収録を終えたはずのシーンだった。

ゲームアプリ版のイベント、『歌声は届く、たとえ海を越《こ》えてでも』のセリフだ。

このイベントのボイスはだいぶ前に録《と》り終えている。三部に分けて配信予定のところ、そのうちの二部は既《すで》に実装されたくらいだ。

三部も実装間近……、というところで、加賀崎《かがさき》の元に電話が掛《か》かってきた。

『以前、収録したレオンのセリフに、設定の矛盾《むじゅん》が生じていた』とのこと。

矛盾《むじゅん》が発生したセリフはほんの一言二言だが、削《けず》ることもできず、やむなく録《と》り直しが決定したそうだ。

というわけで急遽《きゅうきょ》、そのセリフだけ収録するためにやってきた。

一言二言、録《と》り直し部分を演じれば、この日の仕事は終わり。

だが、由美子《ゆみこ》は思うところがあった。

「──あの。ここ、ラストシーンをすべて録《と》り直してもらうことってできますか」

由美子《ゆみこ》の質問に、音響監督《おんきょうかんとく》は不可解そうな顔をした。

その必要は全くないからだ。

前回録《と》った部分は、きちんとＯＫが出ている。

けれど、再び台本に目を通して、由美子《ゆみこ》は強く感じたのだ。

由美子《ゆみこ》は手に持った台本を見つめたあと、ゆっくりと口にする。

「──今なら。もっと、レオンに近付けそうなんです。ダメでしょうか」

その言葉に、音響監督《おんきょうかんとく》はスタッフに目を向けた。

彼は時計と手元の資料を見比べながら、たどたどしく答える。

「お時間は十分確保しているので……。収録自体は可能ですが……」

「それなら──、やらせてもらえませんか」

「いいんじゃないですか。せっかく来てもらったんですし。それに、少しでもいい演技になるというのなら、それをユーザーに見てもらったほうが絶対にいい」

音響監督《おんきょうかんとく》の後押《あとお》しもあって、ラストシーンごと録《と》り直すことが決まった。

感謝の言葉を告げて、由美子《ゆみこ》はブースの中に入っていく。

ヘッドフォンを付け、マイクの位置を調整し、指示に従いながら台本を開く。

該当《がいとう》のシーンを目で追った。

レオンと小鞠《こまり》の新ユニット〝リブラ〟のお披露目《ひろめ》ライブは、レオンのソロライブへと変更《へんこう》された。

レオンが社長に頼《たの》み込《こ》み、小鞠《こまり》がドラマのオーディションに向かえるようにしたからだ。

そのライブ直前、ステージ裏で飾莉《かざり》演じる大河内《おおこうち》亜衣《あい》とレオンが言葉を交《か》わす。

録《と》り直すのは、このシーンから。

(レオン、これでよかったの？　小鞠《こまり》ったら、本当にドラマのオーディションを受けに行ったみたいよ)

亜衣《あい》のセリフに目を落としながら、由美子《ゆみこ》は頭の中にレオンの姿を思《おも》い浮《う》かべる。

彼女のことを考え、想《おも》いを想像し、それを声にして吹《ふ》き込《こ》む。

今までも、レオンに共感を覚えることは多かった。それで演技も上手《うま》くいっていた。

けれど今回は、それ以上に――。

このシナリオで、出来事で。

レオンが感じたもの、目にしたもの、芽生えたものは、まるで、まるで――。

「――――――――――――――――」

レオンが抱《いだ》く感情と、自分の気持ちが混ざり合う。

頭の中にいたレオンの姿がおぼろげになり、少しずつ霧散《むさん》していく。

それが、自分の中にそっと溶《と》けていくのがわかった。

深く、深く、息を吸って、吐《は》く。

そうしてから、ゆっくりと口を開いた。

「そうらしいな」

(らしいな……、って。それでいいの、レオンは)

「どうだろうな。そりゃ、わたしはあいつにアイドルをやってほしいと思ってるよ。あいつの才能は本物だからな。それに、あいつと活動をするのは悪くなかった。今思えば、な」

笑いを嚙《か》み殺《ころ》し、感情を抑《おさ》えた演技でセリフを口にする。

ここでレオンは天井《てんじょう》を仰《あお》いだ。

台本には書かれていないが、きっとそうしたはずだ。

由美子《ゆみこ》は両目を瞑《つぶ》って、口を開く。

「でも、あいつが本気で女優の道を選ぶのなら、わたしは祝福するさ」

ここは、さらりと。強い感情はいらない。

感情を込《こ》めるのは、この次だ。

(……本気で、そう思ってる?)

「え？」

（あなた今、見たことのない顔をしているわ）

そう指摘《してき》され、レオンは己《おのれ》の頬《ほお》に手を当てた。

無表情でぺたぺたと触《ふ》れたあと、空虚《くうきょ》な、本当に空虚《くうきょ》な声を絞《しぼ》り出《だ》す。

「そうかな」

（そうよ）

「そうかな……」

か細い、声。

クールで、格好良くて、常に冷静なレオンが見せる、寂《さび》しそうな声。

普段《ふだん》と違《ちが》う演技に、NGが頭をよぎったが、どこか確信めいた思いがあった。

この演技でいいはず。

収録は、そのまま進んでいく。

（あなたは本当に、小鞠《こまり》に女優をやってほしかったの？　送り出して、よかったの？）

「……………」

セリフのない、息を呑《の》む演技。

自分の気持ちに気付き始めたレオンの感情を、ここから少しずつ声に混ぜていく。

じわり、じわりと。

知らなかった自分の気持ちが、徐々《じょじょ》に声色《こわいろ》に滲《にじ》み始めていった。

（あぁ、レオン。もう時間みたい。じゃあ、ライブ頑張《がんば》ってね）

亜衣《あい》が去ってから、レオンの独白が始まる。

照らされたステージを進み、観客を前にして、レオンはそこで初めて実感するのだ。

隣《となり》に、小鞠《こまり》がいないことに。

「〝あぁ――、そうか。わかった。ようやく、わかったよ。こうなるまで気付かないなんて、大バカ者だな、わたしは〟」

「〝独りぼっちのステージは、とても寂《さび》しい。あいつがいつも騒《さわ》がしいから、そんなこと気付きもしなかった〟」

「〝そして心の底では、わたしはこう考えていたんだ〟」

「〝『やっぱりわたしは、アイドルをやりたい』。小鞠《こまり》に、そう言ってほしかった〟」

「〝女優じゃなく、アイドルを。わたしが夢見た世界に、戻《もど》ってきてほしかった〟」

「〝でも、あぁ、くそ。この歌は、もう届かない。小鞠《こまり》はここにいない。この歌は、小鞠《こまり》に聴《き》いてほしかったのに――〟」

しかし、歌う直前。

舞台袖《ぶたいそで》から、小鞠《こまり》の声が聴《き》こえた。

結局小鞠《こまり》は、オーディションを受けずに、ここまで走って――。

収録が終わった。
音響監督《おんきょうかんとく》たちに、「わがまま言ってすみません」と頭を下げる。
スタッフさんたちは「元々こちらの不手際《ふてぎわ》だったので」と快く受け入れてくれた。
そして、「いい演技でした」とも。
由美子《ゆみこ》も、いい演技ができたと思う。
今だからこそ、今の自分だからこそ、できた演技。
それを今度は、ステージの上で見せるだけだ。

そしていよいよ、ライブ本番当日を迎《むか》える。
やるべきことは、やった。
あとはそれを、ステージの上で出し切るだけ。
広い会場には、まだお客さんは入っていない。
けれど、スタッフさんが忙《いそが》しそうに動き回り、由美子《ゆみこ》たちも準備に追われていた。
既《すで》に会場内は熱気に包まれている。

スタッフもキャストもそれに当てられて、開場前なのに昂揚《こうよう》していた。

由美子《ゆみこ》は既《すで》に衣装《いしょう》に着替《きが》え、メイクもしてもらった状態で、ステージの裏を歩いていく。

楽屋は、〝オリオン〟と〝アルフェッカ〟で分かれているので、彼女の動向はわからない。

でも、なんとなく会える気がして、由美子《ゆみこ》はステージに出た。

空っぽの客席に目を向ける。

やたらと広く見える客席は静かで、空虚《くうきょ》で、見ていると胸がきゅうっとした。

「やすみちゃん」

静寂《せいじゃく》を保つステージの上で、声を掛《か》けられる。

乙女《おとめ》だ。

煌《きら》びやかな衣装《いしょう》に身を包み、プロのメイクでさらに綺麗《きれい》になった、桜並木《さくらなみき》乙女《おとめ》だった。

以前のライブで見たときと変わらず、キラキラした輝《かがや》きを放っている。

その表情は、自信と興奮に染められていた。

「──姉さん」

「ついに来たね」

「うん」

短く言葉を交《か》わす。

乙女《おとめ》は視線をふっと逸《そ》らして、客席を見た。

これから作られる、ライブやお客さんの歓声《かんせい》に思いを馳《は》せている。

彼女の横顔に、由美子《ゆみこ》は語りかけた。

「あたし──、姉さんに負けたくない」

「うん。わたしもだよ、やすみちゃん。全力でやろうね」

由美子《ゆみこ》も、がらんどうの客席に顔を向けた。

今から、自分たちはここでライブをする。

乙女《おとめ》たちとの勝負があるというのに、目の前にいるのは乙女《おとめ》だというのに。

由美子《ゆみこ》の頭には、別の少女の顔が浮《う》かんでいた。

千佳《ちか》とはあのとき以来、関係がズレたままだ。ちゃんとした会話をしていない。

もちろん、収録でもレッスンでも話してはいるものの、いつだって上滑《うわすべ》りしていた。

普段《ふだん》みたいな本気の会話は、いつからしていないだろう。

今でも自分は、夕暮《ゆうぐれ》に染まった教室に心が囚《とら》われたままだ。

でも、そんなことは今日で終わり。

「……やすみちゃん?」

「──なに?」

「ううん、なんでも……」

乙女《おとめ》は不思議そうにこちらを覗《のぞ》き込《こ》んでいたが、それ以上は何も言わなかった。

再び、客席に目を向ける。

——待ってて、渡辺《わたなべ》。

あたしが、特別な景色を見せるから。

◆

渡辺千佳《わたなべちか》は、ステージの袖《そで》からライブを見つめていた。

観客席にはいっぱいのお客さんがひしめき合い、たくさんのサイリウムが揺《ゆ》れている。

色とりどり、数多《あまた》のサイリウムが歌に合わせて揺《ゆ》れる光景は、ため息が出るほど綺麗《きれい》だ。

先ほどまで千佳《ちか》も、サイリウムの光に包まれ、あの場で歌っていた。

オープニングは全員で歌唱し、そのあとはひとりひとりの挨拶《あいさつ》。

そこから、セットリストに合わせて進行していく……、というオーソドックスな流れだ。

千佳《ちか》は今、待機時間。

ステージ袖《そで》から、ライブを眺《なが》めていた。

今は乙女《おとめ》と花火《はなび》と結衣《ゆい》が、三人で歌っている。

光《ひか》り輝《かがや》くステージの上で、乙女《おとめ》はさらに強い光を纏《まと》い、キラキラした歌声を客席に届けていた。乙女《おとめ》の一挙手一投足を、観客の目が追っている。

千佳《ちか》はモニターに目を移し、客席を見てみた。

お客さんの目には熱い光が宿り、だれもが心から楽しそうだった。

満面の笑《え》みで熱いコールをし、サイリウムを力強く振《ふ》っている。

その視線の多くは、乙女《おとめ》に向かっていた。

結衣《ゆい》や花火《はなび》のパフォーマンスも見事だが、どうしても乙女《おとめ》に引き寄せられている。

それも仕方がないと思う。

乙女《おとめ》目当ての人も多いだろうし、ステージ上で舞《ま》う彼女の姿は圧倒的《あっとうてき》だったから。

「…………………っ」

彼女たちの歌が終わった瞬間《しゅんかん》、歓声《かんせい》と拍手《はくしゅ》が響《ひび》き渡《わた》る。

その圧、空気の震《ふる》えに怯《ひる》んでしまった。なんて強い『音』だろう。

客席から発せられる声や音に熱が乗り、ステージに激しくぶつけられている。

やはり乙女《おとめ》は、すごい声優だ。

とんでもない相手に「勝ちたい！」と言ったことを実感する。

まともに考えたら、絶対に勝てる相手ではないのに。

乙女《おとめ》があのとき宣言したとおり、彼女たちは振《ふ》り付《つ》けを完璧《かんぺき》に仕上げ、さらに磨きをかけてステージ上に立っていた。

「ねぇ、夕暮《ゆうぐれ》……」

歌い終えた乙女《おとめ》たちはMCパートに入り、三人で和《なご》やかに話をしている。

それを眺《なが》めていると、いつの間にかめくるがそばに立っていた。

彼女は不安そうな顔で、ステージ裏の奥をちらちらと見ている。

「歌種《うたたね》、なんだか妙《みょう》じゃない？」

「妙《みょう》？」

つられて目を向けると、由美子《ゆみこ》がいた。

彼女は千佳《ちか》と同じ衣装《いしょう》に身を包んでいる。先ほど、いっしょに歌ったばかりだ。

由美子《ゆみこ》は、用意された椅子《いす》に腰掛《こしか》けていた。

前かがみで肘《ひじ》を足に置き、両手を合わせて口元に寄せている。

研《と》ぎ澄《す》まされた、真剣《しんけん》な表情を浮《う》かべていた。

集中している。

自分の出番が来る前に、ナーバスになる出演者は多い。

そういうキャストはスタッフも気を遣《つか》い、そっとしていてくれる。

由美子《ゆみこ》も、まさにそのひとり、という感じだ。

その光景自体は、特におかしなものではない。

「集中しているだけだと思いますが」

「そうなんだろうけど。普段《ふだん》の歌種《うたたね》って、あんなんじゃないでしょ。もっとこう、無駄《むだ》に明るいというか、やけに楽しそうというか」

めくるの言いたいことはわかる。

佐藤由美子《さとうゆみこ》は、ライブ中でも変わらず佐藤由美子《さとうゆみこ》だ。

常にだれかと話していて、普段《ふだん》よりテンションが高く、心から楽しそうにしている。

そのままステージに行って、うわぁーっと盛り上げるのが彼女だ。

あんなふうに、静かに集中している姿は見たことがない。

「それに、あれじゃまるで……」

めくるが何かを言《い》い掛《か》けて、やめる。

その言葉の先が予想できたので、千佳《ちか》はそっと口にした。

「レオンみたい、ですよね」

めくるは無言で、小さく息を呑《の》んだ。

あれは、レオンがライブ前に集中するときのポーズだ。

レオンのように格好いい女性じゃないと締《し》まらないと思うが、由美子《ゆみこ》もなかなか堂に入っている。

しかし、普段《ふだん》の彼女らしくないと言えば、間違《まちが》いなくそうだ。

「……夕暮《ゆうぐれ》。あんた、なんか知ってるの?」

めくるが怪訝《けげん》そうにこちらを見てくる。

しらばっくれようとも考えたが、このときは千佳《ちか》なりにテンションが上がっていた。

ライブの熱気に当てられていた。

千佳《ちか》は一度目を瞑《つぶ》ったあと、ゆっくりと口を開く。

「柚日咲《ゆびさき》さん。わたしの話を聞いてくれますか」

質問を無視したせいで、めくるの目はより訝《いぶか》しんだものになる。

それでも、彼女が聞く姿勢を作ったのがわかったので、千佳《ちか》は言葉を続けた。

「わたしたちは今回のライブで〝アルフェッカ〟に――、桜並木《さくらなみき》さんに本気で勝つつもりで、今までレッスンをしてきました」

「あんたたちなら、そうでしょうね」

めくるは鼻を鳴らす。

人によっては不快感を示してもおかしくない、大それた発言だと思う。それを、すんなり受け入れるあたり、めくるも随分《ずいぶん》と千佳《ちか》たちをわかっている。

だからこそ、千佳《ちか》も話せるのだが。

「でも、桜並木《さくらなみき》さんはやっぱりすごい人です。前のライブや、〝アルフェッカ〟のイベントで桜《さくら》並木《なみき》さんの人気と熱量を、改めて感じました。とんでもない声優だと思います」

あれと張り合うことを想像したら、戦意なんて削《そ》がれるのではないか。

千佳《ちか》でさえそう感じるほどに、乙女《おとめ》は圧倒的《あっとうてき》だった。

けれど。

「あんたが、それで怯《ひる》むとは思えないけどね」

めくるが皮肉げに笑ってみせる。

「でも、わたしだって、怯《ひる》むくらいはしますよ」

「わたしだって、〝勝てない〟とは思わなかったでしょ？」

「はい。〝勝てない〟とは思いませんでしたし、〝勝ちたい〟という気持ちが消えることもありませんでした」

それは、まぎれもない本音だ。

勝ちたい、負けたくない。その想《おも》いは、決して消えはしなかった。

むしろ、燃え上がったかもしれない。

でも、それだけじゃなかった。

「桜並木《さくらなみき》さんとの間に、大きな壁《かべ》を感じたのは確かです。あの人は本当にすごい。——だから、このままではまずい、と思ったんです」

めくるは片眉《かたまゆ》を上げた。

「それで？」と続きを促《うなが》してくる。

「わたしは、どうしても負けたくなかった。負けたら、絶対悔《くや》しい。死ぬほど悔《くや》しい。もちろん、負けるつもりはないです。必死で、全力で、全身全霊《ぜんしんぜんれい》でぶつかることに変わりはありません。でももし、負けるとしたら……、せめて、一矢報《いっしむく》いたかった」

めくるの表情が、再び訝《いぶか》しむものに変わる。

「一矢報《いっしむく》いるって……。負けたとしても、そこに何か用意していたってこと？」

その疑問に、千佳《ちか》は思わずため息を吐《つ》いてしまう。

改めて問われると、ずしん、と心が重くなった。

なぜ自分が、という思いに駆《か》られる。

それを振《ふ》り払《はら》うように、頭を振《ふ》って答えた。

「普段《ふだん》なら絶対考えません。こんな方法を取るのは業腹《ごうはら》でした。絶対にやりたくなかった。本当に嫌《いや》だった。……でも、わたしはリーダーだから。こっぱずかしい言葉を並べて、わたしをリーダーに選んだ女がいたから。それを切り札に、用意していたんです」

千佳《ちか》は目を瞑《つぶ》って、思いを馳《は》せる。

ひとりなら、こんなこと思いつきもしなかった。

何も考えず、ただ全力でぶつかることに集中したはずだ。

負けたときのことなんて、考えたくもない。

けれどこのときばかりは、それに備えて千佳《ちか》はカードを切った。

今までのことが、すうっと頭を駆《か》け抜《ぬ》けていく。

時間は少し遡《さかのぼ》る。

由美子《ゆみこ》とともに纏《まとい》の家にお邪魔《じゃま》してから、数日後の話だ。

その日、纏《まとい》が自主練に来ることは知っていた。

そして、由美子《ゆみこ》が来られないことも。

「おはようございます」

更衣室《こういしつ》で着替《きが》えている纏《まとい》を見つけ、声を掛《か》ける。

彼女はちょうどジャージに着替《きが》え終わったところで、「あっ」と声を上げた。

纏《まとい》はそそくさとこちらに近付き、ぺこりと頭を下げる。

「夕暮《ゆうぐれ》さん……。先日は、失礼いたしました……」

「いえ。それは、いいんですが……」

自分よりよっぽど背が高く、年上の女性から謝罪されるのは何だか気まずい。

彼女も同じように気まずそうな顔をしていた。

その理由は、考えないでもわかる。

「妹さんとの話、決着がついてないんですか」

「はい……」

髪《かみ》に触《ふ》れながら、そっと目を逸《そ》らす纏《まとい》。

理央《りお》に言われたことを否定も肯定《こうてい》もできず、彼女は迷っている。

どうするべきなのか、答えを出せていない。

その一部始終を見ていた千佳《ちか》を前にすれば、決まりが悪くもなる。

それは、なんとなく予想できていた。

「羽衣《はごろも》さん。今日、自主練が終わったら、少し付き合ってもらっていいですか」

そう告げると、彼女は意外そうに首を傾《かし》げた。

「え、あ、はい。大丈夫《だいじょうぶ》ですが……」

「それでは、練習が終わったあとに」

詳細《しょうさい》は話さず、千佳《ちか》も着替《きが》え始める。

しかし、話の内容が気になるのか、纏《まとい》は何か言いたげにこちらを見つめていた。

そんな顔をされても、今話せることはない。

仕方がないので、適当に混ぜっ返す。

「あとで話しますので。先行っててください――、ねぇね」

すると、纏《まとい》はパァン！　と勢いよく両手を顔に押し付けた。

「勘弁《かんべん》してください……」と耳まで赤くして、ようやく更衣室《こういしつ》から出て行ってくれる。

ともに練習を始めたが、纏《まとい》の動きは迷いを感じさせるものだった。

今までどおりとも、吹《ふ》っ切《き》れたとも言《い》い難《がた》い。

そう簡単に、割り切れるものでもないのだろう。

その日の練習は最後まで、纏《まとい》はぎこちないままだった。

練習を終えたあと、千佳《ちか》はレッスンルームから纏《まとい》を連れ出す。

連れてきたのはレッスンルームのすぐ近くにある、大きな広場だ。

夜に差《さ》し掛《か》かっているため、通行人はそれほど多くない。

適当なところで足を止めて、千佳《ちか》はスマホを取り出した。メッセージを打つ。

纏《まとい》はきょろきょろと辺りを見回しながら、不安そうに尋《たず》ねてきた。

「ええと、夕暮《ゆうぐれ》さん。なぜ、わたしはここに連れてこられたのでしょうか……」

「もう少し待ってください。羽衣《はごろも》さんに、話を聞いてほしい人がいるので」

そう答えると、ますますわからない、とばかりに纏《まとい》は困惑《こんわく》の表情を浮《う》かべた。

ほどなくして、目的の人物がやってくる。

彼女は手をパタパタと振《ふ》りながら、「あ、いた～」と陽気そうに声を上げた。

それに纏《まとい》は大きく目を見開く。

「え。え、ええ……？　さ、桜並木《さくらなみき》さん……？」

姿を現したのは、桜並木乙女《さくらなみきおとめ》だ。

纏《まとい》は相当意外だったらしく、目を丸くしながら「お疲《つか》れ様《さま》です……？」「お疲《つか》れ様《さま》です～」

と挨拶《あいさつ》を交《か》わし合っている。

乙女《おとめ》は呼び出したにも関わらず、ニコニコと機嫌《きげん》がよさそうだった。

「桜並木《さくらなみき》さん、すみません。レッスン終わりに」

千佳《ちか》がそう言うと、乙女《おとめ》はいたずらっぽい笑《え》みを浮《う》かべた。

これ見よがしに唇《くちびる》を尖《とが》らせ、腰《こし》に手を当ててみせる。

「ほんとだよー。わたしたちは敵同士だっていうのに。しかもわたしは、〝オリオン〟のために呼ばれたんでしょ？」

「ええ、まあ。やっぱり、ダメでしょうか」

「ううん。夕陽《ゆうひ》ちゃんが頼《たよ》ってくれて嬉《うれ》しい。それに、より強い相手のほうが燃えるよ」

にこーっと笑いながら、乙女《おとめ》は本当に嬉《うれ》しそうにしていた。

そう言ってくれたことに、内心でほっとする。

ただ、纏《まとい》だけがひとり困惑《こんわく》していた。

「ええと、あの。それで、わたしはなんで連れてこられたんでしょうか……？」

「あ、それはわたしも聞いてないんです。夕陽《ゆうひ》ちゃん、どういうことなの？」

纏《まとい》と乙女《おとめ》の目がこちらに向けられる。

確かに、纏《まとい》、乙女《おとめ》、千佳《ちか》の組み合わせは何とも違和感《いわかん》があった。

普段《ふだん》なら絶対に集まらないだろう。

けれどこれは、乙女《おとめ》にしか頼《たの》めないことだ。

そしてきっと――、今までの千佳《ちか》なら、こんなこと思いつきさえしなかった。

千佳《ちか》はすっと息を吸い、乙女《おとめ》に尋《たず》ねる。

「桜並木《さくらなみき》さんに、話を聞きたいんです。質問してもいいですか」

「？　いいよ」

「桜並木《さくらなみき》さんは――、以前、倒《たお》れたときのことを、後悔《こうかい》、していますか」

「ゆ、夕暮《ゆうぐれ》さんっ！」

纏《まとい》が慌《あわ》てて、千佳《ちか》の腕《うで》を掴《つか》む。かなり、力強く。

後輩《こうはい》ではなく、年上の大人の顔をして言葉を並べた。

「何を仰《おっしゃ》ってるんですか！　そんな失礼なことを、なぜ、今……」

「あ、大丈夫《だいじょうぶ》です大丈夫《だいじょうぶ》です。わたしはそのとき、夕陽《ゆうひ》ちゃんに助けてもらいましたし。夕《ゆう》陽《ひ》ちゃんがまっすぐな子だってことも、わかってますから」

乙女《おとめ》が笑いながら言うと、纏《まとい》は気まずそうにしながらも手を離《はな》した。

千佳《ちか》だってわかっている。あのときの話をわざわざ掘《ほ》り返《かえ》すべきではない。

しかし、乙女《おとめ》の話を纏《まとい》に聞いてほしかった。

乙女《おとめ》がどう考えているのか、千佳《ちか》は知らない。

けれど彼女なら、こう答えるだろうな、という予想はあった。

乙女《おとめ》は頬《ほお》に指を当てて、えーと、と視線を彷徨《さまよ》わせる。

「倒《たお》れちゃったことは、後悔《こうかい》してるよ。すっごく。いろんな人に大迷惑《だいめいわく》を掛《か》けたし、自己管理ができないなんてプロ失格だから。だから今は、とっても気を付けてお仕事してるし、二度とないよう肝《きも》に銘《めい》じてる」

纏《まとい》が、ジトっとした目を向けてくる。

（ほら……、という声が聞こえてきそうだ。

しかし、本当に聞きたいのはその部分ではない。

「では……、倒《たお》れるほど無理をしたことについては、後悔《こうかい》していますか」

「…………？」

纏《まとい》が、怪訝《けげん》そうにしている。

同じ質問だと思ったのだろう。

けれど、これは全く違《ちが》う。似ているようで、まるきりの別物だ。

乙女《おとめ》は、一度口を開きかけ、静かに閉じた。

考えをまとめるように、指が顎《あご》に触《ふ》れる。

しばらく考え込んだあと、ゆっくりと口を開いた。

「——それに関しては、後悔《こうかい》はないよ。むしろ、よかった、って思ってる。倒《たお》れちゃったのは本当に反省してるけど、努力した結果はちゃんと残ってるから。あのときのわたしが倒《たお》れるほど頑張《がんば》ったからこそ、今の自分があるって言えるもの」

微笑《ほほえ》む乙女《おとめ》に、纏《まとい》は息を呑《の》んだ。

乙女《おとめ》は視線を、ふいっと空に向ける。

薄《うす》い夜の色をした空に、星が鈍《にぶ》く輝《かがや》き始めていた。

「わたしには目標がある。なりたい自分がある。あのとき必死で走《はし》り抜《ぬ》けたから、今、少しは近付けている気がするんだ。だから後悔《こうかい》なんてないし、褒《ほ》めてあげたいくらいだよ。もちろん、まだまだ足りないけどね。でも本当に――、頑張《がんば》って、よかった」

「――――」

その言葉を聞いた纏《まとい》が、どんな表情をしているか。

隣《となり》にいる千佳《ちか》にはわからない。

そのあと、乙女《おとめ》はおかしそうに笑った。

「でもそんなの、夕陽《ゆうひ》ちゃんも同じでしょ？　もし夕陽《ゆうひ》ちゃんが倒《たお》れるほど頑張《がんば》っちゃったとしても、頑張《がんば》ったことを後悔《こうかい》なんてしないと思うな」

「――ええ。そうでしょうね」

そのとおりだと思う。

もし、千佳《ちか》が乙女《おとめ》と同じ立場だったら、同じことを答えた。

目標に向かって走り続ける人間は、みんな似たような思考ではないだろうか。

そこに、目指すものがあるのなら。

けれどこれは、褒《ほ》められた考え方ではない。そこは乙女《おとめ》も注意した。

「あ、でも。もちろん、本当に倒《たお》れちゃうのはダメだからね？」

「はい。それはわかっています。そして……」

千佳《ちか》は、深く頭を下げる。

「ありがとうございました、桜並木《さくらなみき》さん。その話を聞きたかったんです」

「え、それだけ⁉」

乙女《おとめ》はびっくりしながら頓狂《とんきょう》な声を上げ、まじまじと千佳《ちか》の顔を見た。

それだけです、とオウム返しすると、乙女《おとめ》は声を上げて笑う。

しかし、笑《え》みを無理やり引っ込めると、腕組《うでぐ》みをしてこちらに顔を寄せてきた。

「これでもわたし、結構忙《いそが》しいんだけどな～？　先輩《せんぱい》なのにな～？　それを、こんなふうに顎《あご》で使っちゃう？」

「それはすみません」

「あはは、冗談冗談《じょうだんじょうだん》。かわいい後輩《こうはい》のためだもん。何のために呼ばれたかはわからないけど、ま、それはいっか」

そう笑いつつも、乙女《おとめ》は勘付《かんづ》いていそうだった。

乙女《おとめ》は、「またやすみちゃんとご飯行こうね、夕陽《ゆうひ》ちゃん。羽衣《はごろも》さん！　次のライブ、楽しみにしてまーす！」と明るく言い残すと、駅に向かっていった。

その背中を黙《だま》って見送っていると、纏《まとい》がぽつりと呟《つぶや》く。

「……これを、わたしに伝えたかったんですか。そのために、桜並木《さくらなみき》さんに、わざわざ」

「ええ。説得力はあったでしょう」

纏《まとい》は黙《だま》り込《こ》む。

そこから言葉を続ける様子はない。

千佳《ちか》は彼女から視線を外し、独り言のように呟《つぶや》いた。

「目標やなりたい自分があるのなら、そこに向かって努力するのは当然です。桜並木《さくらなみき》さんやわたしは、そのためには多少の無茶は仕方がないと思っています。そうでなければ、届かない。もちろん、身体《からだ》を壊《こわ》しては元も子もないですし、羽衣《はごろも》さんが本当に『合理的な人間』を目指しているのなら、それでいいと思います。ただわたしは——、後悔《こうかい》だけはしたくないです」

「後悔《こうかい》……」

千佳《ちか》の言葉に、纏《まとい》がぴくりと反応する。

無表情でこちらを見つめた。

千佳《ちか》も同じように、見つめ返す。そのまま、確かめるように続けた。

「はい。わたしは後悔《こうかい》することが、一番怖《こわ》いです」

今まで、何度も何度も間違《まち》えてきた。

間違《まちが》いだらけの道を歩んできた。

反省することばかりで、周りに何度も迷惑《めいわく》を掛《か》けてしまったけれど。

この道を歩んだことを、彼女の隣《となり》にいることを。

悔《く》いることだけは、していない。

「……夕暮《ゆうぐれ》さんも、桜並木《さくらなみき》さんと同じように。なりたい自分があるんですね」

纏《まとい》は淡々《たんたん》と、そう口にした。

その質問に答えるのは、躊躇《ためら》う。あまり口外したくはない。

しかし、ここでごまかすのもどうかと思い、正直に答えた。

「はい。わたしには、負けたくない相手がいます。その女は、ずっとわたしの背中を見ている。憧《あこが》れの目を向けてくる。その女に追《お》い抜《ぬ》かれないように——、常に目標でいられるように。多少の無茶はしてみせますよ」

「…………………」

纏《まとい》は再び、黙《だま》り込《こ》む。

しばらく沈黙《ちんもく》を保ち、何度も口を開こうとして、やめる。

けれど、意を決したように目をぎゅっと瞑《つぶ》ると、ゆっくりと言葉を紡《つむ》いだ。

「——わたしにも、目標があります。わたしは、森《もり》さんみたいな声優になりたいです。だから、習志野《ならしの》プロに入ったんです」

「……森《もり》さんですか。それは、高い目標ですね」

「はい。だから、わたしも。その目標のために、頑張《がんば》りたいと思います」

纏《まとい》は精いっぱいの勇気を出し切って、そう言っているように見えた。

化け物と称《しょう》されるほどの演技力を持ち、トップを走る超《ちょう》一流の声優。

習志野《ならしの》プロダクション、森香織《もりかおり》。

彼女を目指すというのなら、生半可な努力は許されない。

つまり、そういうことだ。

千佳《ちか》は何も言わず、空に目を向ける。

夏の空には星が瞬《またた》いていた。

その星のひとつを眺《なが》めたまま、千佳《ちか》は口を開く。

「わたしは元々、羽衣《はごろも》さんと同じ考えを持っていました」

「同じ考え？」

「アイドル声優についてです。わたしも、昔は嫌《いや》で仕方なかった」

纏《まとい》ははっとした顔で、こちらを見た。

そうだったんですか？　と表情が物語っている。

そこまで意外そうにされるのは心外だが。

あまり大っぴらにしたい話ではないので、そっと答えた。

「わたしは、声の演技がしたくて声優になりました。なのになぜ、アイドルの真似事《まねごと》なんてしなくちゃいけないんだ。そんな思いでいっぱいでした。早く、声の仕事に専念したい。アイドル声優なんてやめたい。そう思っていました。当時は、キャラも作ってましたし」

纏《まとい》の表情が何とも言えないものに変わった。

裏営業疑惑《ぎわく》のことや、千佳《ちか》がキャラを作っていたことは、纏《まとい》もきっと知っている。

彼女は軽く頭を振《ふ》って、続きを促《うなが》した。

「そんな夕暮《ゆうぐれ》さんが、なぜ？　今は違《ちが》いますよね」

「違《ちが》うように見えますか」

千佳《ちか》の問いに、纏《まとい》は言葉を詰《つ》まらせた。

すぐには答えない。

今までのことを振《ふ》り返《かえ》るように考え込んだあと、改めて返答した。

「――はい。今の夕暮《ゆうぐれ》さんは、アイドル声優を楽しんでいるように見えます」

「…………」

そう見えているらしい。

千佳《ちか》はくすりと笑ってしまう。

アイドル声優を楽しんでいる、だなんて。

昔の自分が聞いたら、怒《いか》り狂《くる》ってしまいそうだ。

『渡辺《わたなべ》がそういう仕事を苦手だってのはわかるけど、『あんなの』って言い方はダメ。今のあたしらがいるのは、そういう仕事をやってきたからだし、支えてくれる人たちができたからでしょ。否定すんのは、ない』

そんなふうに、相方に怒《おこ》られたこともある自分が。

千佳《ちか》は目を瞑《つぶ》って、思いを巡《めぐ》らす。

今までやってきた、アイドル声優らしい仕事が頭の中を駆《か》け抜《ぬ》けていった。

ライブやイベント――、お客さんを前に歌ったり踊《おど》ったり、笑ったり喋《しゃべ》ったり。

可愛《かわい》らしい衣装《いしょう》とメイクで着飾《きかざ》り、ステージの上に立つ。写真を撮《と》ることだって多かった。

以前の自分が大嫌《だいきら》いだった、声優とは思えない仕事。

でも、いつからか――、隣《となり》には歌種《うたたね》やすみがいた。

明るく笑い、楽しそうにはしゃぎ、心から嬉《うれ》しそうにしている彼女が。

いつもいっしょに、隣《となり》にいたのだ。

こんな自分を、ちゃんと怒《おこ》ってくれるような相方が。

「――ええ。楽しんでいると思います」

口元に笑《え》みを残したまま、千佳《ちか》は答える。

かつてのような思いはもうない。

アイドル声優の仕事を嫌《いや》とは思わず、むしろ楽しんでいる。

歌を歌うことも、踊《おど》ることも、練習するのも、ステージの上に立つことも。

その、どれもが。

千佳《ちか》は、楽しかった。

「……なぜ、夕暮《ゆうぐれ》さんはそんなふうに思えたんですか？」

纏《まとい》は気まずそうな表情に戻《もど》り、躊躇《ためら》いがちに尋《たず》ねてくる。

千佳《ちか》は纏《まとい》から視線を外し、前を向いたまま答えた。

「いつも楽しそうにしている女が、隣《となり》にいてくれたからです」

千佳《ちか》の答えに、纏《まとい》は小首を傾《かし》げる。ぴんときていないようだ。

千佳《ちか》は星空を見上げてから、呟《つぶや》く。

「ライブでもイベントでも、心から楽しそうで。キラキラしてて。何だか魅力的《みりょくてき》に見えてきて、こっちまでつられてしまう。笑ってしまう。手を引いてくれる……。そんな女が、いつもわたしの隣《となり》にいたんです。わたしの中の何かを、彼女はゆっくりと溶《と》かしていった」

「………………」

そこで纏《まとい》は、だれのことを指しているかわかったようだ。

纏《まとい》が名前を口にする前に、千佳《ちか》ははっきりと彼女の名を呼んだ。

「佐藤《さとう》には……、やすには、そんな不思議な魅力《みりょく》があるんです」

纏《まとい》は黙《だま》って、こちらを見つめている。

困ったように自分の髪《かみ》を撫《な》でていた。

しばらくしてから、祈《いの》るようにそっと口を開く。

「わたしも……、歌種《うたたね》さんのそばにいれば、そうなれるんでしょうか」

「それは知りませんが」

「ええ……、そこは嘘《うそ》でも、なれる、と言ったほうが……」

纏《まとい》は苦笑いをする。

けれど、纏《まとい》がアイドル声優をよしとできるかは、はっきり言ってわからない。

だから代わりに、千佳《ちか》なりに伝えられることを話した。

「羽衣《はごろも》さん。わたしは、やすのおかげでアイドル声優が楽しいと思えた。嫌《きら》いだった仕事も、心から本気でやるようになりました。そんなわたしが、強く感じたことを伝えます」

千佳《ちか》は己《おのれ》の手を見つめる。

見慣れた、自分の小さな手。

しかしそこには、自分が築いてきた、たくさんのものが積み上がっている。

それは、千佳《ちか》の誇《ほこ》りだった。

「『演技をするうえで、どんな経験も邪魔《じゃま》にはならない』。今までのことがあるから、今を作り上げたわたしがいるから、〝今のわたし〟にしかできない演技がある。隣《となり》にやすがいてくれたから、できた演技。彼女がアイドル声優をよしとしてくれたから、できた演技。それは、間違《まちが》いなくあるんです」

千佳《ちか》は思う。

このたった一年でも、自分は成長したと感じている。

それは、由美子《ゆみこ》とともにいろんな経験を駆《か》け抜《ぬ》けたからだ。

裏営業疑惑《ぎわく》で助けに来てもらったことも、母親から声優をやめるよう言われたことも、ファントムの演技で彼女に圧倒《あっとう》されたことも、恥《は》ずかしい手紙を送られたことも、後輩《こうはい》の演技に負けそうになったことも、ライブで彼女と張り合うことになったことも、折れそうになった先輩《せんぱい》の元に駆《か》け付《つ》けたことも。

どれもが、いい思い出とは言《い》い難《がた》い。辛《つら》いことだっていっぱいあった。

けれど、それらはすべて千佳《ちか》の礎《いしずえ》になっている。

小さく息を吸って、纏《まとい》の目をまっすぐに見つめた。

伝えたいことは、たったひとつ。

「演技に、遠まわり、なんてものはないと思いますよ」

纏《まとい》はその言葉に息を呑《の》んだ。

千佳《ちか》は、「らしくないことをしている」と急激に自覚して、纏《まとい》からそっと視線を外した。

自分にできるのは、ここまで。

伝えたいことは伝えた、できることはやった。

ここから先は、纏《まといし》次第《だい》だ。

そして、この日から数日後。

千《ち》佳《か》の話が響《ひび》いたかどうかは、次の自主練のときにわかった。

纏《まとい》が一心不乱に練習する姿を見て、由美子《ゆみこ》が「どれが効いたのかな」と目を丸くしていたのがおかしかった。

似合わないことをした甲斐《かい》があった。

それらもすべて、〝アルフェッカ〟に勝つためだ。

そのためなら、なんだってやってやる。

――でももし、負けてしまったら。

そう考えたら、どうにかなってしまいそう。

だからせめて、そうなっても一矢報《いっしむく》いるために、千《ち》佳《か》は動いた。

その効果は、今の彼女が証明している。

大体、なぜ由美子《ゆみこ》がここまで勝ちたい、と願っているのか、千《ち》佳《か》は薄々勘付《うすうすかんづ》いている。

……相変わらず。

千《ち》佳《か》のことが好きすぎるのだ、彼女は。

「……で？　何をやったのよ、夕暮《ゆうぐれ》は」

その声に、はっとする。

めくるは、訝《いぶか》しげな顔でこちらを見ていた。

話を、中途半端《ちゅうとはんぱ》なところで止めてしまったせいだ。

振《ふ》り返《かえ》るだけ振《ふ》り返《かえ》って、肝心《かんじん》なところを話していない。

「いえ。やっぱり、なんでもないです」

「はあ？」

「そろそろスタンバイしなきゃいけないので」

ステージに手を向けると、めくるは眉根《まゆね》を寄せた。

自分から聞いてくれますか、と言っておいてこの仕打ちだ。そんな顔にもなる。

「あっそ」

しかし彼女は文句も口にせず、そっけなく言い放つ。

一瞬《いっしゅん》だけ心配そうな顔をして、めくるは背を向けた。

その小さな背中に、声を掛《か》ける。

「柚日咲《ゆびさき》さん」

「なに」

「柚日咲《ゆびさき》さんは、大丈夫《だいじょうぶ》なんですか」

彼女は彼女で、厄介《やっかい》な問題を抱《かか》えていた。

それを下ろすのに千佳《ちか》たちは一役買ったけれど、本当に役立てたのだろうか。

めくるはちらりとこちらを窺《うかが》って、は、と鼻を鳴らした。

「心配されるようなことは何もない。全力で潰《つぶ》してやるから、遠慮《えんりょ》なくかかってくれば」

「………………」

「……あと、まぁ……、なんだ。あのときは、ありがと。助かった」

ぼそぼそと呟《つぶや》き、めくるはそのまま立ち去ろうとした。

千佳《ちか》は後ろからそっと近付く。以前と同じように、めくるの耳元で囁《ささや》いた。

「ペペロンチーノ」

「…………ッ⁉」

めくるの身体《からだ》がビクンッ！　と大きく跳《は》ねる。

へなへなと崩《くず》れ落《お》ちそうになったが、膝《ひざ》に手を突《つ》いてどうにか堪《こら》えていた。

わなわなと震《ふる》えながらも、真っ赤な顔でこちらを睨《にら》みつけてくる。

その視線を躱《かわ》しながら、千佳《ちか》はさらりと答えた。

「大丈夫《だいじょうぶ》そうですね。以前の柚日咲《ゆびさき》さんです」

「……っ！　あんたね……！　本当性質《たち》悪いわ、このコンビは……ッ！」

小声でこちらに物申したあと、ぷりぷり怒《おこ》りながらこの場から離《はな》れていく。

その背中を見つめながら、ふっと息を吐《は》く。

あの話は、本当にめくるに聞いてもらおうと思っていた。

ひとりで抱《かか》えているのも、いい加減しんどかったし。

けれどやっぱり、胸に仕舞《しま》っておくべきだ、と思い直した。

既《すで》に、曲が始まっているのも事実だ。

この次に流れる曲が、千佳《ちか》と由美子《ゆみこ》のデュオ。

実装されたイベント『歌声は届く、たとえ海を越《こ》えてでも』で登場した、小鞠《こまり》とレオンの新ユニット〝リブラ〟の曲を披露《ひろう》する。

曲名はイベントと同じく、『歌声は届く、たとえ海を越《こ》えてでも』。

三部構成だったイベントの最終章が、つい先日配信されたばかり。

今、〝ティアラ〟で最も熱のある曲だ。

ちらり、と由美子《ゆみこ》が座っていた椅子《いす》を見やる。

集中していた彼女は、もうそこにいなかった。スタンバイに入ったのだろう。

『歌声は届く、たとえ海を越《こ》えてでも』は、由美子《ゆみこ》と千佳《ちか》がそれぞれ上手と下手から入り、歌い始める。千佳《ちか》は下手、今ここにいる場所からだ。

今流れている曲が終わって暗転が明けたら、千佳《ちか》たちはステージに出て行く。

イントロを聴《き》きながら、中央に向かって歩く予定だ。

「――――あぁ」

息が漏《も》れる。

緊張《きんちょう》で指が痺《しび》れた。

ステージ袖《そで》で心の準備に努めようとしても、自分がやろうとしていることに心臓が波打つ。

だけど、彼女のあの姿を見るには、必要なことだ。

そう覚悟《かくご》を決めていると――、由美子《ゆみこ》との会話が脳裏《のうり》に蘇《よみがえ》った。

『渡辺《わたなべ》も、前はアイドル声優やめたいって言ってたけどさ……。今は……、どうなの？』

はっきりと思い出せる、そう言ったときの彼女の顔。

心の底から不安そうに、おそるおそる、ビクビクしながら由美子《ゆみこ》は問いかけてきた。

千佳《ちか》が、アイドル声優活動をどう思っているのか。

それを、由美子《ゆみこ》が気にしていることには気付いていた。

彼女は、「まだ嫌《いや》なのかな。楽しくないのかな」と不安に感じていたようで、尋《たず》ねてきたときも子犬のような瞳《ひとみ》をしていた。

ずっとずっと、訊《き》きたかったんだと思う。

ずっと心の中に引《ひ》っ掛《か》かっていたものを、あのとき「えいや！」とついに尋《たず》ねてきた。

そのときの、由美子《ゆみこ》の顔と言ったら。

――バカなことを。

なんて、バカなことを訊《き》くんだろう、と思った。

こっちの世界に引っ張り込んでおいて、今更《いまさら》それはないだろう。

千佳《ちか》はもうとっくに、由美子《ゆみこ》といっしょに活動するのが楽しくなっていたのに。

隣《となり》でいっしょに笑っていたのに。

まだ、不安に感じていたなんて。

だから、もし。〝アルフェッカ〟との対決ライブがなければ。

こう、答えていた。

「昔は嫌《いや》だったけど、今は楽しいわ。やり甲斐《がい》も感じてる。レッスンばかりの日々だって、充《じゅう》実《じつ》してた。昔のわたしなら信じられないと思うけど、嫌《いや》だ、なんて気持ちはとっくにないのよ。今は楽しく、頑張《がんば》れているわ」

上手に向かって、話《はな》し掛《か》ける。

そこにいる彼女の姿は見えないけれど。

だから、目の前にいたら言えないようなことでも、口にできた。

「そう思わせてくれたのは、あなたが隣《となり》にいてくれたからよ。やす、ありがとう」

それが嘘偽《うそいつわ》りのない、本当の気持ちだった。

彼女に伝えたくて、でも伝えなかった、心からの想《おも》いだ。

きっとそれを聞いたら、彼女はくしゃくしゃに笑って、「そっか」とでも言うのだろう。

こちらの心まで温かくなるような、あの笑顔《えがお》で。
けれど、それを千佳《ちか》は言わなかった。本心を隠《かく》した。
由美子《ゆみこ》がショックを受けるとわかっていながら、あんなことを言った。
なぜか。
「…………」
今まさに、乙女《おとめ》たちの歌が終わった。
大歓声《だいかんせい》がワッとステージに降りかかり、その振動《しんどう》がここまで響《ひび》く。
乙女《おとめ》が嬉《うれ》しそうに笑うと、さらに観客が沸《わ》いた。
今日一番の歓声《かんせい》だ。凄《すさ》まじい盛り上がりを見せている。
「…………っ」
悔《くや》しさに呻《うめ》く。
ここまで、ここまで遠いか。
観客の熱を目の当《ま》たりにして、実際に自分たちもステージ上で歌って。
その差を思い知る。
今まで妥協《だきょう》なく頑張《がんば》ってきたつもりだったが、乙女《おとめ》の凄《すご》さを肌《はだ》で知った。
もちろん諦《あきら》めるつもりは毛頭ないし、最後の一滴《てき》を絞《しぼ》り切《き》るまで踏《ふ》ん張《ば》る。
まだ勝負は終わっていない。

闘志《とうし》の炎《ほのお》は消えていないが、それでも切り札は切るべきだ。

狂《くる》おしいほどの嫉妬《しっと》を抑《おさ》え込《こ》み、千佳《ちか》は前を見据《みす》える。

「……人気や盛り上がりじゃ、桜並木《さくらなみき》さんたちに勝てない。でも――、このライブなら。歌《うた》種《たね》やすみなら、どうかしら」

そう呟《つぶや》いたタイミングで、乙女《おとめ》たちがステージ裏に捌《は》けていった。上手側に消えていく。

そこから暗転し、イントロが流れ始めた。

何の曲か気付いた観客が、ざわつき、既《すで》に歓声《かんせい》を上げ始めている。

『歌声は届く、たとえ海を越《こ》えてでも』だ。

ゆっくりと歩み寄る夕暮夕陽《ゆうぐれゆうひ》と歌種《うたたね》やすみを視認《しにん》すれば、その歓声《かんせい》はさらに波打つだろう。

何度も繰《く》り返《かえ》し、練習してきた。

同じ歩幅《ほはば》で由美子《ゆみこ》と合流し、同時に歌い始める。

タイミングは完璧《かんぺき》に把握《はあく》しているし、今更《いまさら》失敗するようなことはない。

既《すで》に由美子《ゆみこ》は袖《そで》から出てきて、中央に向かって歩いてきていた。

千佳《ちか》も同じように、歩み寄る――。

ことは、なく。

千佳《ちか》は。

そこから、動かなかった。

「ゆ、夕暮《ゆうぐれ》さん……⁉　ど、どうしたんですか……？　次、『海を越《こ》えて』ですよ、夕暮《ゆうぐれ》さんの出番ですよ……⁉」

千佳《ちか》が動かないことに気付いた纏《まとい》が、慌《あわ》てて駆《か》け寄《よ》ってくる。

バタバタと無意味に手を動かしたあと、急いで千《ち》佳《か》の腕《うで》を摑《つか》んだ。

「は、早く出て行かないと……！　ほら歌種《うたたね》さん、もう袖《そで》から出ていますよ！　これ、デュオなんですから！」

纏《まとい》は目を白黒させている。

彼女のこんな表情は、少し前までは考えられなかった。

千佳《ちか》は纏《まとい》の顔を見つめながら、なんてことはないように問いかける。

「羽衣《はごろも》さん。さっき歌っているとき、とてもいい笑顔《えがお》をしてました。楽しそうに見えましたよ。吹《ふ》っ切《き》ることは、できましたか」

「え？　あ、は、はい……、おかげ様で、気持ちは随分《ずいぶん》楽に――、じゃなくて！」

穏《おだ》やかな表情に戻《もど》ったのは一瞬《いっしゅん》で、纏《まとい》は勢いよくステージ上を指差した。

「夕暮《ゆうぐれ》さん、早く出てください！　それとも、頭が真っ白になってしまいましたか……？」

心配の色が滲《にじ》んだ瞳《ひとみ》を見て、ふと思う。

纏《まとい》は「先輩《せんぱい》だから」とこちらを立てることが多いが、咄嗟《とっさ》のときは大人の顔を見せる。

やはりそこは、お姉ちゃんだからだろうか。

千佳《ちか》はこっそりそんなことを思いながら、ステージに目を向けた。

「実装されたイベントでは、小鞠《こまり》はステージに立っていません。袖《そで》で、見ているだけだったでしょう。今のわたしみたいに」

小鞠《こまり》はドラマのオーディション会場に向かい、レオンはひとりでステージに立つ。

けれど結局、小鞠《こまり》はオーディションを途中《とちゅう》で放棄《ほうき》し、ライブに駆《か》け付《つ》けたのだ。

レオンが歌う直前、袖《そで》から声を掛《か》ける姿が描《えが》かれた。

『この歌が届いてほしかった』と願ったレオンはその声を聴《き》き、願いが通じたことを知る。

それは纏《まとい》もわかっているだろうが、彼女はきゅっと眉根《まゆね》を寄せた。

ぷるぷると頭を振《ふ》ってから、力強く訴《うった》える。

「ま、待ってください。それは、ゲームの話でしょう？　今はライブ中！　曲は歌種《うたたね》さんと夕《ゆう》暮《ぐれ》さんのデュオです！　こんなことをしたら、一体どうなるか……！」

「大丈夫《だいじょうぶ》です。榊《さかき》さんにはあらかじめ相談して、ＯＫをもらっていますから」

しれっと答える。

すると、纏《まとい》は毒気が抜《ぬ》かれたように声の勢いが失われていった。

「あ、そ、そうだったんですか……。ということは、歌種《うたたね》さんも承知の上なんですね」

「いえ、やすは知りません」

「ちょっと⁉」

纏《まとい》は素《す》っ頓狂《とんきょう》な声を出して、ステージとこちらに視線を行ったり来たりさせた。

このことを知っているのはスタッフだけで、キャストは知らない。

当然、由美子《ゆみこ》も。

騒動《そうどう》に気付いたミントや飾莉《かざり》が、驚《おどろ》いた顔でこちらを見ていた。

「あ、あれ？　夕暮《ゆうぐれ》さん、なんでまだここにいるんですか？」「嘘《うそ》ぉ？　もうイントロ始まってるけど～……？」と言い合いながら、目を真ん丸にしている。

纏《まとい》も同じような顔をしていたが、彼女ははっとして口を開いた。

「それなら、歌種《うたたね》さんは大混乱するじゃないですか！　いっしょに歌うはずの人が、そこにいないんですから！　こんな、こんな状況《じょうきょう》でまともに歌えるはずが――」

「そう見えますか？」

「え……？」

「やすが、混乱しているように見えますか」

纏《まとい》は慌《あわ》てて、ステージ上の由美子《ゆみこ》に目を向ける。

彼女はステージの真ん中に立ち、マイクを握《にぎ》っていた。

立ち位置は変わっていないので、千佳《ちか》の空白の分だけ違和感《いわかん》がある。

しかし、動揺《どうよう》している様子はなかった。

由美子《ゆみこ》は天井《てんじょう》を仰《あお》ぎ、目を瞑《つぶ》っている。

　イントロはまだ終わっていない。

　そして、その光景に観客が驚《おどろ》いている。目を見張っているのがわかる。

　千佳《ちか》がいないからじゃない。妙《みょう》なスペースがあるからじゃない。

　自分たちの目の前に。

　海野《うみの》レオンが、いるからだ。

「レオン……？」

　纏《まとい》が感情のない声で、そう呟《つぶや》いた。

　由美子《ゆみこ》のその姿が、立《た》ち振《ふ》る舞《ま》いが、ひとつひとつの動作が。

　千佳《ちか》たちに、レオンの姿を幻視《げんし》させていた。

「今、あの子はレオンとしてそこに立っている。小鞠《こまり》のために。——わたしの、ために」

　今回のイベント、『歌声は届く、たとえ海を越《こ》えてでも』は小鞠《こまり》とレオンの物語。

　レオンは、小鞠《こまり》をオーディション会場に送り出すために、ひとりでステージに立った。

　そこで初めて、『小鞠《こまり》といっしょにアイドルをやりたい』という自分の気持ちに気付いたレオンは、『小鞠《こまり》に戻《もど》ってきてほしい』という願いを込《こ》めて歌い始める。

　それが、身勝手な願いだと自覚しながら。

　女優になりたい小鞠《こまり》と、アイドルをいっしょにやりたいと願うレオン。

　これは、千佳《ちか》と由美子《ゆみこ》の関係に似ている。

いや、似ていた。
今の千佳《ちか》は、小鞠《こまり》が『女優になりたい』と願うほど、演技だけの道に固執《こしつ》していない。
しかし、それではダメだ。
小鞠がそうであるのなら、千佳もそうでなければならない。
だから、寄せた。
レオンが小鞠《こまり》に抱《いだ》いたような想《おも》いを、由美子《ゆみこ》にも感じてもらうために。
なぜか。
「あの子が、役に没入《ぼつにゅう》すればするほど、力を発揮するタイプの役者だからよ」
そのために、千佳《ちか》はあんな小細工を弄《ろう》したのだ。
自分がわざわざ嘘《うそ》を吐《つ》いてまで、由美子《ゆみこ》の才能に賭《か》けたことも。
それを切り札として用意したのも。
どれもこれも耐《た》え難《がた》い屈辱《くつじょく》だったし、本当はやりたくなんてなかったけれど。
同じように、彼女は想《おも》いを託《たく》してくれたから。
そして、目論見《もくろみ》は当たった。
ステージ上に立つ由美子《ゆみこ》は、海野《うみの》レオンを宿している。
海野《うみの》レオンがそこにいる。
その光景を眩《まぶ》しく感じながら、千佳《ちか》は大きく息を吸った。

そして、ありったけの、ありったけの想《おも》いを込《こ》めて――。

――叫《さけ》んだ。

「レオ――――ンッ！　わたしはッ！　ここに、いる――――――ッ！」

静かなイントロに紛《まぎ》れ込《こ》む、千佳《ちか》の大絶叫《だいぜっきょう》。

マイクを通していないとはいえ、きっと客席にも聞こえてしまっている。

ステージ裏にいた人たちの視線がすべて、千佳《ちか》に突《つ》き刺《さ》さった。

これには、事情を知るスタッフもぽかんとしている。

「え、え、どうしたの……？　今、どういう状況《じょうきょう》……？」

そんなふうに、乙女《おとめ》たちまでやってくる始末だ。

千佳《ちか》の暴挙に目を見開いている纏《まとい》に、肩《かた》を竦《すく》めてみせた。

「これは、許可を取っていないので怒《おこ》られるかもしれません」

♥

「――――――――――――」

佐藤由美子《さとうゆみこ》は、ステージの上で天井《てんじょう》を仰《あお》いでいた。

胸の中が、空っぽになっている。

これから歌うというのに、昂揚感《こうようかん》はない。

頭はぼんやりしていて、そんな場合ではないのにぼうっとしそうになった。

普段《ふだん》ならライブなんて、嬉《うれ》しくて、興奮して、これ以上ないほど楽しいはずなのに。

大好きな時間のはずなのに。

霧《きり》が掛《か》かったような視界に、そっと目を瞑《つぶ》る。

すると、どうしても――、あのことを思い出してしまう。

小鞠《こまり》の――、いや、千佳《ちか》の、言葉が、ずっと、頭の中に残っていた。

アイドル声優を今でもやりたくないこと。

目指しているのは、アイドル声優ではなく、女優――、演技に、集中すること。

由美子《ゆみこ》は彼女といっしょに歌うのが楽しくて仕方なかったのに、彼女はそうではなかった。

そうじゃなかったんだ。

それが自分勝手な願望であったことも、自覚している。

それでも、願ってしまった。

けれど空虚《くうきょ》な願いは彼女の言葉で燃《も》え尽《つ》き、胸にぽっかりと穴を開けている。

あぁ――。

きっと、言ってほしかったんだ。

いつもの憎《にく》まれ口《ぐち》を叩《たた》きつつも、アイドル……、アイドル声優も楽しいよって。

相手は強敵だけど、頑張《がんば》ろうって。
でも由美子《ゆみこ》は、どうしても諦《あきら》めきれなかった。
最高の景色を見れば、そこに辿《たど》り着《つ》ければ、何か変わるんじゃないか。
心から笑いながら、これからをいっしょに歩んでいけるんじゃないか。
そう願うからこそ、手を伸《の》ばした。
泣きそうになりながら、手を伸《の》ばしたんだ。
でも、もし。
もし、辿《たど》り着《つ》けなくても。
せめて、この想《おも》いと歌が、彼女の胸に届けばいいな、と。
そう思った。
でも、この歌は、もう届かない。
彼女はここにいない。
この歌は、彼女に聴《き》いてほしかったのに――。
「レオ――ンッ！　わたしはッ！　ここに、いる――ッ！」
突然《とつぜん》、そんな声が響《ひび》き渡《わた》った。
目を開けて袖《そで》を見ると、そこにいないはずの人物が立っている。
彼女が叫《さけ》んでいる。

まっすぐに、こちらに向かって、想《おも》いを叫《さけ》んでいた。
あぁ。
そうか。
……そっか。
由美子《ゆみこ》はそっと、立ち位置から二歩三歩と移動する。
ステージの中央だ。
そこでマイクを握《にぎ》りしめる。
だって、レオンはそうしていたから。
やるべきことをすんなり受け入れた瞬間《しゅんかん》――、頭の――靄《もや》がさらに、濃《こ》く――。
完全に――完全に白く――染まって――。
マイクに、歌声を吹《ふ》き込《こ》んだ。

◆

その姿を目《ま》の当《あ》たりにし、千佳《ちか》の身体《からだ》に激しい電流が迸《ほとばし》った。
ビリビリビリ――――ッ！　と衝撃《しょうげき》が全身を駆《か》け巡《めぐ》り、ブワァッと鳥肌《とりはだ》が立つ。
腕《うで》を擦《さす》ると、ザリッと音がした。変な笑い声が漏《も》れそうになる。

指先が無意識にビリッと跳《は》ねて、頭の奥が痺《しび》れ始めていた。

彼女に、吸い込まれそうになる。

それだけのものをぶつけられていた。

今、ステージの上で歌う彼女の姿は、まぎれもなく海野《うみの》レオンそのものだった。

「そうよ……、この数分のために、わたしは……」

はっ、と息が漏《も》れた。

腕《うで》を抱《だ》き、この光景から決して目を逸《そ》らさない。

胸《むね》の奥がカァッと熱くなり、興奮が身体《からだ》を満たしていた。

そうだ。

彼女の、この数分のために。

千佳《ちか》は今まで、似合わないことを繰《く》り返《かえ》してきた。

〝ティアラ〟は、キャラを演じる声優がステージに立ち、ライブを行う。こういった作品はほかにも多いが、この手のライブでは度々《たびたび》こんな話が出る。

ステージ上にいる声優からは、演じるキャラがどこに見えているか。

タイプは大きく分かれて、ふたつ。

演じるキャラがそばにいてくれるタイプ。

そして、自分の中に降りてきて、憑依《ひょうい》するタイプだ。

由美子《ゆみこ》は圧倒的《あっとうてき》に後者。
普段《ふだん》の演技からして、そうだ。
彼女は降ろすことができれば、憑依《ひょうい》すれば、絶大な演技力を発揮する。
それは、キャラにシンクロすればシンクロするほど。
彼女の集中力は天井《てんじょう》知らずで研《と》ぎ澄《す》まされていく。
憑依《ひょうい》は、歌種《うたたね》やすみの十八番《おはこ》だ。
だから由美子《ゆみこ》がよりレオンに近付けるよう、千佳《ちか》は小鞠《こまり》に寄せたのだ。
すべては、このときのために。
〝アルフェッカ〟に――、勝つために。
「やすみちゃん……」
いつの間にか乙女《おとめ》が隣《となり》に立っていて、由美子《ゆみこ》を目で追っていた。
その表情が、不安の色に塗《ぬ》り潰《つぶ》されている。
乙女《おとめ》もわかっているはずだ。
人気では、パフォーマンスでは、乙女《おとめ》たちに太刀《たち》打ちできなくとも。
こういったライブで重要なのは――。
いかに観客に、キャラクターを魅《み》せるか、だ。
「――――――――――――――っ！」

由美子《ゆみこ》が歌い終えた瞬間《しゅんかん》、大歓声《だいかんせい》が響《ひび》き渡《わた》った。

その音の迫力《はくりょく》に、千佳《ちか》の身体《からだ》がびくりと跳《は》ねる。隣《となり》の乙女《おとめ》も同様だ。

まるで津波《つなみ》のように豪快《ごうかい》に膨《ふく》れ上《あ》がり、客席の端《はし》からズズ……、と運ばれてステージにぶつかり、大きく弾《はじ》けた。

ビリビリと空気を震《ふる》わせ、興奮が熱を運ぶ。

そんなわけがないのに、突風《とっぷう》が吹《ふ》いたような感覚を味わい、思わず目を瞑《つぶ》った。

今日一番の熱狂《ねっきょう》が、この広い会場を覆《おお》っている。

だれもが胸《むね》の奥を熱くして、それを声や拍手《はくしゅ》として吐《は》き出《だ》さずにはいられない。

だからこその、この歓声《かんせい》。喝采《かっさい》。興奮。

耳が痛くなるほどの歓声《かんせい》と拍手《はくしゅ》の中、由美子《ゆみこ》はこちらに目を向ける。

千佳《ちか》と目が合って、満足そうに小さく微笑《ほほえ》んだ。

その姿さえ、千佳《ちか》にはレオンとダブって見えた。

「………………」

乙女《おとめ》が、手をぎゅうっと握《にぎ》りしめるのがわかった。

きっと、彼女も直感した。

これ以上の盛り上がりは、ない。

だって、千佳《ちか》の目にもはっきりと映っている。

小鞠《こまり》を想《おも》うレオンの姿が。

レオンを完全に憑依《ひょうい》させた、歌種《うたたね》やすみの姿が。

「――うちの相方は、こうなったら無敵なのよ」

口の中だけで、そんな独り言を呟《つぶや》く。

やってくれた、という誇《ほこ》らしい気持ちで、由美子《ゆみこ》を見る。

大歓声《だいかんせい》の中、ゆっくりと立ち去る背中に見惚《みと》れた。

彼女がすべてを持っていってくれた。

余韻《よいん》は引かない。未《いま》だに、身体《からだ》には痺《しび》れが残っている。胸《むね》の奥には熱が燻《くすぶ》っているし、涙《なみだ》が出そうになるほどの昂《たかぶ》りは指先にじわじわ広がっていく。

震《ふる》えた。

けれど、それらは露《つゆ》と消えていく。

別の感情が、圧倒的《あっとうてき》に押し寄せてきたからだ。

「…………」

よくやってくれた、と思う。

だけど、ええ、そうね。

悔《くや》しかった。

本当はこのあと、洗いざらい話すつもりだったのだ。

嘘《うそ》を吐《つ》いたことを伝え、誤解を解き、きちんと自分の気持ちを話す。
そして、お礼を言うつもりだった。
いつか、いつか伝えないといけないと思っていた、感謝の言葉を。
「あなたのおかげで、アイドル声優も楽しいと思えた。ありがとう」と。
「…………」
でも、その礼はしばらく言えそうにない。
言わない。
だって。
ここまで——、ここまで完膚《かんぷ》なきまでにやり遂《と》げるとは、思わなかったから。
圧倒的《あっとうてき》な結果を叩《たた》き出《だ》して、ここまで盛り上げてしまうなんて。
あの桜並木《さくらなみき》乙女《おとめ》ですら、呆然《ぼうぜん》とさせるなんて。
歌種《うたたね》やすみが、ここまで見せつけるなんて。
「…………」
あぁ。
悔《くや》しい。
悔《くや》しい悔《くや》しい悔《くや》しい——！
ここまで、ここまでやるか！　あぁ最高だわ、そして最低だわ！

昂揚感《こうようかん》はとっくになくなり、悔《くや》しさだけで胸がいっぱいになる。

よくやってくれた。

よくもやってくれた。

この結果をだれよりも望んでいたはずなのに、今はあまりにも純粋《じゅんすい》な嫉妬《しっと》に焦《こ》がれている。

勝手だと糾弾《きゅうだん》されようとも、自分の心はどこまでも正直だ。

このままでいてたまるものか、と拳《こぶし》をぎゅうっと握《にぎ》りしめる。

忘れてないでしょうね、歌種《うたたね》やすみ。

あなたのライバルは、夕暮夕陽《ゆうぐれゆうひ》だってことを。

彼女がいなくなったステージを見つめ、千佳《ちか》は無意識に呟《つぶや》いた。

「——あぁ、もう。あなたのそういうところ——、本当に嫌《きら》い」

♥

『歌声は届く、たとえ海を越《こ》えてでも』を歌い終え、由美子《ゆみこ》はマイクを下ろす。

今まで浴びたことのないほどの大歓声《だいかんせい》を感じたが、心はそれほど動かなかった。

「————」

ただ、舞台袖《ぶたいそで》を見て、先ほどの小鞠《こまり》の叫《さけ》びを思い出す。

そこに立っている彼女を見て、由美子《ゆみこ》は少しだけ笑った。

満たされた気持ちを胸に仕舞《しま》い、彼女に背を向ける。

ゆっくりと、上手に捌《は》けていった。

耳に痛いほどの拍手《はくしゅ》を浴びながら。


「…………ん？」

舞台袖《ぶたいそで》に辿《たど》り着いて、大きく息を吐《は》く。

その瞬間《しゅんかん》、周りの景色がくっきりと見えた。

無我夢中《むがむちゅう》だったのか、先ほどまでまるで夢の中にいるような心持ちだった。

ぼんやりとした意識と、はっきりとした意識が混在しているような。

けれど今、ようやく地に足が付いた気がする。

そこで気が付く。

拍手《はくしゅ》と歓声《かんせい》の残響《ざんきょう》が、まだ耳の奥を揺《ゆ》らしている。

観客から集まる視線が、熱を帯びていたのも感じた。

……さっきの歓声《かんせい》すごくない？　めっちゃ盛り上がってなかった？

いや、それも気になるが、それ以上に。

「……ちょっと待って。え、なんで渡辺《わたなべ》来てなかったの？　あたし、ひとりで歌ったよね？」

思わずそのまま歌ってしまったが、あれは千佳《ちか》とのデュオだったのに。

ステージに千佳《ちか》は出てこなかった。あれだけ練習したのに。

もしかして、何かあったんだろうか。

慌《あわ》てて千佳《ちか》の元に駆《か》け出《だ》そうとしたが、後ろからぎゅっと手を握《にぎ》られる。

振《ふ》り返《かえ》ると、キラキラした目の結衣《ゆい》が手を握《にぎ》り、その後ろには花火《はなび》が立っていた。

「すっ……ごかったです、やすやす先輩《せんぱい》！　レオンが見えました！　めちゃくちゃ格好良かったです！　高橋《たかはし》、感動しました！」

「いや、さすが。降りてたねえ……。こういうときの歌種《うたたね》ちゃん、本当すごいわ」

興奮気味に言われても、由美子《ゆみこ》は戸惑《とまど》ってしまう。

とにかく夢中で、必死に歌っただけだ。

狙《ねら》ってやったわけじゃないし、自分の力で成《な》し遂《と》げたとも思えない。

だってまるで、だれかに手を引かれているようだったから。

光が見えて、それにふらふらついていっただけ。

しかし花火《はなび》は、こんなことまで耳打ちしてきた。

「めくるといっしょに観《み》てたんだけどさ、途中《とちゅう》で限界きたみたい。慌《あわ》ててトイレ行ってた。今《いま》頃《ごろ》、ぐじゅぐじゅ泣いてるんじゃないかなぁ。あとで声掛《か》けてあげてね」

そこまで。

そこまでの感動を、自分が与《あた》えたのだろうか。

それはめくるだからでは？　とは言えない。

だって彼女は、一番ファンに近いのだから。

彼女がそう感じたということは、つまり。

「…………」

とくんとくん、と胸が高鳴る。

徐々《じょじょ》に実感が湧《わ》いてきた。

凄《すさ》まじい歓声《かんせい》と熱とサイリウムの光が溶《と》け合《あ》って、降り注ぐ光景を思い出す。

その瞬間《しゅんかん》、足がぶるぶると震《ふる》えかけたが、花火《はなび》に背中をぽんと叩《たた》かれた。

「すごかったけど、まだライブはあるからね。もう終盤戦《しゅうばんせん》だから、踏《ふ》ん張《ば》っていこう！」

明るく言われ、あぁそうか、と思い出す。

すべて出し切ったように身体中《からだじゅう》が重いが、ライブはまだ続いている。

よし、と気合を入れ直して、次の曲に備えた。

――そして。

すべてのセットリストをこなし、ライブは無事に終了《しゅうりょう》した。

最後の曲を全員で歌ったあと、拍手《はくしゅ》に見送られながらステージ裏に捌《は》けていく。

拍手《はくしゅ》はいつまでも鳴《な》り止《や》まなかったが、『本日の公演は終了《しゅうりょう》しました……、気を付けてお帰り下さい……』というアナウンスが流れ、拍手《はくしゅ》の数が減っていく。

それでも、熱は残ったままだ。

客席の熱が移ったように、出演者全員が興奮したまま、ステージ裏から控《ひか》え室《しつ》の廊下《ろうか》に抜《ぬ》けていく。

スタッフさんたちの「お疲《つか》れ様《さま》です」という労《いた》わりの声と拍手《はくしゅ》を聞きながら、由美子《ゆみこ》はある横顔に目を奪《うば》われていた。

「お疲《つか》れ様《さま》でした……！」

目を細くして笑う、纏《まとい》の横顔だ。

頰《ほお》に流れる汗《あせ》も気にせずに、力の抜《ぬ》けた笑《え》みを浮《う》かべている。

途中《とちゅう》までは彼女を気にする余裕《よゆう》もなかったが、あの曲以降は纏《まとい》を意識することができた。

由美子《ゆみこ》の目からは、纏《まとい》はステージ上でも楽しそうに歌っていたように見える。

吹《ふ》っ切《き》ることが、できたのだろうか。

自分のことでいっぱいいっぱいだったが、彼女にも話を聞きたい。

だけど、それはもうちょっと、あと。

とくんとくん。

自身の心臓の音が、やけに強く感じられる。

なんだかぼんやりして、ふわふわしていた。

まだ、あのときの歓声《かんせい》が耳に残っている気がする。

「ぐうううう、悔《くや》しいです！」

控《ひか》え室《しつ》に戻《もど》ると、ミントが開口一番そう言った。

本気で悔《くや》しそうに、両拳《りょうこぶし》を握《にぎ》りしめている。

小さい身体《からだ》を力いっぱいに使って、悔《くや》しさを表現していた。

「や～、やっぱりすごかったね、〝アルフェッカ〟。あたしたちも頑張《がんば》ったけどね～」

「ええ。頑張《がんば》りましたし、やり切りました。それでも勝てなかったのは、残念ですが……」

〝アルフェッカ〟はさすがでしたね」

飾莉《かざり》と纏《まとい》がそう言葉を繋《つな》げていく。

ふたりとも、すべてを出し切った爽《さわ》やかさ、それでも残った悔《くや》しさを表情に出している。

そう。

結局、〝オリオン〟は〝アルフェッカ〟には勝てなかった。

どちらが盛り上がったかと言われれば、だれだって〝アルフェッカ〟を挙げる。

もちろん、〝オリオン〟も肉薄《にくはく》するくらい盛り上げていたし、惨敗《ざんぱい》という結果では決してない。十分に健闘《けんとう》したし、ライブに貢献《こうけん》した。それは間違《まちが》いない。

それでも、負けは負けだ。

〝オリオン〟は勝てなかった。

しかし、飾莉《かざり》が由美子《ゆみこ》に気付くと、皮肉げな笑顔《えがお》で肩《かた》を竦《すく》めた。

「ま、やすみちゃんは一矢報《いっしむく》いてたけど～。ひとりで、随分《ずいぶん》と盛り上げてたし～」

憎《にく》まれ口《ぐち》のような口調ながらも、飾莉《かざり》はあのことに触《ふ》れている。

由美子《ゆみこ》が何も言えないでいると、がちゃりと扉《とびら》が開いた。

そこに立っていたのは、乙女《おとめ》と千佳《ちか》だ。

〝オリオン〟と〝アルフェッカ〟、それぞれのリーダーたち。

しかし、なぜかふたりともおかしな表情をしていた。

乙女《おとめ》はむうっと怒《おこ》ったような顔。そこに迫力《はくりょく》はない。ただ普通《ふつう》にかわいい。

一方、千佳《ちか》は不機嫌《ふきげん》さを隠《かく》そうともせず、憎々《にくにく》しげな表情で舌打ちをしていた。目つきの迫《はく》力《りょく》もすごい。こっちは可愛《かわい》くない。

先に口を開いたのは、乙女《おとめ》だ。

「やすみちゃんは、ズルい」

むーっとした顔のまま、乙女《おとめ》が不思議なことを言う。

「ズルいって……。姉さん、なにが？」

「やっぱり、やすみちゃんは油断ならない子だってこと。あの一曲で、完全にやすみちゃんが主役になった。このライブで一番盛り上げていたのは、あのときのやすみちゃんだった」

乙女《おとめ》は不機嫌《ふきげん》そうな顔のまま、淡々《たんたん》と言う。

けれど、我慢《がまん》ならない、とばかりに拳《こぶし》を握《にぎ》った。

「もう！　悔《くや》しい！」

そこに世辞の類はなく、心から悔《くや》しそうにしていた。

それに続くように、飾莉《かざり》たちも言葉を並べていく。

「ま、実際すごかったしね～。やすみちゃんが完全に持っていったよ。ひどい先輩《せんぱい》だな～」

「ええ。あのときの歌種《うたたね》さん、すごかったですよ」

「ま！　ちょっとは認めてあげてもいいです。よくやりましたね、歌種《うたたね》さん！　先輩《せんぱい》として、わたしも鼻が……、ええと、大きい……？　んん……、えっへん！　って感じです！」

「…………」

乙女《おとめ》は本気で悔《くや》しがり、皮肉屋の飾莉《かざり》ですら素直《すなお》に賞賛している。

彼女たちにそこまで言わせたのだから、きっと本当にすごかったんだろう。

胸のひとつでも張りたいところだが、実感が湧《わ》かない。

それでも胸はぽわぽわと温かくなっていたが、険のある声がそれを吹《ふ》き飛《と》ばしてしまう。

「悔《くや》しいのは、わたしのほうですよ」

千佳《ちか》だ。

物凄《ものすご》く機嫌《きげん》が悪そうに、由美子《ゆみこ》を睨《にら》みつけてくる。

相変わらず、目つきが悪い。

こちらを射殺さんばかりに睨《にら》んでくるが、その表情が少しだけ和《やわ》らいだ。

大きなため息を吐《つ》いたからだ。

落ち着いた表情になって、改めて、由美子《ゆみこ》と乙女《おとめ》を交互《こうご》に見る。

そうしてから、確かめるように口を開いた。

「今回は完敗です。ですが、いつか必ず。必ず、超《こ》えてみせます。桜並木《さくらなみき》乙女《おとめ》も、そして歌種《うたたね》やすみも。覚悟《かくご》しておいてください」

彼女の瞳《ひとみ》には、強烈《きょうれつ》な光が宿っていた。

悔《くや》しいのは本音だろうが、様々な思いを凝縮《ぎょうしゅく》してその光は作られている。

今にも破裂《はれつ》しそうな、強すぎる光がギラギラと。

いつか超《こ》えてみせる、と語っていた。

千佳《ちか》の宣戦布告に、乙女《おとめ》はただ黙《だま》って頷《うなず》く。

何も言わず、ゆっくりと。

でもその表情は、少しだけ嬉《うれ》しそうに見えた。

由美子《ゆみこ》は返事に迷う。

思うところがあったからだ。

こうなってようやく、千佳《ちか》の思惑《おもわく》に気付きつつあった。

由美子《ゆみこ》はフォローに回るという話だったのに、結局千佳《ちか》がその役目を担《にな》ったのではないか。

この手を握《にぎ》って、引っ張り上げたのは千佳《ちか》だったんじゃないか。

彼女は立派にリーダーとして、みんなの前を駆《か》け抜《ぬ》けていった。

由美子《ゆみこ》が願ったとおりに。

夕暮夕陽《ゆうぐれゆうひ》がリーダーになれれば、前に立って背中を見せてくれれば、絶対に上手《うま》くいく。

由美子《ゆみこ》は確かにそう言ったが、まさかそこに由美子《ゆみこ》自身も含《ふく》まれていたなんて。

そして千佳《ちか》は、それらを自分でやっておいて、今こんな表情をしているのだから。

本当に、負《ま》けず嫌《ぎら》いな奴《やつ》。

でも――、よかった。

心からほっとした。

彼女に何かを伝えようとして――、結局、由美子《ゆみこ》は何も言わなかった。

けれど。

黙《だま》って、千佳《ちか》に向けて拳《こぶし》を突《つ》き出《だ》す。

千佳《ちか》はそれを見て、目を丸くした。

面白《おもしろ》くなさそうに再び睨《にら》みつけてくる。

しばらくそうしていたが、最後には力を抜《ぬ》くように息を吐《は》いて。

彼女の拳《こぶし》が、こつん、とぶつかってきた。

NOW ON AIR!! 第73回

「夕陽と」

「やすみのー」

「「コーコーセーラジオー」」

「おはようございます、夕暮夕陽です」

「そうじゃないでしょ。ちゃんとあの挨拶しなよ」

「ぐ……、あなたね……。あぁもう……。えー、おはようございます、ブルークラウンの問題児、夕暮夕陽です……」

「はい。おはようございます。このラジオのまともなほう、歌種やすみでーす」

「この番組は偶然にも同じ高校、同じクラスのわたしたちふたりが、皆さまに教室の空気をお届けするラジオ番組です……」

「えー、お疲れ様です」

「……はい、お疲れ様です。つい先日、『ティアラ☆スターズ』のライブが終わりました」

「無事に終わってよかったねー、なんて感じですけども。なんか、こっちのラジオにも感想メールが結構来てるみたいで。読んでいいってさ」

「でも、大体アレについての話なのよね……。もうよくない？　この話。ぼんやりと都市伝説みたいな感じにしておきましょうよ」

「みんな、そんだけ気になってるってことでしょ。いやこれね、あたしも言いたいことあんのよ。聞いてほしい」

「わたしは聞きたくない」

「じゃあ耳塞いでていいよ。リスナーに言いたいだけだから。ま、そんなわけでさっさとオープニング終わるか」

「はいはい……。前のライブもそうだけれど、感想メールをパーソナリティが読みたがらないっていう、おかしな状況になってるわね……」

「今回はユウのせいだけどね。さて。今日もみんなで、楽しい休み時間を過ごしましょー」

「放課後まで、席を立たないでくださいね。……ねぇ、わたし立っていい？」

「えー、それでは早速、メール読んでいきます。ラジオネーム、〝モコモコパンダ〟さん。『先日の、〝ティアラ〟のライブ行きました！』」

「はい、ありがとう……」

「『早速質問なんですが、〝海を越えて〟のイントロ部分で、ステージにいないはずの夕姫の声が聴こえた気がしました。いっしょに行っていた友達も聴こえた、と言っていました。これは、ゲームイベントの原作再現ってことでいいんでしょうか⁉』」

「ええそうよ。そのとおり。よくわかったわね。それでは、次のメール」

「おいこら。流そうとするんじゃないよ。これについてのメール、めっちゃ来てるらしいんだから」

「ぐ……、はいはい……。えー、そうね。原作再現ってところは合っているわ。ゲームでは小鞠が舞台袖から叫んでいたから、わたしもそれと同じことをしたの」

Next Page!

「これユウの独断ね。現場の人間、だれも知らなかった」

「出たわ。あなたのそういうところ、本当に嫌い。なぜ言うの？　ここで終わっておけば、なんだかエモい演出だったね、で押し通せたのに！」

「いやぁ、〝ティアラ〟のラジオでもだれかしら言うでしょ。みんなびっくりしてたらしいじゃん。絶対話題に出すって」

「まぁ……、そうね……。うん……。ええ、独断だったわ……」

「ちなみにバチバチに怒られたらしいです」

「ねぇ、なぜそんなことまで言うの？　人が少しでも弱点を晒せば、これ見よがしに攻撃してきて。そんなに言葉の暴力がお好き？　ひとり現代社会の闇？」

「あたしは被害者だからだよ！　これメールの続き読むね。えー、『気になった点はもうひとつあります。なんかやすやす、歌う前にちょこちょこ移動してませんでした？』。これ！」

「事実じゃない。あなた、歌う前になんかちょこちょこ移動してたわよ。立ち位置間違えたのかしらね」

「よく言うよ本当……！　ええとね。この曲、元々あたしとユウのデュオの予定だったんですよ。だけど、本番で急にこいつが――」

「……というわけです。えー、次……、あ、もういかなくていいですか。ふう……」

「リアルにため息を吐くんじゃないよ。いや、今日のメールコーナー、ドッと疲れたけども……。えー、たくさんの感想メール

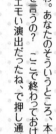

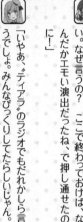

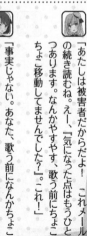

ありがとうございました」

「ありがとうございました。あぁそれと、心配してくれた人たちがいるみたいね。そういうメールもいくつか届いてるって」

「あぁ、アレでしょ？　受験生なのに、忙しそうですけど大丈夫ですかー、って心配のメール。同じ受験生の人たちから来ることが多いみたい」

「ライブも終わって落ち着いたし、心配ないですよー……、って言うよう台本に書いてある」

「あんまり受験生たちを心配させないよう、不安を煽らないよう、っていう配慮ね」

「で、実際は？」

「やっぱぃ。いやもうちょっと聞いてくれる？　もちろんライブの練習で忙しかったし、立て込んでいたってのもあるんだけど、それに加えていろいろと——」

「……え、なんですか朝加さん。受験生の不安を煽らないで？」

「いや、あたしたちも受験生なんですが？　心配して？　で、まずさぁ——」

to be continued!!!!

あとがき

抽選《ちゅうせん》の結果、チケットをご用意することができませんでした。

わたしたちのような人種が一番ダメージを受けるフレーズを書きました。

お久しぶりです、二月公《にがつこう》です。

数ヶ月前、わたしがめちゃくちゃ好きな作品のライブがありまして。

めちゃくちゃ好きな作品、とぼかしておいて何ですが、アイマスです。

四年半ぶりの単独ライブ、しかもキャストが全員揃《そろ》うのは、なんと約十年ぶりというクライマックスっぷり。

最高すぎます。盛り上がりすぎます。現地で観《み》たすぎます。

こんなの絶対行きたい！　行く！　絶対に！　絶対に……っ、行く……ッ！

と決意に打《う》ち震《ふる》えていましたが、チケット争奪戦《そうだつせん》に負けました……。哀《あわ》れすぎません？

今はライブビューイングも配信もあるからまだいいのですが、それでも現地に行きたかったです……。こんな夢のようなライブ……。

チケットが当たるかどうかは運次第《しだい》なので、当然と言えば当然なのですが、思い入れも想《おも》いの強さも確率の前ではまるで無力！　なんとも無情です。

これからもその確率に挑《いど》み続けますが、もうご用意されない文言は見たくないです……。

せっかくの、全員集合ライブ～……、あぁ……。

また全員揃《そろ》ってくれないかなあ、と願うばかりです。

今度はぜっっっったい行きたい！


この作品を書いていると、本当にたくさんの方々に支えて頂いている、と実感します。

いつも素敵《すてき》なイラストを描《えが》いてくださる、さばみぞれさん。いつもありがとうございます！

今回のカバー、嬉《うれ》しそうに抱《だ》き着《つ》く結衣《ゆい》と、困り顔の千佳《ちか》がとっっってもキュートです！

こちらほかにもラフ案を送ってくださったのですが、それもめちゃくちゃ良くてすんごい迷いました……。ふたりの表情がすごく良《い》いんですよ～～～～～。

そして、この作品に力を貸してくださっている、たくさんの関係者の方々。

ここまで読んでくださり、応援《おうえん》してくださっている皆様方《みなさまがた》。

いつも本当にありがとうございます。

現時点で書いていいことはほとんどないのですが、十二月にはとっても素敵《すてき》な配信番組と重大発表があったと思います。

次回のあとがきでは、それについて書きたいですね！

次の巻も、どうぞよろしくお願いします！

◉二月　公著作リスト

「声優ラジオのウラオモテ　#01 夕陽とやすみは隠しきれない？」（電撃文庫）
「声優ラジオのウラオモテ　#02 夕陽とやすみは諦めきれない？」（同）
「声優ラジオのウラオモテ　#03 夕陽とやすみは突き抜けたい？」（同）
「声優ラジオのウラオモテ　#04 夕陽とやすみは力になりたい？」（同）
「声優ラジオのウラオモテ　#05 夕陽とやすみは大人になれない？」（同）
「声優ラジオのウラオモテ　#06 夕陽とやすみは大きくなりたい？」（同）
「声優ラジオのウラオモテ　#07 柚日咲めくるは隠しきれない？」（同）
「声優ラジオのウラオモテ　#08 夕陽とやすみは負けられない？」（同）

本書に対するご意見、ご感想をお寄せください。

ファンレターあて先
〒 102-8177　東京都千代田区富士見 2-13-3
電撃文庫編集部
「二月　公先生」係
「さばみぞれ先生」係

本書は書き下ろしです。

電撃文庫

声優《せいゆう》ラジオのウラオモテ

#08 夕陽《ゆうひ》とやすみは負《ま》けられない？

二月《にがつ》 公《こう》

2023年1月10日　初版発行
2024年6月15日　5版発行

発行者　山下直久
発行　株式会社KADOKAWA
〒102-8177　東京都千代田区富士見2-13-3
0570-002-301（ナビダイヤル）
装丁者　荻窪裕司（META＋MANIERA）
印刷　株式会社KADOKAWA
製本　株式会社KADOKAWA

ISBN978-4-04-914680-6　C0193　Printed in Japan

電撃文庫　https://dengekibunko.jp/

電撃文庫創刊に際して

文庫は、我が国にとどまらず、世界の書籍の流れのなかで〝小さな巨人〟としての地位を築いてきた。古今東西の名著を、廉価で手に入りやすい形で提供してきたからこそ、人は文庫を自分の師として、また青春の想い出として、語りついできたのである。

その源を、文化的にはドイツのレクラム文庫に求めるにせよ、規模の上でイギリスのペンギンブックスに求めるにせよ、いま文庫は知識人の層の多様化に従って、ますますその意義を大きくしていると言ってよい。

文庫出版の意味するものは、激動の現代のみならず将来にわたって、大きくなることはあっても、小さくなることはないだろう。

「電撃文庫」は、そのように多様化した対象に応え、歴史に耐えうる作品を収録するのはもちろん、新しい世紀を迎えるにあたって、既成の枠をこえる新鮮で強烈なアイ・オープナーたりたい。

その特異さ故に、この存在は、かつて文庫がはじめて出版世界に登場したときと、同じ戸惑いを読書人に与えるかもしれない。

しかし、〈Changing Times,Changing Publishing〉時代は変わって、出版も変わる。時を重ねるなかで、精神の糧として、心の一隅を占めるものとして、次なる文化の担い手の若者たちに確かな評価を得られると信じて、ここに「電撃文庫」を出版する。

1993年6月10日
角川歴彦